BALAENA
VERLAG

Dieter Lohr

Ohne Titel. Aquarell auf Karton. Unsigniert.

Impressum

Erste Auflage

Layout & Satz: Teamdesign Landsberg, Ute Fiedler
Covergestaltung: Teamdesign Landsberg, Ute Fiedler
Foto des Autors: Hubert Lankes
Druck & Bindung: Digitaldruck Leibi, Neu-Ulm
Printed in Germany

ISBN 978-3-9819984-2-9

www.balaena.de

Umschlagmotiv:
Alfred Seidl (1892 - 1953),
ohne Titel, um 1922, Aquarell auf Papier, 9 x 19,3 cm

Hintergrund Adobe Stock, svetlanais

Dieter Lohr

Ohne Titel.
Aquarell auf Karton.
Unsigniert.

„Sehen Sie, Frau Lichtblau, wenn ich beispielsweise in einer - sagen wir - Mitarbeiterkantine ein Bild hängen sehe, von dem ich weiß, dass es genauso gut im Museum hängen könnte, dann imponiert mir das.“

„Wieso das denn?“

„Weil es dafür steht, dass dem Unternehmer an dauerhafter Mitarbeiterbindung gelegen ist. In humanressourcenorientierten Betrieben ist die Zufriedenheit der Mitarbeiter ausschlaggebend für den wirtschaftlichen Erfolg. Oft helfen schon kleine, aber effektive Maßnahmen, die Arbeitgeberattraktivität zu erhöhen. Ein angenehmes Betriebsklima führt zur Identifizierung der Mitarbeiter mit ihrem Unternehmen, und das wiederum zur Steigerung der Arbeitsleistungen und letzten Endes der Produktivität. Wenn Sie so wollen, steht das Betriebsklima in einem direkten Bezug zur Wettbewerbsfähigkeit. Deshalb.“

„Klar, Zufriedenheit muss ja schließlich ihren Zweck haben. Und eine solche kleine, aber effektive Maßnahme könnte sein, ein museumsreifes Bild aufzuhängen. Ja?“

„Genau. Außerdem würde eine allzu hohe Mitarbeiterfluktuation auch beträchtliche Kosten verursachen. Mitarbeiterbindung ist das A und O, und Kunst hat eine hohe Bindungswirkung."
„Ich verstehe, Herr Meininger. Und woran erkennen Sie ein passendes Bild in diesem Sinne?"
„Beispielsweise am Namen, mit dem es signiert ist."
„Pollock zum Beispiel?"
„Kenne ich nicht."
„Leonardo da Vinci? Van Gogh, Picasso, Dalí, Rembrandt, Dürer?"
„Zum Beispiel. Oder am Preiszettel, der draufklebt. Schließlich fungiert ein Kunstwerk auch als Kapitalanlage. Verstehen Sie?"
„Und spielen ästhetische Gesichtspunkte Ihrer Meinung nach auch eine Rolle? Es gibt ja beispielsweise – Sie werden davon gehört haben – so genannte ansprechende Bilder oder solche, die den Betrachter eher verstören."
„Was die Ästhetik angeht, da verlasse ich mich im Falle einer Zusammenarbeit ganz auf Ihr Gespür und Ihre Agentur, Frau Lichtblau. Deswegen wende ich mich ja an Sie. Sie sind die Expertin fürs Künstlerische."
„Vielleicht haben aber ästhetische Aspekte ebenfalls eine wirtschaftliche Komponente. Das 'Schlaraffenland' von Bruegel oder ein paar Wonneweiber von Rubens in Ihrer Kantine könnten den Appetit Ihrer Mitarbeiter anregen und dadurch höhere Verpflegungskosten verursachen, wohingegen eine Enthauptung von Caravaggio –"

„Das käme auf die Mitarbeiter an. Womöglich ist das Gemälde aber auch für mein Büro bestimmt."
„Dann vielleicht eher etwas – sagen wir Erotisches?"
„Frau Lichtblau, ich glaube, das könnte der Beginn einer wunderbaren Geschäftsbeziehung werden."
„Wohl nicht, Herr Meininger. Ich denke vielmehr, dass Sie sich für die künstlerische Ausgestaltung Ihrer Geschäftsräumlichkeiten eine andere Kunstvermittlungsagentur suchen sollten. Auf Wiederhören."

◇

»Der Schöngeist, dessen einseitig ästhetische Bildung ihn nicht befähigt, den Zusammenhang der Dinge zu verstehen und ihre wirkliche Bedeutung zu erfassen, täuscht sich selbst und die Anderen über seine Unwissenheit mit klingenden Redensarten hinweg und spricht hochmütig von 'einem unruhigen Suchen der modernen Seele nach einem neuen Ideal', von den 'reicheren Schwingungen des verfeinerten Nervensystems der Zeitgenossen'. Der Arzt aber, namentlich der, welcher sich besonders dem Studium der Nerven- und Geisteskrankheiten gewidmet hat, erkennt in den Richtungen der zeitgenössischen Kunst und Dichtung, in dem Wesen der Schöpfer mythischer, symbolistischer, 'decadenter' Werke und dem Verhalten ihrer Bewunderer, in den Neigungen und Geschmackstrieben des Modepublikums auf den ersten Blick das Syndrom oder Gesamtbild zweier bestimmter

Krankheitszustände, mit denen er wohlvertraut ist, der Degeneration oder Entartung und der Hysterie, deren geringere Grade als Neurasthenie bezeichnet werden. Diese beiden Verfassungen des Organismus sind an sich verschieden, doch haben sie manche Züge gemein, auch kommen sie häufig nebeneinander vor, so dass es leichter ist, ihre Mischformen als jede für sich rein zu beobachten. Wir müssen uns die Entartung als eine krankhafte Abweichung von einem ursprünglichen Typus vorstellen. Diese Abweichung schließt übertragbare Elemente von solcher Beschaffenheit in sich, dass derjenige, der ihren Keim in sich trägt, immer mehr und mehr unfähig wird, seine Aufgabe in der Menschheit zu erfüllen, und dass der geistige Fortschritt, der schon in seiner Person gehemmt ist, sich auch bei seinen Nachkommen bedroht findet. Wenn unter dem Einflusse von Schädlichkeiten aller Art ein Organismus geschwächt wird, so werden seine Nachkommen nicht dem gesunden, normalen und entwicklungsfähigen Typus der Gattung ähnlich, sondern bilden eine neue Abart, welche wie alle anderen die Fähigkeit besitzt, ihre Eigentümlichkeiten, in diesem Falle krankhafte Abweichungen von der Norm, Schwachsinn, Missbildungen und Gebrechen, in fortwährender Steigerung den eigenen Abkömmlingen zu vererben. Die Entartung verrät sich beim Menschen durch gewisse körperliche Merkzeichen, welche man Stigmate nennt.

Max Nordau, 1893[1]

◇

Wer Ohren hat zu hören, Alfred, der höre. Eile ist geboten. Stets das Ohr am Puls der Zeit haben, Alfred, bevor sie es dir abschneiden. Selig, die da Ohren haben zu hören. Eines zumindest.

◇

Die Wissenschaft hat neben den körperlichen auch geistige Stigmate gefunden, welche die Entartung eben so sicher kennzeichnen wie jene, und diese lassen sich in allen Lebensäußerungen, namentlich auch in allen Werken der Entarteten mit Leichtigkeit nachweisen, so dass es nicht nötig ist, den Schädel eines Schriftstellers zu messen oder das Ohrläppchen eines Malers zu sehen, um zu erkennen, dass er zur Klasse der Entarteten gehört.
Es gäbe ein sicheres Mittel, um zu beweisen, dass die Behauptung, die Urheber aller fin-de-siècle-Bewegungen in Kunst und Literatur seien Entartete, nicht willkürlich, dass sie kein unbegründeter Einfall, sondern eine Tatsache ist, und das wäre eine sorgfältige körperliche Untersuchung der betreffenden Persönlichkeiten und eine Prüfung ihres Stammbaumes. Man würde fast bei allen unzweifelhaft degenerierte Verwandte und ein oder mehrere Stigmate antreffen, welche die

Diagnose „Degeneration" außer Zweifel stellen. Einige Eigentümlichkeiten, die der Entartete häufig aufweist, seien kurz angeführt. Er ist von Zweifeln gequält, fragt nach dem Grund aller Erscheinungen, ganz besonders solcher, deren letzte Ursachen uns vollkommen unzugänglich sind, und ist unglücklich, wenn sein Forschen und Grübeln, wie natürlich, zu keinem Ergebnis führt. Der Degenerierte ist unfähig, sich gegebenen Verhältnissen anzupassen, dieses Unvermögen ist ja für krankhafte Abarten jeder Gattung kennzeichnend; er lehnt sich also gegen Zustände und Anschauungen auf, die er notwendig als beschwerlich empfinden muss, vor allem schon darum, weil sie ihm die Pflicht der Selbstbeherrschung auferlegen, zu der er in Folge seiner organischen Willensschwäche unfähig ist.
Hysterie und Entartung hat es immer gegeben. Aber sie traten früher vereinzelt auf und erlangten keine Wichtigkeit für das Leben der ganzen Gesellschaft. Erst die tiefe Ermüdung, welche das Geschlecht erfuhr, an das die Fülle der jäh über es hereinbrechenden Erfindungen und Neuerungen unerschwingliche organische Anforderungen stellte, schuf die günstigen Bedingungen, unter welchen jene Siechtümer sich ungeheuer ausbreiten und zu einer Gefahr für die Gesittung werden konnten. Gewisse Kleinlebewesen, welche tödliche Krankheiten erregen, zum Beispiel der Cholera-Bazillus, sind wohl auch immer vorhanden gewesen, Seuchen verursachen sie aber erst, wenn Umstände eintreten, welche ihrer Vermehrung starken Vorschub leisten. Ebenso wird das Ungeziefer der Nachäffer in Kunst und Schrifttum erst

gefährlich, wenn eigenartige, Sonderwege wandelnde Wahnsinnige den durch die Ermüdung geschwächten Zeitgeist vorher vergiftet und widerstandsunfähig gemacht haben.
Das ist die Behandlung der Zeitkrankheit, die ich für wirksam halte: Kennzeichnung der führenden Entarteten und Hysteriker als Kranke, Entlarvung und Brandmarkung der Nachäffer als Gesellschaftsfeinde, Warnung des Publikums vor den Lügen dieser Schmarotzer.«

Max Nordau, 1893[2]

»Dieser Tage haben sich die jungen fränkischen, in Franken und den darangrenzenden Gebieten wohnenden Künstler zu einer Vereinigung „Das junge Franken" zusammengeschlossen, die durch Vorlesungen, Ausstellungen, Vorträge, die Förderung und Verbreitung seelengeborener und ethischer Neuer Kunst sich zum Programm gesetzt hat.
Mitglieder sind bis heute: Josef Achmann (Regensburg), Alexander Abusch (Nürnberg), Julius Maria Becker (Aschaffenburg), Oskar Birckenbach (Regensburg), Georg Britting (Regensburg), Rudolf Hartig (Aschaffenburg), Carl Krayl (Nürnberg), Willi Reindl (Regensburg), Maria Reinhold (Nürnberg), Alfred Seidl (Regens-

burg), Hermann Sendelbach (Aschaffenburg), Anton Schnack (Hammelburg), Friedrich Schnack (Hammelburg), Ernst Toller (München), Maria Luise Weissmann (Nürnberg), Leo Weismantel (Würzburg).
Sitz der Vereinigung ist Nürnberg. Zuschriften an: Alexander Abusch, Nürnberg, Eberhardshofstraße 3b«

Der Weg, Heft 10, November 1919[3]

◇

»Es gibt Fälle, in welchen alle in Betracht kommenden Interessen den Tod als wünschenswert erscheinen lassen, es gibt also auch mindestens in diesen Fällen ein Recht auf den Tod seitens des Individuums, eine Pflicht, dieses Recht anzuerkennen, seitens der Gesellschaft. Derjenige also, der in der Lage ist, in einer unheilbaren schmerzhaften Krankheit sich dem Leben zu entziehen, ist nicht zu entschuldigen, sondern vielmehr zu rechtfertigen, wenn er sich tötet; er handelt einfach in Ausübung eines ihm zustehenden Rechtes. Ja noch mehr, er entledigt sich nicht nur seiner Qualen, sondern er befreit auch die menschliche Gesellschaft von einer nutzlosen Last, er erfüllt mit dem Selbstmorde sogar eine Pflicht. Ebenso vollführt jeder, der ihm hierzu Beistand leistet, einen Akt der Humanität, und fördert damit auch indirekt den Fortschritt des menschlichen Geschlechtes überhaupt.

Das ideelle Ziel besteht darin, den unheilbar geistig oder körperlich Kranken das Recht auf den Tod zu gewähren.
Natürlich müssen zunächst möglichst bescheidene Grenzen eingehalten werden. So wird die Anerkennung eines Todesrechtes bei Geisteskranken praktisch jedenfalls erst in zweiter Linie in Betracht kommen, da hier naturgemäß die Zustimmung des Patienten zur Tötung fehlen müsste, und dieser Umstand wenigstens zu Beginn der Reform dieser leicht hinderlich sein könnte.
Die Anerkennung des Rechtes auf den Tod bei physisch Unheilbaren, und auch hier zunächst nur in ganz sicheren und unzweifelhaften Fällen, ist also jedenfalls der erste Schritt, den die Praxis zu tun haben wird.
Damit ist das Problem der unheilbar Kranken gelöst. Der unheilbar Kranke hat ein Recht auf den Tod, und die ganze Gesellschaft hat selbst ein Interesse daran, dieses Recht anzuerkennen. Wir können dieses Recht auch zur Verwirklichung bringen, sogar heute schon stehen dieser Reform keine unüberwindlichen Schwierigkeiten entgegen, wir können also guten Mutes den Anfang machen.«

Adolf Jost, 1895[4]

◇

„Soll’s farblich eher zum Perser passen oder zu den Vorhängen? Oder vielleicht doch lieber zum Nagellack Ihrer Sekretärin?“
„Lassen Sie mich raten, Frau Lichtblau: Sie trauen mir nicht allzu viel Kunstverständnis zu?“
„Immerhin: Ihre Menschenkenntnis scheint ziemlich treffsicher zu sein.“
„Sicherlich. Wie wäre ich ansonsten ausgerechnet auf Ihre Galerie gekommen?“
„Agentur, Herr Meininger. Kunst*vermittlung*. Ich verscherble hier keine Kunstwerke, ich berate. ArtAktiv kuratiert Ausstellungen, berät beim Aufbau Ihrer Kunstsammlung oder der Ausstattung Ihrer Geschäftsräumlichkeiten mit Kunstwerken.“
„Sehr schön.“
„Wir vermitteln Kunst, mit der sich Mitarbeiter und Firmenleitung identifizieren können. Wir sichten für Sie den aktuellen Kunstmarkt, stiften vielschichtige und produktive Verbindungen zwischen Künstlern und Unternehmen und bieten Ihnen eine intensive Beratung und Betreuung bei allen Aktivitäten im Bereich der bildenden Kunst. Ebenso wie der Anzug oder das Auto sagt Kunst etwas über ihren Besitzer aus, über seinen Geschmack, seine humanistische Bildung, sein ästhetisches Empfinden. Es ist –“
„Wenn ich Sie kurz unterbrechen darf.“
„Bitte.“
„Könnten Sie auch meine Sekretärin beraten, was die Farbe Ihres Nagellacks –“

„Nehmen Sie's mir nicht übel, Herr Meininger, aber ich kann mir einfach nicht vorstellen, dass wir ins Geschäft kommen."
„Im Ernst, Frau Lichtblau, die Farbe ist zweitrangig. Die meisten Bilder setzen sich ja aus mehr als zwei Farben zusammen, und irgendeine wird schon passen."
„Wenn das so ist. Und in welcher Hinsicht besteht nun Ihrerseits der Beratungsbedarf?"
„Das ausschlaggebende Kriterium für den Kauf dieses Gemäldes sind der Preis und die Rendite."
„Oh, ich dachte, Sie hätten vielleicht einen Lieblingskünstler oder eine Lieblingskünstlerin. Oder eine Lieblingsstilrichtung oder eine Lieblingstechnik. Oder zumindest eine Lieblingsfarbe."
„Frau Lichtblau, ich möchte hier viel Geld investieren, nicht meine persönlichen Neigungen ausleben. Dieses Kunstwerk ist eine Kapitalanlage, und da ich nicht vorhabe, mein Büro mit einer Alarmanlage auszustatten und horrende Versicherungsbeiträge zu bezahlen, wird es die meiste Zeit im Tresorraum verbringen. Weit weg vom Nagellack meiner Sekretärin. Sie sehen, die Farbe ist sekundär."
„Ihr Urteilsvermögen in allen Ehren, Herr Meininger, aber warum investieren Sie nicht lieber in Immobilien oder Rüstungs-Aktien?"
„Ehrlich gesagt: Geschäfte, die über Banken abgewickelt werden, sind zurzeit etwas risikobehaftet. Und die gängigen Spekulationsobjekte sind erstens ein wenig - tja, sagen wir - langweilig, Kunst ist da schon prickelnder."

„Was Sie nicht sagen."
„Zweitens sind immobile Werte in Zeiten wirtschaftlicher Krisen nicht sonderlich sicher. Und drittens ist bei Kunst der Profit höher."
„Tatsächlich?"
„Man muss es nur richtig anstellen. Deswegen wende ich mich an Sie."
„Erstaunlich. Wer um alles in der Welt hat Ihnen bloß ArtAktiv empfohlen? Sie wissen, dass wir relativ neu auf dem Markt sind. Allzu viele Referenzen in Bezug auf Ihr Rendite-Ansinnen werden Sie nicht in Erfahrung gebracht haben."
„Es gibt Spielwiesen im Leben, auf denen Erfahrung nicht das Wichtigste ist, Frau Lichtblau."
„Und wenn ich ehrlich sein darf –"
„Bitte."
„Ich finde, dass die so genannte Chemie in einer Geschäftsbeziehung eine gewisse Rolle spielt. Und in dieser Hinsicht sehe ich zwischen uns leider keine gemeinsame Basis."
„Sie haben mich noch gar nicht gefragt, wie viel ich für das Bild auszugeben beabsichtige."
„Wiederhören, Herr Meininger."

◇

»Die siebente Bitte des „Vaterunsers", des dritten Hauptstückes des christlichen Katechismus, das Millionen von Christen täglich im Munde führen, lautet: „Erlöse uns von dem Übel." Wenn wir fragen: „Was ist das?", so antwortet uns Luther: „Wir bitten in diesem Gebet, als in der Summe, dass uns der Vater im Himmel von allerlei Übel des Leibes und der Seele erlöse; und zuletzt, wenn unser Stündlein kommt, ein seliges Ende beschere und mit Gnaden von diesem Jammertal zu sich nehme in den Himmel." Die Mannigfaltigkeit und die Zahl, die Schwere und Qual dieser Übel hat im Kulturleben des 19. Jahrhunderts in demselben Maße zugenommen, in welchem auf der anderen Seite die Fortschritte der Kunst und Wissenschaft die vernünftigen Reformen unseres persönlichen und sozialen Lebens erstaunlich gewachsen sind. Viele moderne Kulturkrankheiten nehmen in erschreckendem Maße zu; vor allem fordern die Neurasthenie und andere Nervenkrankheiten jährlich eine größere Anzahl von Opfern. Die Irrenhäuser nehmen an Zahl und Umfang ständig zu, allenthalben entstehen Sanatorien, in denen der gehetzte Kulturmensch Zuflucht und Heilung von seinen Übeln sucht. Viele von diesen Übeln sind völlig unheilbar und viele Kranke gehen dem sicheren Tode unter namenlosen Qualen entgegen. Sehr viele von diesen armen Elenden warten mit Sehnsucht auf ihre „Erlösung von dem Übel" und sehnen das Ende ihres qualvollen Lebens herbei; da erhebt sich die wichtige Frage, ob wir als mitfühlende Menschen berechtigt sind, ihren Wunsch zu erfüllen und ihre Leiden durch einen schmerzlosen Tod abzukürzen.

Die alten Spartaner verdankten einen großen Teil ihrer hervorragenden Tüchtigkeit, sowohl körperlicher Kraft und Schönheit, als geistiger Energie und Leistungsfähigkeit, der alten Sitte, neugeborene Kinder, die schwächlich und krüppelhaft waren, zu töten. Dieselbe Gewohnheit findet sich noch heute bei manchen Naturvölkern und Barbaren. Als ich 1868 auf die Vorzüge dieser spartanischen Selektion und ihren Nutzen für die Verbesserung der Rasse hingewiesen hatte, erhob sich in frommen Blättern ein gewaltiger Sturm der Entrüstung, wie jedes Mal, wenn die „reine Vernunft" es wagt, den herrschenden Vorurteilen und traditionellen Glaubenssätzen der öffentlichen Meinung entgegenzutreten. Ich frage dagegen: Welchen Nutzen hat die Menschheit davon, dass die Tausende von Krüppeln, die alljährlich geboren werden, Taubstumme, Kretins, mit unheilbaren erblichen Übeln Belastete usw. künstlich am Leben erhalten und großgezogen werden? Und welchen Nutzen haben diese bemitleidenswerten Geschöpfe selbst von ihrem Leben? Ist es nicht viel vernünftiger und besser, dem unvermeidlichen Elend, das ihr armseliges Leben für sie selbst und ihre Familie mit sich bringen muss, gleich von Anfang an den Weg abzuschneiden? Man darf dagegen nicht den Einwand machen, dass die Religion das verbiete, das Christentum gebietet vielmehr, das Leben für unsere Brüder zu lassen und es von uns zu werfen, wenn es uns ärgert, d.h. wenn es eine nutzlose Qual für uns selbst und unsere Angehörigen ist.«

Ernst Haeckel, 1904[5]

◇

Auge um Auge, Zahn um Zahn. Ohr um Ohr. Ich das meine, Alfred, du das deine.

◇

Heidelberg, den 12. Dezember 1919

Sehr geehrter Herr Direktor Eisen!

Im Namen des Leiters unserer Psychiatrischen Klinik, Herrn Professor Wilmanns, wende ich mich an Sie mit einer Bitte. Wir beherbergen in unserer Anstalt eine Sammlung mit Bildwerken von Geisteskranken, die bereits von unserem vormaligen Direktor, Herrn Professor Kraepelin (jetzt München), ins Leben gerufen wurde.
Diese Sammlung psychopathologischer Kunst setzt sich derzeit aus einigen Dutzend Zeichnungen und Aquarellen zusammen, welche man schon länger aus den Krankengeschichten entnommen, nach Diagnosen geordnet und mit Schriftproben zusammen in der Lehrmittelsammlung aufbewahrt hatte. Der Plan, dies Material einmal zu bearbeiten und wissenschaftlich auszuwerten, war zumal von Herrn Professor Wilmanns wiederholt erwogen worden,

jedoch schienen die vorhandenen Bildnisse bislang zu knapp und zu belanglos, als dass sich fundierte Aussagen darauf hätten gründen lassen.
Da nun ich ganz persönlich in erster Linie vom Grenzgebiet zwischen Psychopathologie und künstlerischer Gestaltung gefesselt bin, hat Herr Professor Wilmanns mich mit der Aufgabe betraut, die Sammlung auszubauen und zu sehen, ob ich von anderen Anstalten hinreichend Material zur Verfügung gestellt bekommen könne, so dass nicht nur etwas Ansehnliches, sondern auch Aussagekräftiges zustande kommt, mit dem man wissenschaftlich arbeiten kann.
In diesem Sinne möchte ich Sie nun fragen, ob es auch unter Ihren Regensburger Patienten zeichnende oder malende Schöpfer eigentümlicher Werke gibt, die Sie mir zu vorgenanntem Zweck zur Verfügung stellen könnten. Die Erfassung und akademische Untersuchung solcher Bildwerke wären für die Psychiatrie und die Irrenpflege künftig sicherlich von nicht zu unterschätzender Bedeutung.

Ich danke Ihnen im Voraus und verbleibe mit vorzüglicher Hochachtung
Hans Prinzhorn, Assistenzarzt

◇

»In memoriam
Es war eine feinsinnige, bedeutsame Flamme, die aus dem innersten Herzen anscheinend gezähmter Völkerschaften aufbrach! Wer hätte es je gedacht! . . . Krieg, das müsse sein wie Pferd, das vor Fanfare hergeht.
Dreck, Erde, Läuse, Wasser.
Sieg! Das müsse ein Gefühl sein, in das sich endlich Leib verstrahlt . . .
Als das Pferd voll Helden erobert hatte, schieden sich die Helden, die einen Räusche in Blut, der eine umarmte das wiedergewonnene Weib. Das war etwas, warm, sogar hitzig, Fleisch, Blut.
Welches Gefühl aber, wenn man für Ideale zu eitel Dunst in Hekatomben (armseliges Wort) sich gegenseitig geschlachtet hat.
Italien in Triest . . .
Der Krieger hat den Sieg und alle seine Sehnsucht verflüchtigt sich . . . Herz rauchend Nebel.
Schließlich fühlt er sich tötlich verletzt, da die Besiegten tanzen.
Es wird unverlässlich sein, einen dauerhaften Triumfbogcn (welches Ideal!) zu errichten. Da die Leute, welche in den Schlachten betäubt wurden, sonst den Sieg verdösen könnten.
Die Amerikaner auf Hawaii und die Sieger des Weltkrieges genießen ihren Sieg auf gleiche Weise, indem sie sich ärgern, daß die anderen tanzen.
Diese Leute kämpfen nicht um eine Frau, um Abenteuer, um aus Unerträglichkeit alltäglich Leben zu verlöschen, um sich, um das Leben nach der Klinge des Geg-

ners strahlender zu empfangen.
Sie kämpfen um Ideale:
Eine scheußliche Menschenklaviatur, die durch Elektrizität von Kartentischen aus bewegt wird.«

Ass Si [Pseudonym von Alfred Seidl] *1919*[6]

»Auch die einfachste Nützlichkeitsrechnung wird zu dem Schlusse kommen, dass die Last, welche die Geisteskranken für die Gemeinschaft bedeuten, verhältnismäßig am geringsten ist, wenn man sie in Anstalten unterbringt, soweit sie der Behandlung bedürfen oder gefährlich sind. Im ersteren Falle wird so die Möglichkeit der Wiederherstellung, im letzteren wenigstens der Schutz vor den Äußerungen der Krankheit am besten gesichert. Dazu kommt, dass die wirtschaftlichen Nachteile einer Anhäufung von schwierigen Geisteskranken in den Familien sehr große sind. Während bei den zweckmäßigen Einrichtungen der Anstalt ein Wärter genügt, um eine ganze Anzahl von Kranken zu überwachen, nimmt die Sorge für einen einzigen Geisteskranken in der Familie oft eine oder mehrere Arbeitskräfte für sich in Anspruch, die dadurch ihrer Erwerbstätigkeit entzogen werden. Von der zerrüttenden Wirkung, die ein einziger Geisteskranker auf die gesamten Lebensverhältnisse seiner näheren Umgebung, auch in wohlhabenden Familien, ausüben kann, vermag sich

nur derjenige eine richtige Vorstellung zu machen, der solche Zustände selbst miterlebt hat.
Endlich aber darf der Umstand nicht unterschätzt werden, dass die Anstaltsversorgung der Geisteskranken so ziemlich die einzige Möglichkeit bietet, der vielleicht mächtigsten Ursache des Irrseins entgegenzuarbeiten, der Vererbung. So allgemein bekannt es auch ist, dass geistige Störungen sich in weitestem Umfange auf die Nachkommenschaft übertragen, so wenig pflegen sich doch die Menschen beim Fortpflanzungsgeschäfte von derartigen Erwägungen beeinflussen zu lassen. Jeder Irrenarzt muss es immer wieder erleben, dass man, wenn es hoch kommt, zwar seinen Rat einholt, wo bei einem Heiratsplane psychiatrische Bedenken vorliegen, dass man aber seine Warnung ohne weiteres in den Wind schlägt, sobald irgendwelche andere Rücksichten eine Verbindung wünschenswert erscheinen lassen. Die Belehrung fruchtet hier gar nichts. Dagegen verhindert die Festhaltung in der Anstalt zahllose Kranke an der Fortpflanzung ihrer bedenklichen Eigenschaften, zu der sie in der Freiheit nicht nur die Neigung, sondern auch reichliche Gelegenheit haben würden. Ich kannte ein ganz schwachsinniges Mädchen, das mit 35 Jahren bereits acht Kinder unehelich geboren hatte, das letzte von dem Wärter der Siechenanstalt, in der sie wegen ihrer Fruchtbarkeit untergebracht worden war. Nun endlich entschloss man sich im Hinblicke auf die Möglichkeiten zur Verwahrung der sonst harmlosen Kranken in einer Irrenanstalt.«

Emil Kraepelin, 1900[7]

◇

»Wir fordern den gesetzlichen Kampf gegen die bewußte politische Lüge und ihre Verbreitung durch die Presse. Um die Schaffung einer deutschen Presse zu ermöglichen, fordern wir, daß:

a. sämtliche Schriftleiter und Mitarbeiter von Zeitungen, die in deutscher Sprache erscheinen, Volksgenossen sein müssen,
b. nichtdeutsche Zeitungen zu ihrem Erscheinen der ausdrücklichen Genehmigung des Staates bedürfen. Sie dürfen nicht in deutscher Sprache gedruckt werden,
c. jede finanzielle Beteiligung an deutschen Zeitungen oder deren Beeinflussung durch Nicht-Deutsche gesetzlich verboten wird, und fordern als Strafe für Übertretungen die Schließung eines solchen Zeitungsbetriebes sowie die sofortige Ausweisung der daran beteiligten Nicht-Deutschen aus dem Reich. Zeitungen, die gegen das Gemeinwohl verstoßen, sind zu verbieten. Wir fordern den gesetzlichen Kampf gegen eine Kunst und Literaturrichtung, die einen zersetzenden Einfluß auf unser Volksleben ausübt, und die Schließung von Veranstaltungen, die gegen vorstehende Forderungen verstoßen.«

25-Punkte-Programm der NSDAP, 1920[8]

◇

Auge um Auge, Zahl um Zahl. Krise um Krise. Zählst du die Krisen, Alfred, in welcher Folge sie wiederkehren? Sie werden häufiger, Alfred. Werden sie häufiger? Seit wie vielen Tagen hast du nichts mehr gegessen? Deine Kehle ist trocken? Du bekommst keinen Bissen hinunter? Was, wenn das Leben eine einzige Manie wäre? Würde es einen Unterschied machen? Für dich? Für die anderen? Für Gott?

◇

»Unlängst ging ich durch die Säle der Berliner Kunstausstellung und geriet in die dadaistische Abteilung. Dort sah ich unter dem Titel „Mein Selbstporträt" folgendes Kunstwerk:
Auf einer russischen Landkarte war in natura eine alte Schwarzbrotstulle befestigt, auf dieser wiederum ein Hosenknopf und der Verbindungsstreifen abgebrochener Taschenzündholzstümpfe; vor dem Brot, quer in dieses verlaufend, ein rechteckiges Stück Seife.
Zur allgemeinen Erklärung sei bemerkt, dass der Knopf das Auge, die Zündholzstümpfe die Zähne, die Seife die Nase des Selbstporträtisten darstellen sollten: Unter dem Ganzen befand sich der Ausschnitt einer Kraftwagenanpreisung aus einer Bilderzeitschrift: Die

symbolische Übertragung dieses Teiles war mir nicht möglich.
Die Leute um mich her lachten; ich persönlich hatte das nicht nötig, da ich ähnliche Darstellungen aus meiner Praxis und meiner Beobachtung der Geisteskrankheiten kenne; der Unterschied liegt nur darin, dass die Arbeiten der Irren bei weitem sorgfältiger und minder einfach sind.
Es gibt eine ganze Reihe sogenannter organisch bedingter Geisteskrankheiten, bei denen die Kranken einen Betätigungsdrang im „dadaistischen Sinne" haben; vor allem ist es das sogenannte „jugendliche Irresein" (Hebephrenie), bei welchem im Zustand der Katatonie (Spannungs-Irrsein) Dinge ähnlicher Art entstehen; durch sie alle führt ein roter Faden; mit unzulänglichen Mitteln und Objekten werden in kindlicher Weise Zeichnungen und Handarbeiten bizarren Stils gemacht. Wir besitzen in der Klinik für Gemütskranke der Charité eine kleine Ausstellung dieser Werke: Eine Tüte ist mit Sorgfalt durchlöchert und in den Löchern befinden sich kleine geknüpfte Strippen; ich selbst hatte einmal einen Kranken, der sein Essgeschirr in ähnlicher Weise verzierte; auch Selbstdarstellungen von Paralytikern kann man finden, die zeichnerisch jedenfalls weit mehr leisten als die Dadaisten.
Die von mir genannte organische Krankheit, „jugendliches Irresein" und die allgemein als psychopathisch bekannte Minderwertigkeit, zu der viele Künstler, Verbrecher, selbst begabte Leute gehören, sind nun von jeher oft in der Bestimmung schwer voneinander zu trennen;

es bedarf erst einer sehr langen Beobachtung, bis man den Befund mit Sicherheit feststellen kann; zweifellos haben wir hier in den dadaistischen Kunstwerken wieder ein solches Grenzgebiet im Symptomenkomplex zwischen Hebephrenie und allgemeiner Psychopathie, und so sind wir Irrenärzte den Dadaisten für ihre Ausstellung dankbar. Ob man dem Volke allerdings recht tut, dies zu zeigen, ist fraglich: Die Sammlung gehört in die Charité.«

Werner Leibbrand, 21. Juni 1920[9]

◇

Regensburg, den 17. August 1920

Sehr geehrter Herr Huelsenbeck!

Der Club DADA, schreiben Sie in Ihrem Manifesto, habe Mitglieder in allen Teilen der Erde, nämlich in Honolulu so gut wie in New-Orleans und Meseritz. Bedauerlicherweise hat mich Ihr Flugblatt mit Verspätung erreicht, weil es in Regensburg keinen gut bestellten Flugblattplatz gibt. Zwar könne man, so schreiben Sie weiter, eintreten in den Club, ohne Verbindlichkeiten zu übernehmen, was ich liebend gerne täte. Jedoch ist der Club DADA in Berlin, und ich bin es nicht, so dass mir das Eintreten, zumal

das regelmäßige, Mühe bereitet. Eine Dépendance in Regensburg zu gründen hinwiederum erschiene mir eine einsame Sache, da, so weit und breit ich sehe, ich der einzige im Umkreis bin, der sich mit Fug und Recht einen Dadaisten rufen darf. So laut ich es auch rufe, es finden sich eine Handvoll Expressionisten, aber das sind, Sie sagen es ganz richtig in Ihrem Manifesto, blutleere, weltverbessernde Hohlköpfe.
Ich will sie deswegen nicht gleich hassen, sie werden mir auf meinem Wege wegweg vom Expressionismus hinhin zum DADA, gewisslich folgen, man muss nur tüchtig bohren. (Auch drucken sie mich in ihren Organen.) Indes...
Ich habe meine Kopie Ihres Manifestos ebenfalls unterzeichnet, bin also gleichweis Unterzeichner. Das wollte ich verbindlich zum Ausdruck gebracht wissen.

Es grüßt Sie hochachtungsvoll
Ihr Ass Si (genannt mitunter auch Alfred Seidl)

„Warum fragen Sie nicht einfach bei Christie's oder Sotheby's nach, Herr Meininger? Dort ist man für diese Preisklasse zuständig."
„Mir ist ein Geschäftspartner am Ort lieber."

„Für eine solche Summe bekommen Sie einen Dix oder einen Spitzweg oder einen Chagall oder mit etwas Glück einen kleinen Dalí."
„Das heißt, dass Sie in dieser Kategorie nichts im Angebot haben?"
„Wir haben überhaupt nichts im Angebot, Herr Meininger. Wir vermitteln Künstler und Kunstinteressierte. Ich bin ein Dienstleistungsunternehmen, kein Verkaufsladen. Ich glaube, ich sagte das schon mal."
„Und für Premium-Partner würden Sie auch keine Ausnahme machen?"
„Wiederhören. Und rufen Sie mich bitte nicht mehr an."

1. April 1921

Meine sehr geehrten Damen und Herren, sehr geehrter Herr Oberbürgermeister, geschätzte Stadträte und Mitglieder des Kreistags, werte Kollegen!

Seit meinem Amtsantritt als Direktor unserer Heil- und Pflegeanstalt Karthaus-Prüll vor nunmehr auf den Tag genau fünf Jahren hat sich – ich darf das einmal so salopp sagen – einiges getan, und ich möchte mir weiterhin – angesichts meines Jubiläums mögen Sie mir diese kleine Eitelkeit nachsehen, und

der Herr Oberbürgermeister hat ja in seiner Rede auch schon darauf hingewiesen - kurzum: Ich darf behaupten, an diesem Progress nicht gänzlich unbeteiligt gewesen zu sein.
Zum Zeitpunkt meines Amtsantritts - Sie erinnern sich - begann man gerade zu erahnen, welche Schrecken die Schlacht um Verdun noch zeitigen würde, nicht nur an der Front, sondern auch hier bei uns zu Hause in Regensburg.
Im Hungerwinter sechzehn, siebzehn hatten wir, bei einem Krankenstand von gerade einmal 500 Patienten 80 Todesfälle zu beklagen. Es fehlte an Heizmaterial, es fehlte an Nahrungsmitteln, und auch sonst fehlte es überall am Notwendigsten. Es gab weder eine hinlängliche Wasserversorgung noch eine Kanalisation in Karthaus, sämtliche Pfleger waren zum Kriegsdienst eingezogen. Wir sahen Mehlnährschäden, sahen die Lungentuberkulose sich ausbreiten.
Noch während des Krieges setzte ich all meine Kräfte daran, Karthaus wirtschaftlich eigenständig zu machen, auf dass wir unsere Versorgung selbst organisieren könnten. Ich bestellte einen Kaufmann in die Verwaltung, ich machte mich dafür stark, das benachbarte Fürstliche Gut mit den Fürstlichen Ländereien zu pachten. Für die entsprechende Genehmigung sei dem Oberpfälzer Kreisrat an dieser Stelle nochmals von ganzem Herzen gedankt.
Meine Damen und Herren, Sie sehen heute eine Anstalt, die ganz auf eigenen Füßen steht, die Brot-

getreide, Kartoffeln und Fleisch, wo es möglich ist, selbst erzeugt. Die Gärtnerei ist durch feldbaumäßigen Anbau von Gemüse in den Stand gesetzt, die Bedürfnisse der Anstalt zu befriedigen, wo die guten Produkte in eigener Mühle, Bäckerei und Wursterei verarbeitet werden. Eine solche Anstalt kann mit einer gewissen Zuversicht selbst noch schlimmeren Zeiten entgegensehen, als wir sie bereits kennen gelernt haben.
Auch baulich wurde und wird weiterhin noch manches erneuert werden. Die technischen Einrichtungen des Hauses sind fast durchwegs veraltet und beanspruchen neben dem laufenden Dienst eine steigende Anzahl von Reparaturen. Teils müssen sie schlicht ersetzt werden. Wenn Sie zu Ihrer Linken aus dem Fenster schauen, sehen Sie außer dem Frauenpavillon C und den Verbindungsgängen zwischen den einzelnen Anstaltsgebäuden nicht viel. Das liegt daran, dass eben diese Verbindungsgänge den Blick in jeder Richtung einengen. Zwar gelangt man bei Regen halbwegs trockenen Fußes von einem Gebäude zum nächsten, allerdings sind diese Gänge baulich in einem ziemlich heruntergekommenen, mitunter sogar lebensbedrohlichen Zustand und auch hygienisch nicht einwandfrei. Wenn Sie nächstes Jahr aus diesen Fenstern sehen, wird sich Ihnen ein weitgehend anderes Bild bieten. Diese Verbindungsgänge mitsamt allen anderen überflüssigen Mauern, die allenthalben auf dem Gelände herumstehen und noch aus der Klosterzeit

stammen, sollen bis dahin freundlichen Durchblicken in die nähere und fernere Umgebung weichen. Durch Spalieranlagen, durch verschieden getönten Verputz, durch die Neuanlage der Gärten und Höfe hat die Außenansicht der Gebäude bereits erheblich gewonnen, und durch den Abriss der Mauern wird das allzu Gefängnishafte unserer Anstalt gänzlich getilgt werden.
Die baulichen Umgestaltungen betreffen jedoch nicht nur die Fassade der Häuser, sondern auch deren Inneres. Mittels Mauerdurchbrüchen sollen die Wachabteilungen weiträumiger und übersichtlicher gestaltet werden. Im Zellenbau F wurden durch Herausnehmen von Zwischenwänden und Vergrößerung der Fenster bereits die ehemaligen Zellen in größere Zimmer umgewandelt. An die Stelle von winkeliger Enge, wie sie im alten Karthaus noch vielfach herrschte, tritt, soweit die Anlage der Gebäude dies zulässt, helle Weitläufigkeit. Es kann nicht genug betont werden, dass sowohl die Umgestaltungen und Erneuerungen der letzten fünf Jahre, als auch die laufenden und zukünftigen baulichen Arbeiten in unserer Anstalt ausschließlich mit eigenen Kräften unter Leitung der Werkführer oder selbständigen Vorarbeiter ausgeführt wurden und werden. Neben den Maurergruppen, den Tünchern und Anstreichern ist an diesen Umbauten auch die Schreinerei stark beteiligt, wo das gesamte neue Mobiliar für die Abteilungen unter Mithilfe von zahlreichen Kran-

ken hergestellt wurde. Es entstanden verschiedene neue Betriebe, darunter eine Flechterei für Körbe und Korbmöbel. Das Hauptbetätigungsfeld für das Gros der arbeitenden männlichen Kranken aber bleiben der Holzhof, der Gemüsegarten und die Wirtschaftsgebäude.
Dadurch werden nicht nur dem Kreis erhebliche Kosten gespart, sondern die Patienten erfahren durch ihre Arbeit täglich ihre eigene Nützlichkeit. Sie werden vor Abstumpfung, Langeweile und Unselbständigkeit bewahrt und nicht an ein lebensfernes Anstaltsmilieu gewöhnt, sondern sollen möglichst bald wieder in das normale Leben entlassen werden.
Eine letzte, bevor ich das Büffet im Nebensaal für eröffnet erklären darf - eine letzte, aber vielleicht nicht die unwichtigste Neuerung, meine sehr geehrten Damen und Herren, insbesondere für die empfindsameren Gemüter unter uns: Wenn Sie - vielleicht nicht gleich nächstes Jahr, aber schon in Bälde - wenn Sie Ihre werten Nasen aus dem besagten Fenster halten, wird neben den Mauern und Verbindungsgängen auch etwas anderes nicht mehr wahrnehmbar sein: das berüchtigte Karthäuser Lüfterl.
Die gegenwärtige Fäkalienleitung ist schlicht nicht mehr tragbar. Noch dieses Jahr wird damit begonnen, die Männerseite und das Hauptgebäude zu kanalisieren, zu klosettieren und an den Schwemmkanal anzuschließen. Bis Mitte des Jahrzehnts soll diese Maßnahme abgeschlossen sein. Die Regensburger Heilanstalt Karthaus-Prüll ist auf dem bes-

ten Wege, eine der modernsten und eigenständigsten Anstalten des Landes zu werden. Wären wir im Hungerjahre 1917 schon in gleicher Weise versorgt gewesen, wie wir es heute sind, wir hätten keine Hungerödeme gesehen und nicht eine solch große Sterblichkeit zu beklagen gehabt. Wir sind, bei aller generell gegenwärtigen Berechtigung zur Sorge, zuversichtlich, dass wir die Zukunft meistern werden, was immer sie uns auch bringen mag.
Lassen Sie uns, sehr geehrte Damen und Herren, auch in diesem Sinne hoffnungsfroh zum Büffet schreiten. Ich danke für Ihre Aufmerksamkeit.

Karl Eisen

»Eine Eigentümlichkeit, welche allen Schöpfungen der Wahnsinnigen gemein ist, besteht darin, dass dieselben durchaus keinen nützlichen Zweck verfolgen. Die Eigenheit der Irrsinnigen besteht darin, dass sie Zeit und Mühe an vollkommen unnütze Dinge verschwenden. Man sollte versucht sein, auf diese Geisteskranken anzuwenden, was man vom genialen Künstler zu sagen pflegt, der das Schöne um des Schönen, das Wahre um des Wahren willen liebt. Das Ziel des Strebens allein ist verschieden.
Geisteskrankheiten entwickeln die Originalität bis zu einem hohen Grade in den genialen Menschen und eben-

so in den mit Genie ausgestatteten Narren. Diese originelle Erfindungsgabe lässt sich sogar bei nur halbwahnsinnigen Menschen beobachten. Der Grund derselben liegt eben in der völligen Entfesselung der Einbildungskraft, welcher mithin Schöpfungen entspringen können, vor denen ein klarer berechnender Verstand, aus Furcht ins Abgeschmackte, Lächerliche, Unvernünftige zu fallen, zurückschrecken würde. Im Grunde läuft die Originalität bei allen oder fast allen in das Seltsame über, welches allein dann erklärlich und logisch erscheint, wenn man in den die verschiedenen Geisteskranken beherrschenden Gedanken eindringt und sich einen Begriff von der Freiheit und Leichtigkeit machen kann, mit welcher die Einbildungskraft derselben sich bewegt.

Cesare Lombroso, 1887[10]

◇

Das Gras, Alfred, es wächst, es schreit. Unaufhörlich. Hör hin. Die Spatzen auf den Dächern, sie säen nicht, sie ernten nicht, aber sie verkünden die Wahrheit. Schreib auf, was sie aufschreien. Wer Ohren hat zu hören, der schreibe auf, der schreibe nieder, der lege Zeugnis ab, solange ihm noch die Zeit gegeben ist. Die Ohrabschneider wetzen ihre Messer, Alfred. Kannst du sie hören?

◇

Die Kunst der Wahnsinnigen weist eigentümliche Tendenzen auf, unter anderen die Neigung, Schrift und Zeichnung miteinander zu verbinden und selbst noch in den Zeichnungen Symbole und Hieroglyphen zu häufen; was nicht selten an die japanische und indianische Malerei und an die Wandzeichnungen der alten Ägypter erinnert; zum Teil haben diese Zeichnungen und die Arbeiten der Geisteskranken denselben Ursprung. Es ist das Bedürfnis, der Feder oder dem Pinsel zu Hilfe zu kommen, da jedes der beiden allein nicht das Ungestüm oder die Hartnäckigkeit eines Gedankens auszudrücken vermag.
Vielleicht liegt der Grund hiervon in der Intensität der Halluzinationen, welche weder in der Schrift noch in gesprochenen Worten genügende Kraft des Ausdrucks finden und deshalb zur Malerei ihre Zuflucht nehmen.
Wir erinnern uns daran, dass es eben Dichtungen und Zeichnungen sind, vermittelst welcher die Wilden geschichtliche Tatsachen der Nachwelt überliefern. Die Überladung mit Emblemen gibt auch den Werken der geschicktesten halluzinierenden Maler ein verwirrtes Aussehen.
Bei anderen Kranken, und zwar besonders bei solchen, die an Liebeswahnsinn, Geisteslähmung und Delirium leiden, findet sich eine neue Eigentümlichkeit. Die Schöpfungen derselben zeichnen sich durch die schamloseste Obszönität aus, was lebhaft an die Schöpfungen

der wilden Völker und an diejenigen des Altertums erinnert, wo die Geschlechtsteile stets und mit der größten Deutlichkeit hervortreten.
Eine der hervorstechendsten Eigenheiten in den Kunstbestrebungen der Irrsinnigen bildet das Abgeschmackte, das Absurde, welches sowohl in den Formen als in den Farben zutage tritt. Der Grund dieser Tatsache liegt in der sonderbaren Ideenassoziation einiger Geisteskranker; in dem sprungweisen Gedankengange derselben sehen sie Mittel- und Bindeglieder, die den Begriff des Denkenden anderen begreiflich und verständlich machen.
Die an geistiger Lähmung Leidenden stellen die Gegenstände in den ungeheuerlichsten Formverhältnissen dar, zeichnen die Hühner in der Größe von Pferden, Kirchen wie Kürbisse und glauben es im Zeichnen zur höchsten Vollkommenheit zu bringen, während sie nur unglückliche, kindische Schöpfungen hervorbringen.
Die Einbildungskraft ist umso weniger begrenzt, übt sich umso freier, je mehr die Vernunft an Kraft und Klarheit einbüßt. Denn es ist die Vernunft, welche Halluzinationen und Illusion unterdrückt und somit dem gesunden Normalmenschen tatsächlich eine Quelle künstlerischer und dichterischer Schöpfungskraft verschließt. Und hierdurch wird auch begreiflich, dass die Kunst oder das Kunstvermögen selbst zum Entstehen und zur Entwicklung von Geisteskrankheiten beitragen kann.
Es wäre nicht unmöglich, dass ein näheres Studium dieser Eigentümlichkeiten der künstlerischen Bestrebungen der Irrsinnigen, abgesehen von einer näheren

Beleuchtung dieser geheimnisvollen Krankheiten, auch für die Ästhetik oder wenigstens für die Kunstkritik von Wichtigkeit sein könnte. Ein solches Studium zum Beispiel würde lehren, dass die Vorliebe für das Symbolische, für das Nebensächliche, die sonderbare Verschlingung der Schriften, das übertriebene Vorherrschen einer Farbe, die Unflätigkeit und das ungezügelte Streben nach Originalität pathologische Fragen der Kunst sind.«

Cesare Lombroso, 1887[11]

◇

„Ich glaube, ich hätte da etwas für Sie."
„Sie überraschen mich, Frau Lichtblau. Wenn mich mein Erinnerungsvermögen nicht täuscht, haben Sie bei unserem letzten Telefonat unsere Geschäftsbeziehung für beendet erklärt."
„Habe ich das?"
„Ich habe so etwas im Ohr wie 'Rufen Sie mich bitte nicht mehr an'".
„Sollte heißen: Ich melde mich, wenn es Neues gibt."
„Erstaunlich, ich hatte Ihren Tonfall anders interpretiert."
„Sehen Sie, Herr Meininger, in den Grundlagen, auf denen unsere Geschäftsbeziehung basiert, hat sich etwas verändert."

„'Andere Preisklasse als Christie's oder Sotheby's', 'keine Premium-Partner', 'keine stimmige Chemie'?"
„Zeichnen Sie Ihre Telefonate auf?"
„Ich mache mir Notizen. Allerdings nur bei den wichtigen Gesprächen. Die Chemie stimmt also doch?"
„Ich will's mal so sagen: In gewissen Ausnahmefällen veräußert ArtAktiv mittlerweile auch Kunstwerke aus seinen eigenen Beständen."
„Das heißt, Sie hätten zwischenzeitlich ein Bild vorrätig, das Sie mir –"
„Genau. Und in Ihrer Preisklasse liegt's auch."

◇

Nimm die Dinge, wie sie sind, Alfred. Du bist gestrandet und wirst auf einige Zeit diese Insel hier bewohnen müssen sollen dürfen wollen. Mit all den Irren. Und den anderen. Die Ängste vor der Verrücktheit nehmen beträchtlich ab, wenn man die Menschen so ganz aus der Nähe sieht, die davon ergriffen sind. Wer sich in allzu seichtes Wasser begibt, läuft freilich Gefahr, auf Grund zu laufen. Wo aber will man anfangen, die Seichten zu erlösen, wenn nicht im Seichten. Christus ist auf Grund gelaufen. Giordano Bruno ist auf Grund gelaufen. Thomas Morus ist auf Grund gelaufen. Die heilige

Jungfrau von Orléans ist auf Grund gelaufen. Ich bin auf Grund gelaufen. Es ließe sich gut machen, dass wir hier eine kleine Weile bleiben, Alfred. Nirgendwo lässt sich so ruhig wie hier malen und schreiben. Male, Alfred. Schreib.

◇

Karthaus, den 23. April 1921

Lieber Florian!

Nun ist es also gekommen, wie Du immer geweissagt hast, dass ich nämlich im hiesigen Kartenhaus Wohnhaft genommen habe. Wie ich hierher gekommen bin, freilich, weiß ich nur so von ungefähr. Der Vater wird mich wohl verbracht haben, ist aber seither nicht mehr vorstellig geworden. Wobei ich dir allerdings nicht zu sagen vermag, wie lang „seither" ist; ein paar Wochen mögen's wohl sein. Von der Gemeingefährlichkeit und heftigen Erregung, welche man mir attestiert hat, ist nichts mehr übrig, falls ich denn je gemein, gefährlich und erregt hätte gewesen sein sollen.
Es lebt sich hier nicht unumschränkt unbeschränkt, das wäre zuviel gesagt, aber von meinen weitgereisten mitgefangenen und -gehangenen Kameraden hier (resp. Patienten, vulgo Insassen) hört man sa-

gen, dass es beispielshalber im Münchner Irrenhaus weitaus weniger kommod sei. (O glücklicher Umstand also, dass ich meinen Besuch bei dir neulich verschoben habe.) Von Camisolen, Schnallbetten oder Zwangsstühlen hab ich hier noch nichts erfahren, wiewohl ich mich weidlich umtue. Übelstenfalls kommt jemand ins Dauerbad oder wird gewickelt, wenn er partout nicht aufhören will, den Lärm von der Baustelle zu übertönen. Und das bin oft nicht ich. Stattdessen steh ich selbst auf der Baustelle, mache mich gar nützlich, indem ich staple und schleppe und mörtle und demontiere und mir die Hände schwielig mache. Es stapelt, schleppt, mörtelt, demontiert und händeschwielt nur so. Allüberall ist die Anstalt im Umbruch begriffen, und das Kollegium resp. v/o etc. pp. wird fleißig zum Mittun angehalten.
Dr. Vierzigmann, erfahren habend, dass ein bedeutender Künstler unter seinem Dach weilt (mein Ruf sei mir durchaus schon vorausgeeilt, wie er meinte, wenn auch mit einem ironischen Grinsen um die Mundwinkel), hat mir zugesagt, er werde mich demnächst mit Rüstzeug in Form von Leinwand, Pinsel und Farben ausstatten. Wie er's mit mehreren meiner Vorgenannten ebenso bewerkstelligt. Insbesondere einer von jenen ist handwerklich weidlich geschickt im Umgang mit seinen Malutensilien, wenngleich er trotzdem nur Schund zuwege bringt, und verfügt sogar über ein eigenes Atelier, vor dem's mir allerdings graust, weil's darinnen so stinkt.

Vincent war anfangs öfters zu Besuch, ist aber schnell wieder gegangen, weil die Wärter ihn nicht leiden mögen, scheint's. Zuweilen schaut er aber noch vorbei, spendet Trost und hält mich über die inneren Zusammenhänge der Welt und der Kunst auf dem Laufenden. Auch über eine Zeile von Dir wär ich froh.

Dein Bruder Alfred

◇

»Die Anstalten, die der Idiotenpflege dienen, werden anderen Zwecken entzogen; soweit es sich um Privatanstalten handelt, muss die Verzinsung berechnet werden; ein Pflegepersonal von vielen tausend Köpfen wird für diese gänzlich unfruchtbare Aufgabe festgelegt und fördernder Arbeit entzogen; es ist eine peinliche Vorstellung, dass ganze Generationen von Pflegern neben diesen leeren Menschenhülsen dahinaltern, von denen nicht wenige 70 Jahre und älter werden. Die Frage, ob der für diese Kategorien von Ballastexistenzen notwendige Aufwand nach allen Richtungen hin gerechtfertigt sei, war in den verflossenen Zeiten des Wohlstandes nicht dringend; jetzt ist es anders geworden, und wir müssen uns ernstlich mit ihr beschäftigen. Unsere Lage ist wie die der Teilnehmer an einer schwierigen Expedition, bei welcher die größtmögliche Leistungsfä-

higkeit Aller die unersetzliche Voraussetzung für das Gelingen der Unternehmung bedeutet, und bei der kein Platz ist für halbe, Viertels- und Achtels-Kräfte. Unsere deutsche Aufgabe wird für lange Zeit sein: Eine bis zum Höchsten gesteigerte Zusammenfassung aller Möglichkeiten, ein Freimachen jeder verfügbaren Leistungsfähigkeit für fördernde Zwecke. Der Erfüllung dieser Aufgabe steht das moderne Bestreben entgegen, möglichst auch die Schwächlinge aller Sorten zu erhalten, allen, auch den zwar nicht geistig toten, aber doch ihrer Organisation nach minderwertigen Elementen Pflege und Schutz angedeihen zu lassen - Bemühungen, die dadurch ihre besondere Tragweite erhalten, dass es bisher nicht möglich gewesen, auch nicht im Ernste versucht worden ist, diese Defektmenschen von der Fortpflanzung auszuschließen.
Von dem Standpunkte einer höheren staatlichen Sittlichkeit aus gesehen kann nicht wohl bezweifelt werden, dass in dem Streben nach unbedingter Erhaltung lebensunwerter Leben Übertreibungen geübt worden sind.«

Alfred Hoche, Karl Binding, 1920[12]

◇

„Wenn Sie - die Methodik ist Ihnen in einem anderen Kontext sicherlich nicht unbekannt - ein biss-

chen empirisches Material auswerten, kommen Sie recht schnell zu dem Ergebnis, dass sich unter den – sagen wir mal – Top-Hundert der teuersten Gemälde der Welt gewisse Trendlinien abzeichnen."
„Sehr schön, Frau Lichtblau. Das heißt, Kunsttheorie funktioniert ganz ähnlich wie Ökonomie."
„Vielleicht ein wenig. Allerdings nur in unserem speziellen Fall, Herr Meininger."
„Das heißt: in Ihrem und meinem?"
„Im Fall von ArtAktiv und –"
„der Transisco Group."
„Richtig. Schließlich geht es hier in erster Linie um ökonomische Gesichtspunkte, wenn ich Sie richtig verstanden habe. Die Kunstwissenschaft kennt durchaus noch andere Herangehensweisen an ihren Gegenstand, aber die können wir bei unserem Vorhaben vernachlässigen."
„Beispielsweise wenn es um die farbliche Abstimmung von Gemälden mit dem Nagellack von Sekretärinnen geht."
„Ich kann mir nicht helfen, aber ich glaube –"
„Verzeihen Sie. *Sie* haben meine Sekretärin ins Spiel gebracht."
„Der ideale Künstler in unserem Sinne ist tot."
„Sehr schön. Das heißt, sein Oeuvre ist abgeschlossen."
„Richtig. Weiterhin ist es vergleichsweise übersichtlich, das Oeuvre."
„Weil das Angebot die Nachfrage bestimmt."
„Es ist überwiegend in der ersten Hälfte des 20. Jahrhunderts entstanden."

„Aha."
„Der Künstler weist eine außergewöhnliche Biographie auf, idealerweise ein relativ kurzes Leben und einen antifaschistischen Hintergrund. Und er hat in Fachkreisen einen Namen, allerdings keinen so abgenudelten wie –"
„Leonardo da Vinci, Van Gogh, Rembrandt, Dürer."
„Weil seine Werke ansonsten tatsächlich im Museum hängen würden und sich damit für Leute wie Sie außer Reichweite befänden."
„Das leuchtet mir ein, Frau Lichtblau. Nun haben Sie aber eben von den Top-Hundert der teuersten Gemälde der Welt gesprochen. Ich fürchte, das ist nun doch nicht ganz die Preisklasse, die mir vorschwebt; ich habe Ihnen meine Vorstellungen ja genannt."
„Ein bislang unbekanntes Werk des Künstlers wäre vergleichsweise günstig zu haben, vielleicht sogar zum Schnäppchenpreis."
„Und so etwas haben Sie vorrätig?"
„Ja."
„Von einem Künstler, der die vorgenannten Voraussetzungen, die Sie aufgezählt haben, erfüllt?"
„Bis auf eine."
„Die da wäre?"
„Der gewisse Name in Fachkreisen. Für den Bekanntheitsgrad müsste man erst noch sorgen. Aber neue Märkte zu schaffen ist ja Ihre Spezialität, wenn ich's recht verstanden habe."

◇

»In den Staatsgebäuden zur Pflege und Erhaltung der mittelalterlichen Inventare und Gebilde, eines Stabes überflüssiger Kunstbeamten, alles toten, heutigen Lebensbedürfnissen zuwidersprechenden Gerümpels, Geschreibsels und Gemales, das bestenfalls nur historischen Nachschlagewert hat für Idioten und Nichtstuer, die die Dokumente der menschlichen Dummheit, bis in die greiseste Vergangenheit greifend, preisen zu müssen glauben, hängen die verstaubten ›Werke‹ der Rubens, Rembrandts, die für uns heute nicht den geringsten Lebenswert mehr bergen. Die Marktinteresse für den Bürger haben! In denen er sein Geld sicherte und festlegte. Wie er auch heute sein überschüssiges Kapital in den Bildern der für ihn pinselnden Maler für sich aufhäuft und die bedeutenden Gemälde der bedeutenden ›Schaffenden‹ nur aus Kapitalsinteressen als sein Eigentum für seine unbewohnten Herren-, Speise- und Damenzimmer in dieser Hungerzeit erwirbt. Nebenbei schaffen diese Erwerbungen dem Bürger allen Glanz und Ruhm eines Kunst- und den Rang und die Warte eines erstklassigen Kulturförderers, von wo aus man auf den nur produktive Arbeit leistenden ›Pöbel‹ mit geschürzten Lippen den Tabaksaft der zwischen Goldplomben zerkauten Havanna herabspeien kann.

Ja, hier gehören diese großen Kunstwerke alle hin! An die Prunktäfelungen der hohen Wände!! – oder etwa in

eine Arbeiterstube, in das Alltagselend eines Arbeiters, vielleicht über sein Arbeiterlausebett?
Was soll der Arbeiter mit Kunst?
Wo er stündlich um seine primitivsten Lebensbedürfnisse kämpfen muß, wo er unter den zerrütteten Verhältnissen fiebert, in denen er seine Kameraden, seine Familie, alle seine Mitstreitenden dank der bürgerlichen Blutsauger und geschwollenen Besitzkröten dauernd versinken sieht, und sich schuldig fühlt jeder Minute, die er nicht damit zubringt, diese Welt aus den Schleimlingen des kapitalistischen Systems zu befreien.
Wo er dauernd dem Kapital, das auf jede Weise die Stabilisierung der Ausbeutung ersinnt und ausführt, entgegentreten muß. Wo er die Ebert mit den Kapp und Mannerheim verhandeln und die Revolution verkaufen sieht. Wo er die Bildung im Bunde mit den Ludendorffs Handgranaten werfen sieht.
Was soll der Arbeiter mit der Kunst, die ihn trotz aller dieser erschreckenden Tatsachen in eine davon unberührte Ideenwelt führen will, vom revolutionären Handeln abzuhalten versucht, die ihn die Verbrechen der Besitzenden vergessen machen will und ihm die bourgeoise Vorstellung einer Welt der Ruhe und Ordnung vorgaukelt. Die ihn also den Klauen seiner Zerfleischer ausliefert, statt ihn aufzupeitschen gegen diese Hunde.
Ja, was soll den Arbeitern die Kunst? Haben die Maler ihren Bildern die Inhalte gegeben, die dem Befreiungskampf der arbeitenden Menschen entsprechen, die sie lehren sich zu befreien aus dem Joch tausendjähriger Unterdrückung?!

Sie haben die Welt trotz all dieser Schande im beruhigenden Lichte gemalt. Die Schönheit der Natur, den Wald mit Vogelgezwitscher und Abendsonnenschein! Zeigt man, daß der Wald in den schmierigen Händen des Profitmachers ist, der ihn meilenweit als sein Privateigentum erklärt, über das er allein verfügt, der ihn abholzt, wenn sein Geldschlot es erfordert, ihn aber umzäumt, damit Frierende darin sich kein Holz holen können.

Doch die Kunst ist tendenzlos. Sieh an!

Deshalb malt man den ganzen alten barocken Gottesschwindel, barocke Engel und barocke Apostel, mit denen kein Lebender mehr etwas anzufangen weiß. Kreuzigungen in allen Façons im Original für die christlichen Mittagstische der Junker und vervielfältigt zur Verdummung des Volkes. Als würde man noch von der Kirche bezahlt oder stände ihren Ideen nahe, als würde man in ihren Schoß flüchten können vor den Standgerichten der bürgerlichen Republik.

Arbeiter! Indem man Euch die Ideen des christlichen Kirchentums vorsetzt, will man Euch entwaffnen, um Euch umso bequemer der mörderischen Staatsmaschine auszuliefern.

Arbeiter! Indem man in Gemälden irgend etwas darstellt, an das sich der Bürger noch klammern kann, das Euch Schönheit und Glück vorspiegelt, stärkt man ihn, sabotiert man Euer Klassenbewußtsein, Euren Willen zur Macht.

Indem man Euch auf die Kunst verweist und schreit: ›Die Kunst dem Volke‹ will man Euch verführen an ein Gut zu glauben, das Ihr mit Euren Peinigern gemein-

sam besitzt und dem zu Liebe Ihr den berechtigsten Kampf, den die Welt je sah, einstellen sollt. Man will wieder einmal Euch mit ›Seelischem‹ gefügig machen, und Euch das Bewußtsein Eurer eigenen Kleinheit im Verhältnis zu den Wunderwerken des menschlichen Geistes einflößen.
Schwindel! Schwindel!
Gemeinster Betrug!!

John Heartfield und George Grosz,
Dezember 1919[13]

⟐

Insel der Glückseligen? Kerker der Verdammten? Geht reinen Sinnes und unversehrten Körpers hinaus in die Welt zurück, wer einmal hier herinnen war? Wird ihm nicht zumindest eine Kugel im Herzen sitzen? Verrät ihn nicht die Wunde an der Seite des Kopfes, dort, wo normalerweise das Ohr seinen Sitz hat.

⟐

Noch immer im Kartenhaus, mittlerweile
den 7. Mai 1921

Lieber Florian!

Statt Leinwand und Öl hat Dr. 40Mann mir Schulmalfarben und Einwickelpapier zur Verfügung verfügt. Viel lässt sich damit nicht bewerkstelligen. Der Herr Kollege Forster nimmt Spucke und Rotz und Seich als Bindemittel, und man mag sich gar nicht ausmalen, was sonst noch alles. Er ist dabei, ein Edelmensch zu werden, und eines Tages wird er flugs in die Sonne fliegen und dort in seiner menschlichen Gestalt weiterleben. Der Edelmensch hat die Zunge von Hähnen, die Läufe von Hasen und die Füße von Rehen, die Schenkeln von Pferden, das Kreuz vom Panther, die Herzbrust von der Gans, den Leib vom Krokodil und die Schulter vom Seehund. Der Mensch ist überhaupts eine Kreuzung von Gorilla und Löwe und dadurch ein Allesfresser. Er isst sogar seine eigenen Ausscheidungen. Und wer's nicht glaubt, den fasst der Forster beim Kragen und schüttelt ihn. Das ist übel, weil er ja stinkt wie ein Iltis.
Siehst Du den Achmann und den Britting dann und wann? Sie verstecken sich ja ebenfalls in München, und wie mir Vincent verrät, der aber kein Verräter ist (weißgott nicht): Sie sind wegen und vor mir geflohen aus Angst, ich würde Ihnen Ihr Talent aus den Köpfen saugen. Sag Ihnen, dass sie keine Angst

zu haben brauchen, da ist nichts, was der Mühe wert wäre.
Noch immer keine Zeile von Dir.

Dein Bruder Alfred zu Tal und zu Berge

◇

De eloquentia mundi

1.

? Im Anfange war das Wort. Und da, Wort war bei Gott. Und Gott war das Wort. ?

«In irgend einer fernen Zukunft wird es eine Sprache . . . zunächst als . . . dann als . . ., so gewiß . . . einmal Luftfahrt . . .» Also schrift Nietzsche.

Erfüllung, die so überwältigend Annonce - siehe ich sende vorher Verkündiger seiner Gesichte - sei über seine Verkündigung.

Gott's? da. ging aus meinem Munde hervor FlügelFlügelrer (und ob jenene Arsch hefte) Gans's? Wie Leiche haftet Mund je göttlicher Schrift je InVölkerzerfraäß erleuchtet Menschesmund aber und es war ja von Kind auf Mein Bruch Blut poch mit Fäusten an Schwerter Äonen Agonien Gekinnbackt Tödes Vielzersprachte Antlitze Vergänsung weltall schlachte Ich escelsissime einfach und tranke Blut Auf bis Allglorienschein.

Sag Nein. ☆ Mein sage Ja. ☆ Dein sage Ja: ☆ die Stunde, da du am meisten littest, die Stunde, da du am meisten liebtest ☆ Sei da Schmerz, sei da Freude, sei da Wundern. Wir offnen Mundes Unzureichende verloren. Wie plötzlich.
o Neugelaute untergemischt O Atmen.
Entschwebte.
Der du dies liest, vielleicht, daß es sei, zwei Antlitze über Weltenuntergänge sehen sich an.
2. ERZ.
O wie ist es tauwie morgenschön. als wie auf jüngstem Zweig zu stehn. War mir doch von Kindheit hieher Auf ein Gehn.
So allall stimm an die Erdstimmgabel!
Was niemand einte, wie möchte es geschehn? Wie flöße sich's wohl und wäre es glühender als Erze
Herze
Lockvogel in mein Munde, ein so groß, in ein so klein, wie schlösse ein: Menschall

Ass Si Aureo l' Issima [Pseudonym von Alfred Seidl]
1919[14]

Was ist wirklich, Alfred? Bist du wirklich? Bin ich wirklich - dein treuer Freund? Doktor Vierzigmann, der dich zweimal in der Woche kurz betrachtet, den Kopf schüttelt und seiner Wege geht? „Vincent“, fragst du, „bist du wirklich?“ Siehst du mich, hörst du mich? Und was ist unwirklich, Alfred? Dieses Bett, auf dem du liegst, das dich nicht hört und nicht mit dir spricht? Dein Bruder, dem du schreibst und der nicht antwortet? Britting und Achmann, denen du schreibst und die nicht antworten? Der Vater, dem du nicht schreibst und der nicht antwortet? Christus, der nicht antwortet? Tristan Tzara, Hugo Ball, Man Ray, denen du schreibst. Und die nicht antworten? Leonhard Stark, dem du schreibst und der nicht antwortet? Die Frau ohne Unterleib? Mozart? Denen du schreibst. Die nicht antworten. Die nicht antworten. Die Gedichte, die du schreibst? Denen du schreibst. Antworten sie?

◇

„Für die fast zerbrechlich wirkenden, kleinformatigen Arbeiten wählt der Künstler grob berissenes Packpapier, wodurch ein Kontrast entsteht, der eine provokative Spannung erzeugt. Können Sie das auf Ihrem Bildschirm erkennen? - Die Malerei ist gegenstandslos, abstrakt. Sie gesteht der Farbe eine von der Form unabhängige Existenz zu.“

„Nehmen Sie's mir nicht krumm, Frau Lichtblau –"
„Lassen Sie mich raten: Ihre zehnjährige Nichte hätte das auch malen können."
„Offen gesprochen –"
„Seidls Aquarelle zeugen von seiner Reflexion der stürmischen Entwicklung der modernen Malerei in Europa. Der Rekurs auf die abstrakten Aquarelle von Marc und Kandinsky aus der Zeit vor dem Ersten Weltkrieg ist unverkennbar."
„Jetzt, wo Sie es sagen..."
„Der Künstler verzichtet darauf, seine Werke zu betiteln und zu datieren, und lediglich eines der drei ist mit einem von Seidls Pseudonymen 'Aureo l' Issima' signiert. Eines trägt den Stempelaufdruck 'Bildersammlung der psychiatrischen Klinik Heidelberg' und die handschriftliche Nummerierung '4501'."
„Psychiatrische Klinik Heidelberg?"
„Das Bild befindet sich im Besitz des Universitätsklinikums Heidelberg. Die Sammlung Prinzhorn existiert nach wie vor und ist öffentlich zugänglich. Waren Sie schon einmal in einer Kunstausstellung, Herr Meininger?"

◇

»Die Wahlen haben im Deutschen Reiche und in den einzelnen deutschen Staaten durchschnittlich eine sehr

starke, teilweise nahe an die absolute Majorität heranreichende, sozialdemokratische Minderheit ergeben. Es steht daher mit Bestimmtheit zu erwarten, dass auch in der Irrenfürsorge die Durchführung gewisser Grundsätze, die der sozialistischen Lehre und Weltanschauung entsprechen, in Bälde zur Diskussion gestellt werden wird. Wir Psychiater müssen uns über diese Probleme klar werden und Stellung zu ihnen nehmen; dabei werden wir zu unterscheiden haben zwischen

- *Forderungen, deren Erfüllung auch im Interesse der Irrenfürsorge gelegen ist;*
- *Forderungen, die ohne wesentliche Nachteile erfüllt werden können;*
- *Forderungen, die uns mit den Zielen der Irrenfürsorge gar nicht oder nur unter bestimmten Voraussetzungen vereinbar zu sein scheinen.*

Dabei werden wir uns auch über die finanziellen Folgen Rechenschaft zu geben haben, denn Ideen lassen sich nur im Rahmen des praktisch Möglichen durchführen – und dieser Rahmen wird in den nächsten Jahrzehnten leider wahrscheinlich sehr enge sein. Soweit ich die Sachlage übersehe, wird mit folgenden Forderungen zu rechnen sein:

1. *Unentgeltliche ärztliche Behandlung der Geisteskranken im weitesten Sinne des Wortes.*
2. *Freiheitlicher Ausbau des Irrenwesens, besonders der Anstalten.*

3. Verbesserung des Rechtsschutzes der Geisteskranken, besonders gegenüber der Anstaltsverwahrung.
4. Fachleitung und Fachaufsicht in der Irrenfürsorge.
5. Beseitigung der Vorrechte, welche Geburt und Geld bisher gaben.
6. Zuziehung des Anstaltspersonals in gewissen Fragen, besonders zu den die Verhältnisse des Personals berührenden Fragen.
7. Einführung des Achtstundentages.
8. Aufklärung des Publikums durch unentgeltliche, öffentliche Vorträge.

Eine freiere Entwicklung der öffentlichen Irrenfürsorge und ihrer Ausdehnung auch auf Psychopathen, Geistesschwache, Epileptiker, Trinker, gewisse Formen von Nervenkrankheiten lässt sich erreichen durch die Organisation der Fürsorge für die außerhalb der Kreisirrenanstalten befindlichen geistig anomalen Personen im Anschluss an unsere Kreisirrenanstalten, die auf diese Weise zu natürlichen Mittelpunkten für die Irrenfürsorge ihres Aufnahmebezirkes werden und denen die fachärztliche Beaufsichtigung und Beratung der Pflegeanstalten, der Privatanstalten, der Trinker- und Nervenheilstätten, der Psychopathenheime, der psychiatrischen Stationen, der Hilfsschulen und Hilfsklassen, der Zwangserziehung, ferner die fachärztliche Beaufsichtigung, Beratung und Unterstützung der nicht in Anstalten verpflegten Personen anomalen Geisteszustandes zufällt. Diese Fürsorge außerhalb der Anstalt wird gestatten, einen nicht ganz kleinen Bruchteil der bisher in Anstalten untergebrachten Personen dauernd oder vorübergehend der Freiheit zurückzugeben ohne Gefahr für sie und ihre Umgebung.«

Gustav Kolb, 1919[15]

◇

Karthaus, den 30. Mai 1921

Hoch-, höher-, höchstverehrter Leonhard Stark!

Sie verzeihen, dass ich mich erst heute mit einigen Zeilen an Sie wende, wiewohl Ihr Vortrag im Regensburger Metropolsaal bereits ein wenig zurückliegt. Was indes nichts schadet, da das, was Sie über Christus, den Christus-Menschen, den Übermenschen, Spartakus, die Judenfrage und Sexualismus gesprochen haben, seine Gültigkeit im vergangenen Halbjahr in keiner Weise verloren, ja, gar an Virulenz noch fleißig hinzugewonnen hat. Trotz des Redeverbots, das Ihnen seither zuteil geworden ist, sind Ihre Worte wahrer denn je, und wie eben besagtes Redeverbot beweist, auch wichtiger denn je, da diejenigen, denen Ihre Lehre ein Dorn im Auge ist, sie zu unterdrücken suchen, solange ihnen die Gabe des Zum-Unterdrücken-imstande-Seins noch irgend gegeben ist.

Das Wort „Meister“, wiewohl nun tatsächlich auf dem Blatte befindlich, wie ich mit Verwunderung lese, will mir nur schwer von der Feder. Im Gegensatz zu Haeusser, der zwar in seinen Ideen den Ihrigen - den Unseren, darf ich sagen - nicht ferne steht, sind Sie jeglichem Meistertum abhold. „Das große Ich“, das Sie propagieren, ist nicht nur - wie bei Haeusser - das einzige, das Ihrige und alleingültige, sondern es steht jedem offen, der es zu empfangen versteht. Ich bin bereit! Und wenngleich ich mich - glauben Sie mir das - keineswegs erdreiste, Ihnen vorauseilen zu wollen, so mag ich mich doch auch nicht mit bloß jüngerhaftem Folgen begnügen.
Seien Sie daher versichert: Wenn es dereinst zum großen Abwägen kommt, so will ich mit Ihnen - gleich Ihnen - die Leiden der Welt auf mich nehmen, um die Welt zu erlösen! In den kommenden Revolutionszeiten wollen wir so gemeinsam als Beherrscher der Welt alles retten.

Ergebenst
Alfred Seidl

◇

»Ein brauchbares Mittel zur Verminderung der Fortpflanzung Minderwertiger ist auch ihre Unterbringung in geschlossenen Anstalten, die so genannte Asylierung. Die Gesellschaft für Rassenhygiene ist dafür eingetreten, dass nicht nur alle Geisteskranken und gemeingefährlichen Verbrecher, sondern auch Schwachsinnige, Vagabunden, Trunksüchtige, ja auch körperlich Minderwertige dauernd in Anstalten verwahrt werden sollen, und er fordert mit Recht eine gesetzliche Regelung zur Zwangsasylierung. Soweit die Verwahrung aus Rücksicht auf den Schutz der Gesellschaft vor gemeingefährlichen Individuen oder andererseits aus Rücksicht auf die Pflegebedürftigkeit der Asylierten nötig erscheint, ist sie natürlich die einzig gegebene Methode. Wo es dagegen nur auf die Verhütung der Fortpflanzung ankommt, ist sie eine viel umständlichere, teurere und von den Betroffenen in vielen Fällen viel schmerzlicher empfundene Maßnahme als die Sterilisierung. Alle nicht gemeingefährlichen erblich Minderwertigen, soweit sie nicht der Anstaltspflege bedürfen, sollten unter der Bedingung freigelassen werden, dass sie sich sterilisieren lassen. Solange aber die Sterilisierung bei uns nicht eingeführt ist, muss man die Asylierung aller erblich stärker Minderwertigen von möglichst früher Jugend an befürworten.«

Fritz Lenz, 1921[16]

◇

Regensburg, den 2. Juni 1921

Sehr geehrter Herr Dr. Prinzhorn!

Bitte verzeihen Sie vielmals, dass ich Ihnen erst mit so langem Verzug auf Ihr Schreiben vom Dezember des vorletzten Jahres antworte. Seit nunmehr fünf Jahren beherbergt unsere Heilanstalt Karthaus Prüll eine gewaltige Baustelle, die von Gebäude zu Gebäude wandert und sich niederlässt, wo es ihr beliebt. Dabei macht sie zuweilen weder vor dem Arbeitszimmer Direktor Eisens noch vor dem meinen Halt, so dass wir zuweilen unsere Sachen packen und uns eine neue Bleibe auf dem Gelände suchen müssen, die indes vor einer neuerlichen Heimsuchung durch die wandernde Baustelle keineswegs gefeit ist, weshalb wir uns nirgendwo allzu häuslich einrichten und manche Akten- und Karteischränke zuweilen gar nicht erst ausgeräumt werden. Wiewohl sich seit der Auflassung der Anstalt Wöllershof letzten Herbst die Zahl der Neuaufnahmen mehr als verdoppelt hat. Sollte sich - und ich muss leider sagen: derlei geschieht - sollte sich einmal in dieser Konfusion eine Krankenakte oder ein Brief in einen Ordner oder Schrank verirren, wo sie nicht hingehören, so dauert es eine kleine Weile, bis sie wieder auftauchen. Aber sie tauchen alle wieder auf. Manche früher, manche später.
Soviel zu meiner Entschuldigung. Ausgleichshalber kann ich Ihnen heute mitteilen, dass es in Ihrer Sache gleich mehrere große Schritte vorwärts geht:

Herr Professor Eisen befindet den Gedanken, eine umfangreiche Sammlung von Bildnissen kreativ schaffender Geisteskranker anzulegen, als sehr lohnens- und lobenswert und hat Ihr Ansinnen an mich weitergegeben, wo er, wie er wohl weiß, nichts weniger als offene Türen einrennt. Ich bin selbst passionierter Kunstliebhaber und habe stets ein wachsames Auge, ob der eine oder andere unserer Patienten eine Neigung zu schöpferischer Tätigkeit hat, welche ich nur zu gerne durch die Bereitstellung von Mal- und Zeichenutensilien fördere.
Tatsächlich finden sich zumindest drei darunter, deren Bildnisse mir für Ihr Vorhaben sehr interessant erscheinen, zwei Männer und eine Frau.
Für heute möchte ich Ihnen zwei Holzstiche und drei Aquarelle eines unserer jüngeren Patienten beilegen, der sich vor seiner Einweisung nach Karthaus Prüll vor sechs Wochen nach eigenen Angaben seinen Lebensunterhalt durch künstlerische Tätigkeit verdient hatte - teils als Maler, teils als Schriftsteller. (Was indes eher einem gesteigerten Wunschdenken als der Realität entspricht, wie uns sein Vater versichert. Vorrangig lebt er von einer kleinen Militärpension und der Unterstützung seiner Eltern. Dass er gleichwohl öffentlich künstlerisch tätig war, ist nicht zu bestreiten.)
Alfred Seidl wurde 1892 als Sohn eines Regierungsschulrates in Regensburg geboren und wuchs mit drei Geschwistern in einem gesicherten bürgerlichen Familienverband auf. 1912 beendete er das Gymnasi-

um und nahm in München das Studium der Rechtswissenschaften auf. 1914 wurde er zur Infanterie nach Bayreuth eingezogen, jedoch wegen eines Lungenleidens bald wieder entlassen. Er nahm das Studium wieder auf, legte aber die Examina nicht ab, weil er neuerlich an Lungenbluten erkrankte.
Seit dieser Zeit betätigt er sich autodidaktisch als Maler und Schriftsteller. Er ist Mitglied einer Nürnberger Schriftstellervereinigung, hat jedoch meines Wissens keine eigenständigen Publikationen vorzuweisen. Letztes und vorletztes Jahr erschienen in einer Regensburger literarischen Zeitschrift zwei seiner - wie er sagt „tausendfachen“ - Gedichte, die ich indes nicht zu beurteilen wage. In der gleichen Zeitschrift wurden die beiden Holzstiche abgedruckt, die Sie in der diesem Schreiben beigefügten Mappe finden. Die drei Aquarelle hat er mir - wie er betont „leihweise zu Studienzwecken“ - überlassen.
Mitte April dieses Jahres wurde er aufgrund Gemeingefährlichkeit und heftiger Erregung in unsere Anstalt eingewiesen, da er in der Stadt Passanten beschimpft und bedroht hatte und sich jeglichem vernünftigen Gespräch widersetzte, indem er sich lediglich einer von ihm selbst entwickelten „Weltursprache“ befleißigte. Bereits zuvor war er durch immer extravagantere Kleidung - teils im arabischen Kaftan, teils in Büßerhemd und Sandalen - auffällig geworden.
In Behandlung ist er alsbald ruhiger geworden, hat nur zu Beginn seines Aufenthalts heftig phantasiert und war ausfallend. Während der ersten beiden Wo-

chen wurde er mehrmals mit prolongierten Bädern behandelt. Er ist kontaktarm, verhält sich jedoch gegenüber Ärzten, Pflegepersonal und Mitpatienten freundlich und spielt gern den „feinen Herrn“. Er beschäftigt sich mit dadaistischen Schriften und korrespondiert mit derartigen Persönlichkeiten in Berlin, Zürich und Paris. In der Arbeitstherapie tut er fleißig mit und verfertigt abends seine Aquarelle. Ich übersende Ihnen in Bälde weitere „Exponate“ einiger unserer Patienten und verbleibe einstweilen

hochachtungsvoll
Adolf Vierzigmann, Oberarzt

◈

„Die in der spätexpressionistischen Zeitschrift ‚Die Sichel‘ abgebildete Druckgrafik Seidls ist ebenfalls in der Sammlung Prinzhorn vorhanden; auch sie trägt keinen Titel. Es ist eine surreale Szene: Parallel zum unteren Bildrand bildet ein männlicher Unterarm sozusagen den Grund der Darstellung, aus dem der Rest herauswächst; man erkennt den Ärmel einer Jacke, eine Hemdmanschette, einen Ring an der Hand; der Hand entschwebt eine Rose. Auf dem Unterarm sitzt ein Vogel mit ornamentiertem Gefieder, in der Ellenbogenbeuge eine menschliche Gestalt, die wiederum ihren Unterarm auf den gro-

ßen Arm auflegt. In der linken Bildhälfte, oberhalb der geöffneten Hand mit der Rose, eine stehende Gestalt, offenbar eine weibliche, deren langes Haar sich zu einem Ornamentband wandelt, das die obere Bildhälfte dominiert. Hier wird das Motiv des ausgestreckten Arms wieder aufgegriffen, auf dem sich diesmal eine Katze oder etwas Ähnliches findet."
„Und was will uns der Künstler damit sagen?"

Selig sind die Armen im Geist, Alfred, denn ihrer ist das Himmelreich. Den Reichen im Geist aber ist das Erdreich. „Vincent", fragst du. „Wer ist reich im Geist?" Du, Alfred, der du die Wahrheit geschaut hast, du bist reich im Geist. Der du die Verkettungen verstehst zwischen dem Hiersein und dem Dortsein. Der du dich über die Armen im Geist erhebst. Der du sie führen wirst. Der du sie trösten musst, wie sie Leid tragen in ihrer Geistesarmut; denn die da Leid tragen, sollen getröstet werden. Du aber wirst das Land besitzen.
Und wenn du dein Werk vollbracht hast, wenn du Frieden gestiftet haben wirst unter den Menschen, dann wirst du Gott schauen. Und Gott schauen, heißt Gott werden, heißt Gott sein.
Nicht das Reich im Geist wird dann herrschen, son-

dern das Reich auf Erden. Dir aber wird das Himmelreich gehören.

◇

Château de cartes, le sept Juin 1921

Sehr geehrter Monsieur Duchamp!

Verehrungswürdiger, verehrungswürdige Rrose Sélavy! La rose, c'est la vie. La vie en rose. Wie eine Rose das Leben. Eine Rose!
Dem Armreich entsteigt der Phoenix, fliegt himmelan, zaudert noch. Im Armreich des Falkners hat er den erspäht, der ihn längst erspähte. Er wird bluten, wird zu Asche werden, bevor seiner das Himmelreich wird, das Reichreich.
Dazwischen: Die Rose!
Sollten Sie wieder einmal ins Exil gehen müssen, wählen Sie nicht noch einmal München. Dort treiben heutzutage die Brittings, die Achmanns und ähnlich trübe Gesellen ihr Unwesen. Kommen Sie nach Regensburg; es besteht Aussicht, dass ich bald wieder in den Stand gesetzt sein werde, Ihnen Asyl zu gewähren.
En rose,

Ass Si Aureo l' Issima

◇

»Mein Ich!
Menschen der Welt, Mein Hass zu Euch hinüber ist so groß, dass Ich jeder Welle zürne, die Eure schön gepflegten, so schmutzigen Leiber bespült; es sind nur Leiber und keine Gefäße für Geist.
Euch meidet, wer vom Adel ist. Ich Bin vom Adel, vom Ur-Adel. Unverletzlich zwar, Bin Ich das Leichtestverletzliche.
Mein Ich ist empfindlich wie die Seifenblase des Kindes, von tappiger Pfote berührt, platze Ich – – – rolle Mich wie ein Igel ein.
Ich Bin gleich dem Engel auf dem schwimmenden See, der innen im Licht der Sonne schimmert, der ferne Beobachter sieht Mich still an einem Platze stehen, je näher Ich Meinem Ziele Bin, desto kleiner und weniger werde Ich seinem Auge. Dieser Beobachter ist der „Mensch von heute“, der sich immer am sicheren seichten Ufer hält wie die Anfänger der Schifffahrt auch taten.
Ich aber treibe auf hoher See, Bin Dampf- und Segelschiff zugleich, treibe ruhig weiter, immer weiter.
Mein Segel bläst der Wind von allen Seiten; Ich Unverrückbarer richte Mich nach allen Winden, Bin wirklich „wie das Fähnchen auf dem Dach“.

Wie kann Ich eine Scheibe ins Schwarze treffen, wenn die ganze Scheibe nur Schwarzes ist?
Fasse es, wer es fassen kann!

Fasse Mich, wer Mich fassen kann!
Herausfordernd sage ich dies!
Ich entwische der gewandtesten Feindeshand; die Tarnkappe, das Ideal der Alten, ist Mir zuteil geworden. Ich Gewissensakrobat ohne Gewissen mache wie der Turner am Reck den Riesenschwung an Meiner eisernen Reckstange Meines Gesetzes.
Niemand sieht Mich, denn der erste Punkt, wo die Fäden aller Zusammenhänge zusammenlaufen; das Bin Ich, dieser erste Punkt.
Ich sehe aber alle und alles.
In Mir decken sich alle Farben zum Weiß, alles Hin und Her wird zum ersten Hier. Meinungen, Anschauungen, Ansichten, wahr und irr, Geist und Fleisch, Himmel und Erde, Satz gegen Satz, all das ist bei Mir nicht mehr.
In Mir hat sich die Versöhnung vollzogen; darum Bin Ich der Sohn des Vaters, der durch Teilung Mich zeugte. Darum bin Ich die Einheit.
Was Bin Ich nicht?? Alles!!!
Alle Dinge der Welt, der Strauch, der Stein, das Tier, sind nur Mein Gleichnis.
Ich Bin die Welt.
Was war Ich nicht?
Molekül, Zelle, Pflanze, Tier, Furchtsamer, Jähzorniger, Braver, Gehorsamer, also „Mensch"?!
Ich bin die Entwicklung
Nur wer zugrunde geht, kommt auf seinen Grund, dass er gründlich ist, unergründlich gründlich ... Denn das Größte wird wieder Nicht –, Un.
Tiefe wird Untiefe,

Zahl wird Unzahl,
Mensch wird Unmensch.
Als Mensch musst Du zugrunde gehen, dann bist Du wahr, fühlst Dich eins mit Ackerkrume, Vogel und Blume.
Nicht aber mit dem „Menschen von heute".
Mir gleicht das Feuer, wenn es alle Dürre auffrisst. Mir gleicht der Wind, wenn er Wolken treibt und Blätter bewegt.
Ich bin die Ausnahme von der Regel „Mensch", die faul und träge, unverantwortlich gegenüber dem Richterstuhl des Lebens ist.
Leben ist Kampf.
Der Mensch aber ist faul und drückt seinen Lebenssaft nieder. Verwachsen, verkümmert ist er. Ein Friedenskrüppel – des faulen Friedens.
Mit Polizei, Gesetz, Paragraph, Presse, Zuchthaus, Henkerbeil, Narrenhaus, öffentlicher Meinung, Kirche, Sittengesetz, ihrer Religion, ihrem Gott schaffen sie das, was ihre Ruhe, was ihre Ordnung, ihre Gleichheit ist.
Da will Ich Unruhe, Unordnung, Unsicherheit, Krieg gegen alles, was das Kranke erhalten will,
Krieg gegen alles, was krank vorwärts treibt.
Ich tue: Das Kranke spalten
In Gesund und Tot.
Das Gesunde erhalten,
Gesund auf Gesund dann falten.
Nur der Sehende kann dies.
Sehend wird, wer das Auge verschließt,
Das Leben sieht, wer an seiner Schwelle steht.

Der Tote ist der Lebendige.
Ich Bin der Tote,
Die Lebendigen – Allzulebendigen – sind Mir die Toten.«

Leonhard Stark, August 1921[17]

◇

„Auch Seidls literarische Texte rekurrieren auf die künstlerischen Entwicklungen seiner Zeit: Während sein Antikriegstext 'In memoriam' eindeutig der klassischen expressionistischen Dichtart zuzuordnen ist, wird das konventionelle Wort- und Satzgefüge in den beiden anderen in der 'Sichel' abgedruckten Texten durch dadaistische Verfahren vollständig aufgelöst. Der literarische Dadaismus jongliert mit Wörtern und Buchstaben, befreit die Wörter von ihrem bedeutungsschweren Überbau und verwandelt sie zu Trägern von Assoziationen. Das so gewonnene Sprachmaterial bildet durch das spielerische Neufügen unendliche Möglichkeiten. Nicht in der buchstäblichen Sinnhaftigkeit, sondern im Rhythmus und Klang der Sprache werden nun Qualitäten entdeckt."
„Frau Lichtblau, dürfte ich vielleicht –"
„Die dadaistischen Wortkünstler finden und *er*finden Ur-Zustände. So beschwört August Stramm den Urtod, Kurt Schwitters singt die Ursonate - und Seidl

erfindet eine Weltursprache. Theoretischer Reflexionen über Sprache und Spracherneuerung, wie sie im Expressionismus gang und gäbe waren, enthält sich Seidl dabei weitgehend. Er erklärt nicht – zumindest nicht verständlich –, er schreibt. Die 'Sichel' erschien von 1919 bis 1921 und stellte mit ihrem expressionistischen Gepräge zu dieser Zeit im Großen und Ganzen bereits einen Anachronismus dar. Seidls Texte sind mit Abstand die progressivsten in sämtlichen Nummern der Zeitschrift, und die beiden Herausgeber, der Regensburger Schriftsteller Georg Britting und der Maler Josef Achmann, dürften seinen avantgardistischen Beiträgen mehr als argwöhnisch gegenübergestanden haben."

De eloquentia mundi
O kindisch Gehirn zu sagen: So soll das Fundament der Sprache sein! Nein! So soll es sein! Ewig soll es sein! Ehern soll es sein!
Es sei Erz? Da gib Erz! Dies seien (denn sie sind) eherne Tafeln: wie kindlich, Mund, die anmutigste einzigund-jedesmal Grundlage Einer Sprache scheinen mir die rechten Vokale: die kläre unserer Ewigkeit, das Erz aus Meta-Munde.
*
a e i o u. Also: ama, amo, ami, amu. Diese 5

Ichzududureinerklänge allumfassenet (universuell) Ausdruck die Formen um das Substantiv (Einzahl, Plural, Adjektiv, Adverb, Männlich, Weib, Abstraktum).
‚Fünf werde 10! Verschiebe den Ton. Also amà, amò, amì, amù.
Diese zweite Reihe allumfasse (universuell) Zeitformen die Unfaßbare schwingende zu Zweit Zeit (Inf., Präsens, Imperfekt, Futur, Imperativ, Optativ-Irrealis-Konditionalis). Die «Eloquentia mundi» grundet also die Welthochsprache nicht auf eine Konvention, nicht auf einen Geschmack. Das sind vage Worte.
Die «Eloquentia mundi» grundet die Weltkultursprache auf den Urgrund des Logos selbst: : : :
Der durch die unendliche Verbindungsmöglichkeit der Selbstlauter des menschlichen Wortes vollendete (Sprach-) Intellekt verdoppelt seinen eigenen Urgrund, die reinen Vokale, setzt sie absolut (grammatisch) um in ihnen einen so wesentlichen Teil seiner Spracherkenntnis zu fixieren, daß aus dieser gemeinsamen Basis der natürliche Aufbau der Weltkultursprache sich ermöglicht.
Die Aufgabe sogar übererdallisch, weltallisch ist: Es erst-letzte ehern wirkendste Formenung, die niemand lerne, die elementarisch zu Unauslöschlichkeit da einmal klart! Ob das hier gelang, oder ob noch eine urfängischere, ewigere . . .? Leben entscheide!
*

Der natürliche Aufbau, das Leben einer Kultursprache gestaltet sich in ihrer Literatur. Die Sprachwenden entscheidet die sprachschaffende (dionysische) Dichtung. Ich nehme den Kampf um diese Entscheidung auf. Ich

habe ihn in meinen Dichtungen schon aufgenommen. Sollte von den heutigen Sprachschaffenden (dionysischen Dichtern) gemäß seinem Innersten keiner zu mir treten können, so bin ich der, der kämpfen kann bis seiner Idee Gesellen gewachsen sind. ! breche jetzt erst recht das geistige Schwert hervor das Sich Welte Erobere !
„Weltersprache Einzigkeit Welteroberig". Da ich diese ungeheure Aufgabe angriff, will ich mich neigen, sehen, was an Stärke Gabe in mir ist und es mir zu Feste setzen. Würden aber welche denken, was ich will, sei unmöglich, so würde ich sagen:
Würde ich bereits im Innersten verwundet sein, so würde ich mich wenigstens von dem Bischen Gezettel um das Bischen Kleinerlei welte nicht erschöpfend beteiligen sollen.
Könnte ich unter mein Werke fallen, so würde es mir vielleicht gar nicht einmal geziemen zu leben als wie da Aas. Könnte das Schicksal meinem Werke Zermalmung, so mich um meines Selbst willen als Heros. Nicht als memme; denn das ist unmöglich. Beseele mich die Kraft derer deren Herz an der Erde verwundet wurde.
Ich gehe meinen Weg und bisweilen falle ich in meinem Blute zusammen auf meinem Weg. So ich mich aufrichte, gehe ich weiter meinen Weg. Vielleicht werde ich gefällt auf meinem Weg. So war ich ein Wegbereiter und über mich werden andere mit Ehrfurcht treten.

Ass Si Aureo l' Issima
[Pseudonym von Alfred Seidl] 1920[18]

◇

Karthaus-Prüll, den 3. August 1921

Meine sehr geehrten Herren Britting und Achmann!
Dass Ihr mir auf meine zahlreichen Briefe aus Klause, Kartause und Kartenhause nicht antwortet, sieht euch ähnlich. Hineingebracht habt Ihr mich ja ganz brächtig und prächtig - und nun bin ich Euch aus den Augen und dem Sinn.
Allzu lange wird meines Bleibens hier indes nicht mehr sein, aber sorgt Euch nicht um Euch, ich habe weidlich besseres zu tun als Euch in Eure Halbmetropole nachzureisen, in die Ihr vor mir und meiner Kunst geflohen seid, und Euch dort gehörig die halbherzigen Köpfe zu waschen.
Dass Ihr über Eure Verflüchtigung hinaus das Ausgeben Eurer Zeitschrift eingestellt habt, mag mir bereits Genugtuung und Genüge tun; es ist tatsächlich das Beste, was Ihr seit deren Erscheinung zuwege gebracht habt. Noch ist Hoffnung.
Kein Krieg, kein Frieden, nichts Freches, bloß nicht, nichts Umbrechendes. So kann Kunst heutzutage nicht werden, Herrschaften. Stattdessen sieht man Euch in Rückwärtsgewand und Traditionskleid. Lauft Ihr nun dem Expressionismus hinterher und wähnt Euch in München im Expressionismusnirvana der Großstadt? Dudeldu statt Dada - Ihr habt die Richtung und die Zeit verfehlt. Oder avantgardiert

Ihr dorten in Richtung Moderne? Dann erst recht. Vorbei, vorbei. Oder geht's stramm en passant am Expressionismus vorbei zurück ins 19. Jahrhundert, ins Kaiserreich, zum Naturalismus, ins Mittelalter, ins Neandertal? Vergesst nicht, bei meinem Bruder vorbeizuschauen, er mag Euch ein Stückweit begleiten, ist ebenfalls Schriftsteller, dem Laienspiel sehr zugeneigt und wohnt meines Dafürhaltens in Schwabing. Solltet Ihr aber weiter publikativ tätig sein und diesmal wirklich einen Beitrag zum Wohl der Menschheit leisten wollen, so möchte ich nicht versäumen Euch zu erlösen und abermals meine Aufsätze zur ELOQUENCIA MUNDI nahezulegen, in denen ich die Weltsprache der Poesie entfalte und junge und bedeutende Kunst des Erdballs fördere. Aber das wisst Ihr ja.

Zeichnend
Euer Ass Si Aureo l' Issima

◇

»Hamburg, 6. Januar. Am gestrigen Freitag wurde, wie erst jetzt bekannt gegeben wird, aus dem Kontor des Hamburger Bankhauses Emil Heckscher ein Meistergemälde entwendet. Es handelt sich um das um 1639 entstandene Ölgemälde „Abziehendes Gewitter in Herbstlandschaft" des niederländischen Malers Rembrandt van Rijn. Es hat einen Wert von 2 Millionen

Mark. Damit handelt es sich um den bedeutendsten Gemäldediebstahl seit dem Verschwinden der ›Mona Lisa‹, die, wie erinnerlich, im August 1911 aus dem Pariser Louvre gestohlen und erst im Dezember 1913 in Florenz wiedergefunden wurde. Es wird anscheinend versucht, die Gemälde ins Ausland zu bringen.«

Regensburger Anzeiger, 7. Januar 1921

◇

Regensburg, den 16. Januar 1922

Lieber Florian!

Ich lebe wieder zuhause bei Mutter und Vater; es wäre nunmehr also mit keinerlei Peinlichkeit mehr für Dich verbunden, so eine solche Verbindung je verbunden gewesen sein sollte, wenn Du den durch mein Asyl-Exil unterbrochenen Kontakt und Diskurs zu mir wenigstens schriftlich wieder aufnähmst. Vielmehr wäre unter dem gegenwärtigen Dach sicherlich auch noch Platz für Dich.
Denn (sei mir nicht bös): Dass Du einerseits dem Volksspiel frönst, dass Du den Landmann glorifizierst, Schwelle, Scholle und Wurzel beschwörst, dass Du die Großstadt als Pfuhl der Moderne samt derer dekadenter Literatur verachtest – und dass Du Dir andererseits

ausgerechnet in München eine Bleibe suchst, all das will mir nicht recht fug- und fügsam erscheinen.
Denn wenn es einem ernst mit dem Schreiben ist – und wie ich höre, sei es dir sehr ernst –, dann muss man entweder nicht nur schreiben, sondern auch leben, was man schreibt, oder aber man muss sich nach der Decke strecken und dort schreiben, wo einem das, was man schreibt, auch gekauft und gelesen wird, und das ist heutzutage, es mag dir recht sein oder auch nicht – es ist Berlin.
München hingegen ist eine Halbheit, nicht Fleisch, nicht Fisch, nicht Segen der Erde, nicht Moloch der Großstadt, sondern ein einziger großer Gestalt gewordener Kompromiss, ein Hasenstall für Hasenherzige, Brittings und Achmanns und ähnliches Schriftlingsvolk, das weder Altes erhält noch Neues schafft, sondern lauwarm vor sich hin sudelt und sich dabei im Mittelpunkt der Welt, sich gar selbst für diesen wähnt und dabei sowohl von der Metropole als auch von der Provinz noch nicht einmal verachtet, sondern schlicht nicht wahrgenommen wird!
Sei echt, komm zurück auf die Scholle, die Du so verehrst, und schaffe dort, was Du zu schaffen gedenkst. Denn dass Du Großes zu schaffen imstande bist, dessen bin ich mir ja gewiss; Du musst nur am rechten Ort dazu sein. Und der ist ganz bestimmt nicht München.

Sei vielmals gegrüßt
Dein Bruder Alfred

◇

„Nicht dein Ernst, Dieter. Du willst ein Buch über einen Künstler schreiben, über Kunst – und hast von Kunst nicht die geringste Ahnung?"
„Andere Leute *kaufen* Kunst und haben nicht die geringste Ahnung davon. Schau dir den da vorne an, der vor dem großen Bild mit den bunten Klecksen steht. Der sieht mir gar nicht danach aus, als würde er verstehen, was er da sieht."
„Das hindert ihn nicht daran, einer meiner besten Kunden zu sein. Er hat einen sehr guten Berater, der ihm genau sagt, worauf's ankommt."
„Habe ich auch, Frank."
„Ach ja?"
„Ich habe dich."
„Na bravo. Weißt du, was für Honorarsätze Kunstberater bekommen?"
„Ich erwähne dich bei den Danksagungen. Das ist mehr wert als jegliches Honorar der Welt. Das kann dir kein noch so flüssiger Käufer bieten."
„Man ist ja als Galerist auch eher darauf angewiesen, ab und zu mal ein Bild zu verkaufen. Nimm dir ein Beispiel an dem Herrn vor dem Bild mit den bunten Klecksen."
„Ich soll dir ein Bild abkaufen? Was würdest du denn empfehlen, wie wär's denn mit diesem hier? Ein junger Künstler, nehme ich mal an; recht verwegen im Pinselstrich, eher – hm – nicht so gegen-

ständlich in der Darstellung, eher unfigürlich, anti-Leipzigisch und darin schon wieder provokant, würde ich mal –"
„Also gut, was willst du wissen?"
„Etwa, wie der Preis für so ein Bild zustande kommt. Dreitausend Euro steht beispielsweise hier drauf. Ganz ordentlich."
„Bekanntheitsgrad des Künstlers, Herstellungsverfahren, Größe des Bildes, Angebot, Nachfrage."
„Wer schreibt denn den Preis drauf?"
„Teils der Künstler, teils ich."
„Der Galerist bestimmt den Preis?"
„Oder der Künstler."
„Jaja, das sagtest du."
„Oder der Käufer. Also du. Wenn du's bezahlst, dann ist es so viel wert."
„Und wenn nicht?"
„Dann nicht."
„Und wenn ich's klaue?"

◇

Regensburg, den 23. Januar 1922

Verehrtester Herr Stark!

Just da ich den Entschluss gefasst habe, Sie selbst in Ihrer Wohnung in Stadtamhof auf- und heimzusuchen, scheinen Sie mir Ihrerseits entgegengeeilt zu sein, und nun muss ich betrübt feststellen, dass wir einander ums Haar verpasst haben. Wie ich der Zeitung entnehme, sind Sie seit einigen Tagen da, wo ich nun seit einigen weiteren Tagen nicht mehr bin. Bin entlassen.
Ich will's als Wink des Schicksals verstehen, dass Sie und ich den gleichen Weg und die gleichen Wege gehen und auch gehen sollen. Gleich Ihnen - der Sie ungefähr oder auch genau mein Jahrgang sein dürften - hat sich bei mir über die Kriegszeit hinweg die Umwandlung zu meiner jetzigen Seelenverfassung und Weltanschauung vollzogen. Mitten in der Schützengrabenarbeit habe ich gewaltige Leistungen erbracht, die jetzt noch in Form von Briefen und schriftlichen Bekenntnissen in Kisten und Truhen aufgestapelt sind (wiewohl in meiner Abwesenheit gründlich aufgeräumt worden zu sein scheint). In rascher Entwicklungsfolge habe ich von mir abgeworfen: Kirche, bürgerliche Moral und den Staat. Unter außerordentlicher Kraftentfaltung habe ich Kunstwerke in Schrift und Bild geschaffen, habe gelesen (in der Hauptsache Goethe, Nietzsche, Rousseau und die Bibel), bin in mich gegangen, habe

gesucht und gefunden und aufgeschrieben. Schließlich habe ich Christus in einer Art der Auffassung entdeckt, die mir bis dahin neu und unbekannt gewesen war. Im Entdecken und Erkennen sind mir ungeahnte geistige Kräfte gewachsen: Wovon Tagore, Graf Keyserling, Dr. Steiner und andere schreiben, das bin ich, bin ein Mensch des Seins und der Wahrheit, bin Zarathustra, bin der Eingebahnte.
Gleich Ihnen, verehrter Herr Stark, gehe ich den rechten Weg; ob dabei einen Schritt hinter, neben oder vor Ihnen, ist einerlei. Ich habe Ihnen in Karthaus den Weg bereitet. Nutzen Sie die Gelegenheit zur Einkehr, zum Schaffen, zur Reinigung, zur Ruhe vor dem Sturm.
Und grüßen Sie den Forster von mir, auch er ein streng Schaffender im Geiste und in der Kunst, wenngleich er von Reinigung eine merkwürdige Auffassung hat.

Seien Sie vielmals gegrüßt
Ihr Alfred Seidl

„Also nochmal, Frank: Wenn auf einem Markt die Menge des Angebots gleich der Nachfragemenge ist, dann spricht man von einem Marktgleichgewicht, ja?"
„Das tut man, ja."
„Angenommen, es gibt – nehmen wir mal als Bei-

spiel den Markt für Werke von Alfred Seidl – es gibt ebensoviel Seidl-Bilder, wie es Leute gibt, die Seidl-Bilder haben wollen."

„Dann haben wir auf dem Seidl-Bilder-Markt ein Marktgleichgewicht, die Preise für Seidl-Bilder sind stabil."

„Wenn nun aber plötzlich alle Welt ganz verrückt nach Seidl-Bildern wäre und Seidl-Bilder kaufen wollte, dann hieße das, dass die Nachfrage steigen würde, ja?"

„Ja."

„Das hieße dann, dass die Nachfrage größer wäre als das Angebot und der Markt nicht mehr im Gleichgewicht. Um das Gleichgewicht wieder herzustellen, würde der Preis steigen, weil für einen höheren Preis weniger Leute willens oder in der Lage wären, Seidl-Bilder – nachzufragen. Stimmt's?"

„Stimmt."

„Der Markt wäre dann wieder im Gleichgewicht, bloß die Preise wären höher als vorher."

„Richtig."

„Für meinen Seidl, den ich zuhause hängen hätte, wenn ich einen zuhause hängen hätte, hieße das, dass er im Wert gestiegen wäre."

„Korrekt."

„Wenn ich mir nun meinen Seidl nur zugelegt hätte, um mein Geld anzulegen, würde ich mich natürlich über so ein plötzliches Ansteigen der Nachfrage sehr freuen."

„Klar, weil dein Seidl im Wert steigen würde."

„Und wenn ich nun aber nicht tatenlos rumsitzen, meinen Seidl anstarren und gottergeben darauf warten möchte, dass endlich diese blöde Nachfrage steigt, kann ich dann auch aktiv auf sie einwirken?“
„Die Nachfrage nach Seidl-Bildern könnte man steigern, indem man sie in einer Kunst-Zeitschrift schön bespricht oder in einer berühmten Galerie ausstellt oder in einem Museum.“
„Das wäre dann also zum Teil dein Part, Frank.“
„Oder wenn ein großer Schriftsteller einen Bestseller darüber schreiben würde.“
„Ach, lass mal.“
„Na ja, wo wir doch gerade so schön ein bisschen am Herumspinnen sind...“
„An der Nachfrageschraube lässt sich also in einem gewissen Umfang drehen.“
„Hilfreich wäre es freilich, einen renommierten Kunstkritiker, Kurator oder Galeristen zu kennen, mit dem man reden oder den man vielleicht mal zum Abendessen einladen könnte. In der Maxstraße hat übrigens ein neuer Inder aufgemacht; hab ich dir schon mal gesagt, dass ich für mein Leben gern Lamm-Curry esse?“
„Und wie, wenn ich nun an der *Angebots*schraube drehen möchte?“

◇

Im Anfang schuf Gott Himmel und Erde. War Gott da schon Gott? Oder wurde Gott erst Gott während des Schaffens von Himmel und Erde? Im Schaffen? Durch das Schaffen?
„Vincent", fragst du. „Wo ist das Paradies? Woher kommt es?" Das Paradies kommt nur aus der menschlichen Brust, Alfred. Und es ist überall dort, wo du es hintust. Es kann hier sein, es kann anderenorts sein. Es ist dort, wo du es schaffst. Wo du es nicht schaffst, da ist es nicht. Wenn du es nicht schaffst, existiert es nicht. Schaff das Paradies, Alfred, male es, schreib es. Male es tausend-, schreibe es millionenfach, und es wird sein. Und während es wird, indem es wird, wirst auch du. Male, Alfred. Schreib.

◇

Karthaus, den 13. Juni 1922

Hochverehrter Herr Stark!

Mit „ums Haar verpasst" habe ich meinen letzten Brief an Sie begonnen, und nun sieht es, wenngleich unter anderem Vorzeichen, abermals nach einer Verpassung um Haaresbreite aus. Denn man sagt mir, dass Sie bereits vor mehreren Wochen wieder auf freien Fuß gesetzt wurden und diese Fuß-

freiheit bereits fleißig nutzen, um sich den Norden des Reiches zu erwandern.
Ich will mich einstweilen ein wenig in dem Fluidum ausbreiten, das Sie in den nunmehr geheiligten Hallen hinterlassen haben und Ihnen alsbald auf besagtem Fuße folgen.

Falleri, fallera
Ihr Alfred Seidl

»Ich fuhr mit meinem Freunde, einem unserer besten Nervenärzte, nach Heidelberg. Der Zweck unserer Fahrt war der Besuch der psychiatrischen Klinik, wo wir uns die dort zusammengebrachte Kollektion von künstlerischen Arbeiten Geisteskranker ansehen wollten. Der Anstaltschef, Professor Wilmanns, zeigte uns selbst in liebenswürdiger Weise den wichtigsten Teil der sehr großen Sammlung. Hauptsächlich waren es schwarz-weiße und Buntstiftzeichnungen, ferner Aquarelle sowie eine stattliche Anzahl von Holzplastiken. Viele Blätter tragen auf den Rändern Texte, oder diese gehen mitten durch die Bilder, stehen auch mitunter auf der Rückseite oder sind angeklebt; fast immer enthalten sie nur lapidaren, kompletten Blödsinn oder Wortsalat, wie das der Psychiater nennt.
Die Arbeiten für sich berührten mich wie meinen sehr

kunstliebenden Freund gewaltig stark durch ihre geheime Gesetzmäßigkeit, wir standen vor Wundern des Künstlergeistes, die aus Tiefen jenseits alles Gedanklich-Überlegten heraufdämmern und Schaffen und Anschauen beglücken müssen. Hierin liegt der Wert, der ins Allgemeine weist; darum war es auch ein Gefühl erhebendster Freude, mit dem ich diese Eindrücke aufnahm, und nicht mehr lassen mich diese Dinge los.

Wann werden die Schätze dieser hervorragenden Sammlung, der ersten ihrer Art, der Öffentlichkeit erreichbar sein, wird man fragen. Der Kunsthandel hat an diesen unverkäuflichen Objekten kein Interesse und die Anstalt nicht das Geld, um die Sachen regelmäßig auszustellen. Früher oder später wird sich gewiss ein Wohltäter finden, der hier helfend eingreift, so dass dann ein Raum für eine ständige Ausstellung eingerichtet werden kann. Dann könnte von dieser Stätte, wo gesammelt wurde, was Geisteskranke schufen, Geistesfrische ausströmen.«

Alfred Kubin, Mai 1922[19]

◇

„Lassen Sie uns nochmal nachzählen, Herr Meininger. Wir haben drei Aquarelle, die in Heidelberg in einer – am internationalen Standard gemessen – eher unbedeutenden Kunstsammlung im Archiv liegen."
„Man ist also auch dort der Meinung, dass dieser Seidl nicht zum Wertvollsten und Ausstellungswürdigsten der Sammlung zählt."
„Keine Sorge, das wird schon noch. Weiterhin haben wir in der Sammlung Prinzhorn das wahrscheinlich einzig erhaltene Exemplar eines Seidlschen Originaldrucks, leider unsigniert und ohne Hinweis auf Auflagenhöhe und Nummerierung."
„Das heißt, der Preis hierfür liegt nicht allzu hoch."
„Wohl nicht."
„Schön und gut. Aber wollen wir denn der Sammlung Prinzhorn einen Seidl abkaufen?"
„Warten Sie ab."
„Ich warte ab."
„Von den beiden in der 'Sichel' abgebildeten Holzschnitten sind keine Originale vorhanden; von Seidls Mitte der 20er Jahre selbstverlegtem Gedicht hat offenbar nur ein einziges Exemplar die Zeit überdauert, es liegt in der Uni-Bib Erlangen. Wie viele es ursprünglich waren, kann man nur vermuten – wahrscheinlich weniger als hundert."
„Das Buch –"
„Büchlein; es hat nur zwölf Seiten."
„– dürfte also immerhin einen gewissen Seltenheitswert haben."

„Noch nicht wirklich. Man müsste zunächst einmal den entsprechenden Markt kreieren."
„Einen Markt für Werke von Alfred Seidl?"
„Genau. Bedürfnisse und Bedarf wecken, eine Nachfrage schaffen. Kaufinteresse."
„Wo haben Sie denn all diese Vokabeln nachgeschlagen, Frau Lichtblau?"
„Das Angebot ist derzeit überschaubar."
„Und dann?"
„Erhöhen wir die Nachfrage."
„Und dann?"
„Dann verkaufe ich Ihnen das Kunstwerk, dessentwegen wir ja unsere Geschäftsbeziehung aufgebaut haben: etwas ganz Außergewöhnliches, einen bislang unbekannten Seidl, den ich neulich durch Zufall in einem Pariser Antiquariat entdeckt habe."

»Berlin: Seit einigen Tagen kann man durch die feudale Tauentzienstraße, die sonst von mehr oder minder reichen Dämchen und der entsprechenden männlichen Lebewelt beherrscht wird, eine sonderbare Gestalt lustwandeln sehen, die nicht in das Milieu passt. Es ist ein sonnenverbrannter Mann, bekleidet mit einer Art kaffeebraunem Büßerhemd, an den Füßen Sandalen, auf dem Kopf nichts außer einem wallenden Haarbusch. Der Mann hält sich für etwas. Er geht mit stolz aufrech-

tem Gang, blickt in den Himmel und achtet nicht auf die Spaziergängerschar, die hinter ihm dreinzieht wie die Ratten hinter dem Rattenfänger von Hameln.«

Berliner Morgenzeitung, 24. Mai 1922

◇

Die Natur gehorcht ihren eigenen Gesetzen. Wer gab ihr aber diese Gesetze? Sie selbst? Hat nicht Gott, der die Natur erschaffen hat, ihr diese Gesetze gegeben? Schuf Gott nicht zuerst die Gesetze und dann die Natur?
Gehorchte Gott aber bereits selbst diesen Gesetzen, als er die Natur schuf? Gab Gott der Natur die Gesetze, oder gab er sie auch sich selbst?
Gehorcht Gott Gesetzen? Ist Gott Gott, wenn er Gesetzen gehorcht?
„Vincent", fragst du. „Nach welchen Prinzipien soll ich schaffen?" Nur nach den Prinzipien, die du dir selbst gibst. Und wenn du es vorziehst, dir keine Prinzipien zu geben, so gib dir keine. Schaffe, Alfred, schaffe. Gestalte, forme, verändere. Nicht du bist es, der sich deinem Geschaffenen unterzuordnen hat. Nicht du.

◇

»Mein christliches Gefühl weist mich hin auf meinen Herrn und Heiland als Kämpfer. Es weist mich hin auf den Mann, der einst einsam, nur von wenigen Anhängern umgeben, die Juden erkannte und zum Kampfe gegen sie aufrief, und der, wahrhaftiger Gott, nicht der Größte war als Dulder, sondern der Größte als Streiter! In grenzenloser Liebe lese ich als Christ und Mensch die Stelle durch, die uns verkündet, wie der Herr sich endlich aufraffte und zur Peitsche griff, um die Wucherer, das Nattern- und Ottergezücht hinauszutreiben aus dem Tempel! Als Christ habe ich nicht die Verpflichtung, mir das Fell über die Ohren ziehen zu lassen, sondern habe ich die Verpflichtung, ein Streiter zu sein für die Wahrheit und für das Recht. Und als Mensch habe ich die Verpflichtung, dafür zu sorgen, dass die menschliche Gesellschaft nicht den gleichen katastrophalen Zusammenbruch erleide, wie bereits eine alte Kultur vor rund zwei Jahrtausenden, die durch dieses Judenvolk dem Untergang entgegengetrieben wurde.
Wenn aber irgend etwas mir Beweis ist für die Richtigkeit unseres Handelns, dann ist es die täglich sich steigernde Not. Denn als Christ habe ich auch eine Verpflichtung meinem eigenen Volke gegenüber. Und da sehe ich dieses Volk denn arbeiten und arbeiten und sich mühen und plagen, und am Ende seiner Woche doch nichts als Jammer und Elend. Wenn ich so des Morgens hinausgehe und diese Menschen an der Freibank anstehen sehe und hineinblicke in diese abgehärmten Gesichter, dann glaube ich, ich wäre kein Christ, sondern

ein wahrhaftiger Teufel, wenn ich nicht Mitleid empfinden würde und nicht wie vor 2000 Jahren unser Herr – Front machen würde gegen die, die dieses arme Volk heute ausplündern und ausbeuten.
Wie lange aber kann dieser Prozess dauern? – So lange, bis plötzlich aus der Masse heraus irgendeiner ersteht, der die Führung an sich reißt, weitere Genossen findet, und der nun allmählich die Wut, die zurückgehalten wurde, gegen die Betrüger zum Aufflammen bringt.
Das ist das Gewaltigste, das unsere Bewegung schaffen soll; für diese breiten, suchenden und irrenden Massen einen neuen Glauben, der sie in dieser Zeit der Wirrnisse nicht verlässt, auf den sie schwören und bauen, auf dass sie wenigstens irgendwo wieder eine Stelle finden, die ihrem Herzen Ruhe gibt.«

Adolf Hitler, 1922[20]

„Schon klar, Frank; im Literaturbetrieb gibt es Verlage, Buchhändler, Buchhandelsvertreter, schön und gut. Es gibt aber auch die Damen und Herren Radisch, Heidenreich, Scheck und wie sie alle heißen, fleischgewordene Rating-Agenturen. Und wenn die sagen: Dieses oder jenes Buch ist gut, dann *ist* dieses oder jenes Buch gut. Dann wird es ein Bestseller und das nächste Buch des betreffenden Autors auch. So einfach ist das."

„Und diese Leute kann man kaufen?“
„Ich nicht. Aber irgendjemand wird schon genug Kohle haben. Sieht in der Kunst-Szene sicherlich nicht anders aus.“
„Kennst du diese Leute?“
„Die ganz Großen nicht, an die ist nicht so leicht ranzukommen.“
„Aber deine Superfrau Lichtblau, die schafft das; alles klar. Wahrscheinlich keine dreißig, frisch von der Uni weg, keine Erfahrung, keine Beziehungen, hat gerade ihre erste Kunst-Agentur in der Provinz aufgemacht und bringt gleich mal die Curigers, Spiesens und Heynens der Szene dazu, einen unbekannten und nur halbwegs begabten Künstler, von dem es gerade mal drei oder vier Bilder gibt, so mordsmäßig zu hypen, dass sich die internationalen Kunstmuseen zerreißen, um eines dieser Bilder bei sich hängen zu haben.“
„So ungefähr. Und dadurch steigen diese Bilder derart im Wert, dass der neue unbekannte Seidl gleich mal ein ganzes Vermögen einspielt.“
„Und das soll dir irgendwer glauben?“
„Steht ja so in meinem Buch.“
„Aber im Gegensatz dazu besteht der Rest deines Buchs aus überlieferten Tatsachen.“
„Tatsächlich?“
„Nicht?“
„Du weißt nicht, wie viele Satanische Verse in meinem Buch verborgen sind. Der Autor steht vor und über seiner Schöpfung. Für ihn gelten nicht die glei-

chen Gesetze wie für seine Leser. Er kann Realitäten erfinden und Dichtung zur Wahrheit erklären. Und ob er damit von der *echten* Wahrheit weiter entfernt liegt als die überlieferte und so genannte glaubhaft verbürgte, die *richtige* Wahrheit – das weiß Gott allein. – Wenn es ihn gibt.“

◇

»Berlin: Mit einem dieser Heiligen haben wir uns bereits zweimal zu beschäftigen gehabt, mit dem „Propheten Stark“, der von sich selbst sagt, dass er mehr sei als Tagore. Die Krankheit, an der der Prophet Stark leidet, ist sichtlich Größenwahn, der sich bis zum Irrsinn gesteigert hat. Von diesem Größen- und Irrwahn zeugt ein höchst eigenhändiges Schreiben, das er uns zuzusenden geruht. Herr Stark ist allerhöchst empört über uns. Unser Artikel hat ihm nicht gefallen, besonders den „Unterton“ findet er schändlich. Unter anderem attackiert er uns in dem mit der Unterschrift „Stark, deutscher Pressechef“ versehenen Skriptum wie folgt: „Ich werde euch durch mein Pressegesetz fühlen, noch hart fühlen lassen, was Ihr Pressemäuler jahrzehntelang so großes Unheil an Meinem Volke angerichtet habt. Diese Unheilfliegen werde Ich alle samt und sonders vergiften ...“
In dieser Tonart geht es weiter, und das kuriose Schriftstück schließt wie folgt:

„Ich Bin, Ich erzwinge das Ende Eurer Zeit. Meine Stunde schlägt. Stark, deutscher Pressechef.“«

Berliner Morgenzeitung, 2. Juni 1922

Karthaus, den 18. Juni 1922

Lieber Florian!

Sei vielmals bedankt für Deinen Brief von letztem Monat; ich habe mich wirklich sehr über Deine Zeilen gefreut. Es hat ein wenig gedauert, bis ich sie erhalten habe; Du siehst's am Absender, ich bin wieder im Kartenhaus einquartiert. Aber ich will Dich nicht mit meinen Belangen belangweilen, es ist nicht gar so weltberückend. Was Du über München schreibst, mag freilich stimmen: Dietrich Eckart und Hanns Johst werden nur dort auf der Bühne gegeben, in Regensburg widerfährt ihnen derlei tatsächlich nicht, woraus sich auch erläutert, weshalb mir Besagte so gar nichts sagen wollen. Die 'Süddeutschen Monatshefte' erscheinen nur dort (lesen indes kann man sie dagegen auch hier), und historische Vorlesungen bei Professor von Müller kann man an der hiesig gar nicht vorhandenen Universität freilich gleichfalls nicht besuchen.

Dennoch: Das Neuegroßedeutsche, von dem Du schreibst, das neue Theater, die neue Dichtung, all das will ich auch - - - Wer will es nicht wollen, aber es ausgerechnet im Heil des Staates und der Politik zu suchen, das ist ebenso unfindig und -fündig, als wie es ausgerechnet in München zu suchen, der Brutstätte des Un- und Nichtfindens. Um die Willenskräfte zur edlen, freien Entfaltung zu bringen, sagt Stark, bedarfst Du keiner Staatsform. Einer solcheinen nicht und auch keiner solchanderen. Es gibt keine fortschrittsfördernde Staatsform, wo nicht Manneskraft und Können regieren, sondern Parteinebelwolken. Um Willenskräfte zur edlen, freien Entfaltung zu bringen, ist jede Staatsform, der keine ganzen Männer voranstehen, ein Hindernis. Nur zu wollen braucht Ihr und Ihr werdet edel und frei.
Ich werde dir von Stark erzählt haben, auch er ein Leidender an und in der Provinz, wenngleich kein Duldender, sondern Weltheiland und derzeit auf einer Wanderschaft kreuz und quer durch sein Reich, um das Heil zu verbreiten.
Der Prophet im eigenen Lande ist, wenn er dort bleibt, ein Märtyrer. Märtyrer will ich sein, und Märtyrer will ich bleiben. Und derweil die reine Kunst schaffen. Schreib mir doch, welcher Art die Kunst ist, die Du zu schaffen gedenkst.

Es grüßt Dich herzlich zu Tale und zu Berge
Dein Bruder Alfred

◇

»Nachdem Verf. seinen Plan, das ganze Gebiet auf breitester Grundlage aufzurollen, gegen den ersten Plan durchgesetzt hatte, demzufolge verschiedene Bearbeiter Einzelfälle mehr in klinisch-kasuistischer Form hätten publizieren sollen, widmete er dem Ausbau des Unternehmens zwei Jahre hindurch den größten Teil seiner Tätigkeit. Auf Reisen von Anstalt zu Anstalt wurde weitergesammelt, durch Vorträge und Aufsätze geworben, Privatmittel flüssig gemacht. Das vorhandene Material wurde, soweit es bei den knappen Mitteln möglich war, durch Aufziehen und Einkleben in Passepartouts geschützt. Eine ausführliche Katalogisierung auch nach formalen und inhaltlichen Sondergesichtspunkten wurde durchgeführt, die Anordnung der Bildwerke auf dem engen verfügbaren Raum geregelt, so gut es ging.
Von „Irrenkunst" hat die Öffentlichkeit in letzter Zeit einige Male gehört, von „Kunst der Geisteskranken", von „pathologischer Kunst" und von „Kunst und Wahnsinn". Wir verwenden all diese Ausdrücke nicht gern. Das Wort Kunst mit seiner festen affektbeladenen Bedeutung schließt ein Werturteil ein. Es hebt gestaltete Dinge vor ganz ähnlichen heraus, die als „Nichtkunst" abgetan werden. Da nun die Bildwerke, um die es sich handelt, und die Probleme, zu denen sie führen, durchaus nicht wertend gemessen, sondern psychologisch erschaut werden, so schien es passend, den sinnvollen, aber nicht gerade üblichen Ausdruck: „Bildnerei der Geisteskranken"

für das außerhalb der psychiatrischen Fachwissenschaft bislang fast unbekannte Gebiet festzuhalten. Gemeint ist damit alles, was Geisteskranke an räumlich-körperlichen und flächenhaften Gebilden im Sinne der Kunst hervorbringen. Diese Bildwerke sind Gestaltungsversuche, das haben sie psychologisch mit der „Kunst" gemein. In den neueren Lehrbüchern der Psychiatrie nehmen kurze Charakteristiken der verschiedenartigen Zeichenweisen schon einen festen Platz ein. Da wird besonders die mechanische, treue Kopie des Idioten und des Epileptikers, die unordentliche, unrastige unsaubere Schmiererei des Manischen, die plumpe Verzerrung bei Neigung zum Obszönen in den Arbeiten des Paralytikers u.a.m. zutreffend geschildert und dann betont, dass weitaus am ergiebigsten die Schizophrenen in dieser Hinsicht sind. Die Phantastik, Unsinnigkeit, Inkohärenz, Stereotypie, Iteration usf. in ihren Bildwerken zwingt immer wieder dazu, gerade in den schizophrenen Produktionen eine noch unbenetzte Quelle psychiatrischer Erkenntnis zu sehen.

Gegen die realen Zusammenhänge gibt es bei unseren Bildnern keinerlei Verpflichtung, und zwar um so weniger, je stärker ihre Gestaltungskraft ist. Wohl ist diese Art von verantwortungsloser Phantastik nicht zu scheiden von jener Phantastik in der Kunst, die uns von der irischen Ornamentik über mittelalterliche Skulptur und Buchkunst bis zu Breughel, Bosch und Kubin geläufig ist – gar nicht zu reden von der Kunst des Ostens und der Primitiven. Nur hat die Willkür in der Wahl der Formteile und ihrer kecken Vermischung, oft mit deutlichem

Gefallen an der Absurdität des Resultates, eine Nuance der Zügellosigkeit und der Pointenlosigkeit, die sonst sehr selten vorkommt. Man könnte hier nach der psychologischen Grundlage dieser Neigung fragen. Sie hängt zweifellos mit der spielerischen Einstellung zusammen, aber sie beruht letzten Endes doch auf dem Verhältnis zur Umwelt. Kein Gegenstand da draußen hat mehr einen Eigenwert, um den man sich etwa schauend oder nachbildend bemühen würde. Sondern alles ist nur Material für die Selbstherrlichkeit einer weltabgewandten, autistischen Psyche. Haben die Dinge draußen ihren Eigenwert eingebüßt, sind sie nichts mehr an und für sich, so werden sie als dienende Objekte Träger und Repräsentanten für die seelischen Regungen des Bildners.«

Hans Prinzhorn, 1922 [21]

◇

Male, Alfred, schreib! Mal mehr, mal noch mehr, schreib mehr, male besser, schreib besser. Mehr als alle anderen, besser als alle anderen, mehr als alles andere, besser als alles andere. Was sind dir Dadaismus, Kubismus, Surrealismus?
Abstrusismus?
Hülsenbeckismus, Duchampismus, Arpismus?
Das Genie schöpft nicht anderen nach, es schöpft aus sich selbst heraus, schöpft im Schöpfen sich selbst.

Hat Gott nachgeschöpft?
Die Weltursprache, Alfred, die Welturkunst!
Schau dir den Forster an mit seinen Scheißdreck- und Seich- und Rotz- und Spuck- und Hobel-Bildern.
Der Welturscheißdreck, der Welturseich.
Das Genie ist frei, es fliegt, und es wird auch nicht in klösterlichen Mauern klein, fest und gefangen gehalten. Mal dich frei, schreib dich frei, Alfred, buchstäblich, pinselstrichlich. Entkarthause! Erlöse dich. Das Genie wird erschaut werden, man wird erschauern und du wirst erlöst werden. Nicht als Nachschöpfer. Als Gott! Das Hiersein ist Strafe für das Nicht-Gott-Sein, das Dort-Sein Gott-Sein.

»Alles Gestaltete rechnet seinem Wesen nach damit, in dem Mitmenschen Resonanz zu finden, so aufgefasst zu werden, wie es gemeint ist. Die Gewissheit solcher Resonanz trägt jeden Künstler und nährt seinen Schaffensdrang. Auch hinter der verzerrtesten negativen Einstellung nicht nur zu dem Publikum, sondern auch zu der Menschheit, die das eigene Werk nie verstehen würde, lebt die Zuversicht, „die Welt" werde eines Tages beglückt aufnehmen, was der Verkannte voll Weltverachtung schafft. Auch der Einsamste lebt auf dem Grunde seines Weltgefühls noch im Kontakt mit der Menschheit - sei es auch nur durch Wunsch und Sehn-

sucht. Und dieses Grundgefühl spricht aus allen Bildwerken „Normaler". Dagegen nun ist der Schizophrene allerdings aus diesem Menschheitskontakte gelöst und seinem Wesen nach weder geneigt noch fähig, ihn herzustellen. Könnte er das, so wäre er geheilt. Von dieser völligen autistischen Vereinzelung, dem über alle Schattierungen psychopathischer Weltentfremdung hinausgehenden grauenhaften Solipsismus spüren wir in den typischen Bildwerken den Abglanz, und hiermit glauben wir die Eigenart schizophrener Gestaltung im Kern getroffen zu haben.

Es ist oberflächlich und falsch, aus Ähnlichkeit der äußeren Erscheinung Gleichheit der dahinterliegenden seelischen Zustände zu konstruieren. Der Schluss: dieser Maler malt wie jener Geisteskranke, also ist er geisteskrank, ist keineswegs beweisender und geistvoller als der andere: Pechstein, Heckel u.a. machen Holzfiguren wie Kamerunneger, also sind sie Kamerunneger. Wer zu so einfältigen Schlüssen neigt, hat keinen Anspruch, ernst genommen zu werden. Wir haben an einigen Beispielen gezeigt, wie die Bildwerke unserer Schizophrenen nicht nur an primitive Kunst, sondern auch an Werke aus großen Kulturzeiten anklingen. Und einige Werke ragten so tief hinein in die Sphäre unbestrittener Kunst, dass manche „gesunde" Durchschnittsleistung weit dahinter zurückbleiben muss. Von der Seite der äußeren Merkmale werden wir also den unzweifelhaften tiefen Beziehungen nicht beikommen können.«

Hans Prinzhorn, 1922 [22]

◇

„Also, jetzt sag schon, wie hat sie das geschafft?"
„Oder er."
„Oder er. Egal, deine Leser wollen das wissen. Deine Frau Lichtblau ist ein Greenhorn und hat keinerlei Kontakte in die High Society der Kunstmarktmacher, und dieser Meininger ist ein Vollpfosten und hat von Kunst nicht die geringste Ahnung. Da hilft ihm auch die ganze Kohle nix."
„Unterschätz ihn nicht, Frank. Markt ist Markt, und mit Märkten kennt sich Meininger aus. Und woher weißt du, dass Lichtblau keine Kontakte hat?"
„Sonst wäre ihre Agentur nicht in Regensburg, sondern in New York, London oder Paris. Oder zumindest in Zürich oder Wien oder Berlin."
„Vielleicht hat sie ja Kontakte nach *ganz* oben; weißt schon, Frank, den heißen Draht zu Gott. Oder vielleicht will sie grad zum Trotz in Regensburg bleiben statt sich im Schatten der Paläste anzusiedeln wie jeder x-beliebige Kunst-Emporkömmling."
„Jetzt sag schon, wie haben sie's angestellt?"
„Mein Geheimnis."
„Du weißt es selbst nicht."
„Ich bin allwissend."
„Und wie hat es dein Seidl geschafft, aus der Klapse rauszukommen, wo er grad eben noch bis zum Hals im Größenwahn gesteckt hat?"
„Auch mein Geheimnis."

„Deine Leser lynchen dich.“
„Im Anfang schuf Gott Himmel und Erde, Frank. Und kein Leser fragt jemals nach, wie er’s gemacht hat.“

◇

„Seien Sie ehrlich, Frau Lichtblau: Dass es so schnell gehen würde, hat Sie selbst überrascht.“
„Nun ja, offen gesprochen... Auch, dass es so *groß* rauskommen würde; ‘Art in America’ schreibt normalerweise nur dann über Nicht-Zeitgenössisches, wenn es sich um etwas richtig Großes handelt.“
„Sind wir das denn nicht, Frau Lichtblau?“
„Schon. Sicherlich.“
„Und wie geht’s nun weiter?“
„Vielleicht sollte ich bald mal wieder nach Heidelberg fahren. Es würde mich schon interessieren, was sie dort machen und wie sie mit dem plötzlichen Besucheransturm umgehen.“
„Zunächst werden sie sich wohl eine größere Alarmanlage leisten müssen, bevor etwas passiert. Es gibt ja böse Menschen, die neiden einem alles.“
„Die Öffnungszeiten sind bereits verlängert worden.“
„Ich meine: Wie geht es mit uns weiter, Frau Lichtblau?“
„Mit uns?“

„Wollten Sie mir nicht ein Bild verkaufen?"
„Ach ja, richtig. Ich denke, wir sollten nichts überstürzen und uns ein wenig Zeit lassen. Vielleicht sollten wir uns auch nochmal in Ruhe über den Preis unterhalten."
„Nicht Ihr Ernst –"

◇

Regensburg, den 31. Januar 1923

Lieber Florian!

Deiner allgemeinen euphorischen Stimmung habe ich es wohl zu verdanken, dass Du mir einen Brief in die Anstalt geschrieben hast, wofür ich Dir sehr herzlich danke. Tatsächlich bin ich – ich weiß selbst nicht warum – wieder zu Hause bei Vater und Mutter. Wahrscheinlich bin ich wieder einmal geheilt.
Die Begeisterung schlägt aus jeder Deiner Zeilen! Der Reichsparteitag deiner Nationalsozialisten scheint ein beeindruckendes Ereignis gewesen zu sein, und dass Dich Fahnenweihe, Aufmarsch und die germanischen Kulte für dein künftiges Theaterschaffen stark inspiriert haben, will ich gerne glauben. Von den Münchner Schriftstellerkollegen, die Du nennst, kenne ich – freilich nicht persönlich – lediglich Wilhelm Weigand und Georg Fuchs. Wei-

gand, verzeih, ist ein reichlich verstaubter Geselle und wohl auch schon nicht mehr der Allerjüngste, und Fuchs - ich wusste gar nicht, dass er überhaupt noch lebt und schreibt.
Aber das wäre ja das erste Mal nicht, dass wir in Punkto Literatur verschiedener Meinung sind. Lass uns recht bald wieder am heimischen Kamin eine Nacht lang über diesem Thema die eine oder andere Flasche köpfen, wie früher.

Es grüßt Dich Dein Bruder Alfred

⟐

»Unser Publikum fühlt, dass es DADA ist und glaubt, dada kreischen, dada schreien, dada lispeln, dada singen, dada heulen, dada schelten zu müssen. Ein fürchterliches Menetekel wird ihnen bereitet werden, wir gießen aus den spiegelgassendadaistischen Geist der großen UR-DADAS: hans arp und TRISTAN TZARA. Und auf allen Köpfen flammt eine bläuliche Flamme, in deren Spiegel man deutlich den Namen PRA lesen kann. Wir blasen eins, wir tragen DADA vor. Wir wecken, wecken, wecken. DADA erwacht. Wir wecken den schlafenden Dadaismus der Masse. Wir sind Propheten. Wir entlocken wie einer Flöte der Menge unserer Zuhörer Töne von dadaistischer Schöne. Wie ein Meer. Wie eine Ziege ohne Hörner. Selbst der Polizeikommissar, der

heute nicht Publikum, sondern Vertreter der staatlichen Ordnung gegenüber der dadaistischen Ordnung ist, wird von der Kraft dadas erschüttert.«

Kurt Schwitters, Januar 1923 [23]

◇

Alle wollen sie plötzlich verrückt sein, Alfred. Alle; verrückt - verzückt - entrückt, entzückt. Sie spreizen und gebärden sich, als würden sie mit höheren Sphären in Verbindung stehen. Verrückt wollen sie sein und inspiriert, ein Mundstück Gottes, heilig, genial. Genies allenorten Alfred, so weit man nur sieht; es genie't sich nur so. Rundweg ist der holde Wahnsinn ausgebrochen, heilige Besessenheit, überirdisches Außer-sich-Sein, göttliche Entflammtheit und gleichzeitig ein so tiefes Versunkensein, dass es nur einer höheren Welt angehören kann. Wer dergestalt umgeistet ist, kann sich um irdische Dinge nicht kümmern; er wird von finsteren, wilden Leidenschaften durchfurcht, er ist so überweltlich ergriffen, dass alles um ihn in wogende Un- und Urordnung gerät.
Scharlatane, Alfred, Geltungs- und Gefallsüchtige, die nichts weiter sind als Priester des Göttlichen auf Erden. Samtjacke und Barett, weiter Mantel, Schlapphut, langes Haar - Priesterornat. Sei ihnen

das Göttliche, Alfred, zeig ihnen, was sie *nicht* sind. *Sei* ihnen, was sie nicht sind. Male, schreib, überschütte sie mit dem Göttlichen. Schier ertrinken sollen sie darin. Dann aber offenbare dich, errette sie, erlöse sie von ihren Fesseln. Dein Reich komme.

◇

Ratisbonne, le quinze Mars 1923

Sehr geehrter Monsieur Duchamp!

Ich darf Ihnen und auch mir mich und meinen Brief an Sie vom Juni vorletzten Jahres in Erinnerung rufen, welchletzteren Sie wahrscheinlich ohnedies nie erhalten haben, da er von höheren Mächten, welche zuweilig zeitweilig ein argushaftiges und -haftendes Auge auf mich haben, wahrscheinlich in Verschlag genommen wurde. Das passt sehr blendend ins universelle Weltbild, und umso wichtiger ist es, dass ich mich erneut an Sie wende. (In einem Moment, da ebendiese Mächte ein wenig von mir Abstand nehmen und sich der Überwachung anderer Dinge zuwenden, auf die einzugehen zum momentanen Zeitpunkt indes nicht dringlich ist.)
Kurz: Ich scheine nicht Fleisch noch Fisch zu sein. Wie ich der Zeitung entnehme, hat Herr Max Ernst, den ich sehr schätze und bewundere, das Buch des

Heidelberger Irrenarztes Prinzhorn „Die Bildnerei der Geisteskranken“ an Sie und Ihren Pariserzirkel weitergeleitet und dort große, größte und allergrößte Bewunderung ausgelöst. Beides ist höchst erfreulich und zweiteres gar sehr gerechtfertigt. Eine Note zu diesem „Werk“ indessen muss gemacht sein:
ETWAS WESENTLICHES FEHLT!!!
Wenngleich mir zugesagt worden war, dass drei meiner Aquarelle und zwei Holzschnitte in das Buch aufgenommen würden, wurden sie es nicht.
Ich bin nicht Fleisch, nicht Fisch. Offenbar nimmt man mir Heidelbergerseits übel, dass ich bereits vor meiner Verbringung ins hiesige Refugium reichhaltig künstlerisch tätig war, als Maler, Dichter und Selbstkunstwerk.
Ich bin nicht Fleisch, nicht Fisch. Auch der künstliche Ob- und Vierzigmann vorgenannter Residenz unterhält eine Sammlung geisteskränkelnder Bildnisse. Auch hierin finden meine Werke keinen Eingang, was daran liegt, dass erwähnter Herr eine Neigung zu den so genannten schönen Künsten und Dingen unterhält: gegenständlichen Porträts (gerne auch seiner schönen Töchter), Landschaftsmalereien, Abbildungen des Lebens in der Kolonie et cetera.
Mit Nichtfleischnichtfisch weiß man auch bei den Münchner Secessionisten nichts anzufangen und schickt mir meine Werke noch nicht einmal zurück. Soll man sich den Arsch wischen damit!
Ich darf daher heute Ihnen, hochverehrter Monsieur Duchamp, eine meiner jüngst entstandenen

Kreidezeichnungen beilegen mit der Bitte, sie sich doch einmal wohlwollend zu besehen und auch zu erwägen, wo man sie in Paris zur Ausstellung bringen kann.

Hochachtungsvoll
Alfred Seidl

◇

Regensburg, den 30. März 1923

Lieber Florian!

Was Du über das Theaterspiel in der heutigen Zeit schreibst, unterstreiche ich rundweg, so wenig ich mich auch mit dem heutigen Theater beschäftigen mag. Zu sehr deckt sich Deine Einschätzung mit meiner Sicht auf die Gegenwartskunst: bewunderungssüchtige Vereinstheaterspieler, genährt von der Eitelkeit, der Begierde geliebt zu werden, zu blenden, bewundert zu werden! Auf meinen Gebieten ist es auch nicht anders: Die Dichter und Künstler plustern sich auf, fächern ihre buntgefärbten Federn, schlagen Räder, plärren beständig, wie grandios, wie genial, wie einzigartig sie seien, und vergessen über all dem Gackern vollständig, auch ab und an ein Ei zu legen und etwas in ihrer Kunst

zu bieten. Fast möchte man glauben, da sei nichts mehr, was sie zu bieten hätten.
Mit Sarah Bernhardt indes scheinst du mir ein wenig hart ins Gericht zu gehen. (Ich komme vor lauter Korrespondieren derzeit kaum mehr zur Zeitungslektüre; tatsächlich habe ich erst aus deinem Brief von ihrem Tod erfahren.) Denn einerseits: Wie wahr - einerseits die Selbst-, Gefall- und Ruhmsucht in Person, die mit ihrer allseits öffentlich zur Schau gestellten Extravaganz ebensoviel Presse macht wie mit ihrer Schauspielkunst, aber doch eben nur ebensoviel. Die andere Hälfte ihres Ruhmes hat sie sich durchaus mit ihrer Kunst erarbeitet, und ich erinnere mich dunkel, dass auch Du sie einst als größte Schauspielerin des kompletten 19. Jahrhunderts bezeichnet hast.
Dass sie Jüdin und Französin war, das ist natürlich schon richtig, aber tut das ihrem Schaffen wirklich so viel Abbruch, wie Du sagst?
Jedenfalls beginne ich deine Theaterart zu verstehen und wünsche dir, dass es mit dem neuen Verlag, von dem Du schreibst, klappen wird; wie gerne läse ich ein Stück aus Deiner Feder!

Es grüßt Dich
Alfred

◇

„Nach seiner Entlassung aus Karthaus-Prüll im Dezember 1922 hat Seidl ein paar Monate lang ausschließlich damit verbracht, zu malen und zu dichten und exzessiv Briefe an Gott und die Welt zu schreiben: Otto Dix, Paul Klee, Johannes Baader - in erster Linie Gesuche, seine Bilder auszustellen oder seine Texte zu publizieren."
„Aha."
„Davon, dass er je eine Antwort bekommen hätte, ist nichts bekannt. Die erfolgreichen Künstler und Schriftsteller in den Zwanzigern wurden mit Bitten um Protegierung förmlich überschüttet. Die landläufige Einstellung 'Das hätte meine zehnjährige Nichte auch gekonnt' brachte viele Leute dazu, Bilder und Texte ihrer zehnjährigen Nichten in die Welt zu schicken und zu sehen, ob man damit nicht Geld verdienen könnte. Immerhin erreichte 1923 die Inflation in Deutschland ihren Höhepunkt, die Arbeitslosenquote stieg auf über 20 Prozent -"
„Jaja, ich weiß, Frau Lichtblau."
„Seidl erwähnt in seinen sämtlichen Anschreiben, dass er Text- und Schriftproben beilegen würde, von denen indessen keine erhalten sind -"
„Tatsächlich?"
„- bis auf eine Kreidezeichnung, die er im März 1923 an Marcel Duchamp geschickt hat und die dieser - aus welchen Gründen auch immer - aufgehoben hat."
„Interessant."

„Und eben diese Zeichnung habe ich letzte Woche in einem Pariser Antiquariat aufgestöbert. Reiner Zufall."
„Interessant."
„Es ist eine kleine Sensation, auch insofern, als die Fachwelt bislang nicht davon ausgegangen ist, dass Seidl noch mit anderen Techniken als Aquarell und Holzschnitt gearbeitet hat."
„Bevor Sie mir jetzt das Bild ausführlich beschreiben, Frau Lichtblau -"
„Bitte."
„Die Frage, die mich momentan am meisten interessiert -"
„Ja?"
„Wie viel?"
„Eine halbe Million."
„Oh, hatten wir nicht von bedeutend weniger gesprochen?"
„Angebot und Nachfrage, Herr Meininger; Sie wissen ja... — Herr Meininger, sind Sie noch dran? — Hallo?"

◇

Regensburg, den 2. April 1923

Sehr geehrter Herr Arp, hoch- und höchlichstgeschätzter Spiegelgassendada!

Ich darf mich dreistlings erquemen, Sie zu bekunden, dass wolkenpumpenseits mir Anheischigmachung eingeblasen ward, und da mag ich nicht Saum noch Säumling bleiben, sondern rund-, drei- und zwölfeckig heraus an Herz, Leber und Blut plus Plus- und Hanswurst zu legen, dass mein Schriftwerk zu „ELOQUENCIA MUNDI“ sonders samt Samt noch Unveröffentliches solches ist. Offenliche Sünd und Barung! Alsdaware Auslegeware Auslegegabe zum Erstens: CAKRAVARTJN.1-1Ct. Aus zug zag haft an bei! Gleichsam mein täglich wachsendes Großpoemenepos über die Liebe „Nike Venus Blutsverwandt“. Abermals Ihnen, aber auch den Verlagsherren Steegemann, Edler & Krische vermittelst freundlicherweise Ihnen an Herz, Leber etc. pp. ppp. pppp. gelegt.

Höchstachtungsvöllst vorabst dankendst
Aureolissima et Seidl-Eo

◇

Der Tod wird auf schnellen Schwingen zu demjenigen kommen, der die Ruhe des Pharao stört. Die Ruhe des Pharao zu stören bedeutet, ihn einen zweiten Tod sterben zu lassen. Wer die Ruhe des Pharao stört, Alfred, der tötet ihn. Aber der getötete Tote tötet zurück. Wen tötet er? Was ist dir der Tod, Alfred, der du kein Totengräber bist? Bist du kein Totengräber, Alfred? Nicht nur der Pharao tötet, Alfred, nicht nur der Pharao. „Vincent!“ hast du gerufen - und hast mich im Rufen getötet.
Das Leben geht vorbei, Alfred, und die Zeit kehrt nicht wieder. Ich habe dich aus dem Kartenhaus herausgeholt; ich kann dich auch wieder hineinbringen. Und wie leicht kann das Kartenhaus der Tod sein, wenn es einen unter sich begräbt. Arbeite, Alfred, male, schreib, stell aus, veröffentliche, spann dich in die Arbeit ein. Die Gelegenheit zu arbeiten kehrt nicht wieder. Gerade in deinem Fall, wo deine Fähigkeit zu malen so leicht so leicht zu zerstören ist. Verwirke dein Leben nicht.

»Kann man überhaupt von einem Recht zum Leben sprechen? Hat nicht jedes Geschöpf das Recht zum Leben? Von dem Recht auf etwas kann nur dort die Rede sein, wo mehrere Menschen Anspruch auf ein und dasselbe erheben. Ein einzelner als solcher kann nie das Recht

auf etwas haben. Rechte sind nur möglich im Hinblick auf andere Personen. Wenn wir diese Betrachtung auf das Leben beziehen, so hat es nur dort Sinn, von einem Recht auf Leben zu sprechen, wo mehrere Menschen es beanspruchen, es aber nur die einen in vollem Umfange erhalten können, wenn andere darauf verzichten oder zum Verzicht gezwungen werden. Ein Robinson auf einsamer Insel braucht sich nicht den Kopf über sein Recht auf Leben zu zerbrechen, es ist niemand da, demgegenüber er Rechte geltend machen könnte. Erst im Kampf ums Dasein, im Völkerkampf und im Konkurrenzkampf der einzelnen taucht die Frage nach dem Recht zum Leben oder genauer gesagt nach dem größeren Recht zum Leben auf.

In der freien Natur wird diese Frage durch die Macht entschieden. Wer die Macht hat, sich am Leben zu erhalten, hat auch das Recht dazu: das Recht des Stärkeren, des Mächtigeren. Dasselbe Gesetz gilt im großen und ganzen unter den Völkern und Nationen.

Unter denen, welche das Recht am Leben verwirkt haben, stehen an erster Stelle die, welche selbst ihre Existenz als unlebenswert empfinden. Wer sein Dasein als unlebenswert ansieht, dessen Leben entbehrt jeden Wertes. Dauernder Pessimismus hebt das Recht zum Leben auf. Lebenslästerer verdienen den Tod. Wo der Wille zum Leben nicht mehr genug Kraft in sich birgt, trübe Zustände gelegentlicher Ermattungszustände zu überwinden, siegreich den Kampf gegen Verdüsterung und Ekel am Dasein zu bestehen, da tritt vollkommene Lebensverneinung in ihr Recht. Statt in Gedanken und

Worten sich selbst und anderen das Leben zu verhäßlichen, verneine man es gänzlich durch die Tat. Die halbe Lebensverneinung, ein Dasein ohne Stolz, ohne Freude, ohne Hoffnung, ohne Glauben an ein irdisches Glück, ohne Dankbarkeit gegen das Leben ist schlimmer als der Tod. Pessimismus übt eine unheilbare Suggestion aus und verbreitet sich gleich einer ansteckenden Krankheit weiter.

Ein einziger Pessimist kann das Glück einer ganzen Familie, einer ganzen Gruppe von Menschen verderben und verdüstern. Für solche Menschen soll man kein Mitleid aufkommen lassen, ihren fortwährenden Klagen, Verwünschungen und Nörgeleien kein Gehör schenken. Seid ihr nicht stark genug, das Leid zu überwinden, auch noch im härtesten Daseinskampf Freude zu empfinden, seid ihr nicht stolz genug, eure Unlustzustände vor anderen zu verbergen, so geht den letzten Weg, der jedem, der noch Herr seiner Sinne ist, offen steht!

Auch für die Kranken, welche so elend sind, dass sie die Herrschaft über ihre Sinne verloren haben, erlischt ein Recht am Leben. Hierher gehören vor allem die Geisteskranken, ihre schmerzlose Vernichtung zählt zu den Geboten der Barmherzigkeit. Gerade bei den Irrsinnigen fällt es leicht, ihnen ohne ihr Wissen ein kurzes, schmerzloses Sterben zu bereiten. Oft hört man Klagen über brutale Behandlung der Geisteskranken in den Irrenanstalten. Ist es aber nicht an und für sich schon eine Quälerei, Menschen, welche die gesunden Instinkte des Lebens verloren haben, zum Dasein zu zwingen? Sich selbst überlassen würden sie schnell zugrunde

gehen. Die meisten Geisteskranken sind unfähig, sich ihren Lebensunterhalt selbst zu verschaffen. Ein großer Teil derselben zeigt übrigens ausgeprägten Hang zur Selbsttötung. Warum sperrt man sie in Gummizellen, in denen ihnen jede Möglichkeit zur Selbstentleibung genommen ist? Warum hindert man die Irrsinnigen auf jede Art, sich den erlösenden Tod zu geben?
Betrachtet man die Behandlung der Irren vorurteilslos, so kann sehr wohl der Zweifel entstehen, wer denn die wahnsinnige Tat begeht: die Behandelnden, die um jeden Peis lebensunwertes Leben erhalten wollen, oder die sich sträubenden Wahnsinnigen, welche in ihrer geistigen Umnachtung doch noch das dunkle Gefühl zu besitzen scheinen, dass Selbstvernichtung die einzige Lösung für sie bedeutet.«

Ernst Mann, 1922 [24]

◇

Regensburg, den 17. Mai 1923

Lieber Florian!

Da haben wir ihn wieder, unseren Hauptzwist, den alten Lümmel. Freilich, mein Frühwerk hat sich wirklich sehr mit dem Krieg beschäftigt. Wie wir in ihn hineingefahren sind, wie wir gehofft

und gebangt hatten, und wie wir bitter enttäuscht wurden! Wer wollte damals nicht politisch schreiben! Aber die Zeiten haben sich geändert, und ich selbst habe eine Wandlung durchgemacht, wie sie nur den wenigsten Menschen zuteil wird - aber hinsichtlich dieses Themas sind wir ja ebenfalls nicht einer Meinung. Jedenfalls bin ich überzeugt, dass die Kunst über den Dingen steht und zu stehen hat. Sie sollte nicht politisch sein, nicht links nicht rechts und nicht im Zentrum, nicht apolitisch, sondern schlechterdings über den Dingen, nicht nur über den täglichen, sondern über den weltlichen allgemein. Auch der Stark, den ich so verehre, wirst Du einwenden... Sicherlich, er will - und darin unterstütze ich ihn sehr, wenngleich nicht auf dem Gebiet der Kunst - die überweltlichen Dinge den weltlichen einhauchen. Ein hehres Ansinnen; aber: Er ist kein Künstler, und er betreibt keine Kunst!
Ein wahrer Künstler ist der Forster, von dem ich Dir geschrieben habe, Du magst Dich erinnern. Ich habe ihn seinerzeit schlicht verkannt in seiner Größe; auch mir unterläuft solches zuweilen. Neulich habe ich die Anstalt besucht, sentimentalerweise, um meinem alten Leben noch einmal nachzuwinken, und da kam der Forster her und hat ein Porträt von mir gemalt und mir sogar sein „Atelier" gezeigt, eine Ehre, die nicht jedem zuteil wird. Der Gestank verschlägt einem schier die Sprache, und tatsächlich hat er meinen ganzen Besuch über kaum eine

Handvoll Worte mit mir gewechselt, und seine selbstgebackenen Kotplätzchen habe ich dankend abgelehnt (was ihn nicht gestört hat, er scheint dergleichen gewöhnt zu sein).
Die Sternschnuppen und Planeten, sagt er, sind keine toten Gebilde, sondern sie sind die erlösten Edelmenschen, die in Sterngestalt auf die Sonne fliegen. Oft zeichnet er diese Vorgänge: wie die kranken und unglücklichen Menschen, aus Erdhöhlen und Kellerlöchern hervorkletternd, geheilt und von einem Strahlenkranz umgeben, zur Sonne auffahren, wo die Sonnenjungfrau sie empfängt.
Das Porträt ist recht hübsch geworden. Dass der Forster es nicht mir übereignen will, sondern Herrn Doktor Vierzigmann, ist einerseits befremdlich, andererseits bin ich nicht unglücklich darüber, da er die Farben mit dem Finger aufgetragen hat, den er zu diesem Zweck in eine Flüssigkeit getaucht hat, die mir gar nicht geheuer war!
Ich bin abgeschwiffen, verzeih: Ebenso, wie Kunst nicht politisch sein sollte, sollte es auch die Kunstkritik nicht sein. Nein, ich habe des Herrn Brecht Theaterstück natürlich nicht gesehen (auch hätte ich mir die Karte zu tausend Mark zusätzlich zur Bahnfahrt nicht leisten können, meine Rente wird nach wie vor nicht an die steigenden Preise angeglichen) (auch hätte ich Dich selbstverständlich besucht, wenn ich in München gewesen wäre), und womöglich hätte es mir gleichweis nicht gefallen, aber den Abbruch des Stücks durch Rufen und

Stinkbomben zu erzwingen, wie Deine Freunde es getan haben, das will mir auch keine Art scheinen. Sei bald wieder in Regensburg!

Es grüßt Dich
Dein Bruder Alfred

◇

„Soll ich so tun, als würde ich annehmen, dass Sie keine Zeitung lesen, Frau Lichtblau?"
„Sie meinen –"
„Genau, den Einbruch in die Sammlung Prinzhorn letzte Nacht und die Entwendung sämtlicher Seidls."
„Stand das denn schon in der Zeitung?"
„In Bezug auf Sachen, in denen ich gerade anzulegen gedenke, halte ich mich gern auf dem Laufenden."
„Sie hatten ja schon angedeutet, dass es besser wäre, man würde sich in Heidelberg eine Alarmanlage zulegen, bevor etwas passiert. Es scheint, Sie haben einen guten Riecher in solchen Dingen, Herr Meininger."
„Grundkenntnisse von Marktgesetzen und -gepflogenheiten."
„Und der Preis?"
„Nun, eine halbe Million, hatten Sie gesagt, Frau Lichtblau."

„Ja ja, sicher. Nun ist die Situation heute allerdings eine andere als gestern –"
„Dann sollten wir nicht allzu viel Zeit verlieren und bald einen Vertrag aufsetzen, vielleicht noch heute Vormittag."
„Vielleicht sollten wir zunächst –"
„Nein, Frau Lichtblau, ich glaube nicht. Nachverhandlungen über den Preis wären zum jetzigen Zeitpunkt sicherlich keine gute Idee."
„Nein?"
„Ich will Ihnen keine Angst machen, Frau Lichtblau, aber darf ich annehmen, dass Ihr neuer Seidl nicht im Tresor liegt, sondern womöglich über Ihrem Wohnzimmertisch hängt, und dass Ihre Wohnung nicht nennenswert gesichert ist?"
„Wie meinen Sie das?"
„Ich meine, dass Sie innerhalb kürzester Zeit in einen Safe, eine Alarmanlage, eine Versicherung und vor allem in Personenschutz investieren sollten. Wer öffentliche Galerien ausraubt, wird vor Privatwohnungen nicht zurückschrecken."
„Aber wer außer Ihnen und mir weiß denn, dass ich einen Seidl über dem Wohnzimmertisch hängen habe?"
„Solche Sachen kosten eine Stange Geld, und ich bin mir nicht sicher, ob Sie soviel auf der hohen Kante haben. Wenn Sie Ihr Bild verkaufen, hätten Sie das nötige Kleingeld. Und sobald sich herumgesprochen hat, dass der Seidl nicht mehr in Ihrem Besitz ist, hören auch diese lästigen Einschüchterungen auf,

die Ihnen sicherlich schon bald das Leben schwer machen werden. Dann haben Sie künftig Ihre Ruhe und können Alarmanlage, Body-Guards und den Tresor wieder abbauen. So einfach ist das."
„Welche Einschüchterungen, Herr Meininger?"

◇

Der Gott des Feuers zürnt, Alfred. Und wenn er zürnt, dann schürt er seine unterirdische Schmiede so stark, dass ein Lavastrom aus der Erde hervorquillt und Häuser zerstört und Menschen tötet. Man liest es in der Zeitung und fragt sich: Warum? Warum zürnt der Gott des Feuers, Alfred? Wem? Seiner Göttergattin, wie in den alten Zeiten? Oder einem Menschen. Einem, der nicht leistet, was er könnte und sollte. Der Gott des Feuers ist auch der Gott der Schmiede. Harte Arbeit, Alfred, Tag und Nacht.
Wo werden deine Bilder ausgestellt, Alfred? Wie viele sind es? Wer liest deine Texte, wo erscheinen sie?

◇

Regensburg, den 18. Mai 1923

Sehr geehrter Herr Doktor Prinzhorn!

Vor ziemlich genau zwei Jahren habe ich Ihnen als damaliger Insasse der Regensburger Heil- und Pflegeanstalt Karthaus Prüll freundlicher- und leihweise zu Studienzwecken zwei Holzstiche und drei Aquarelle aus meiner Produktion überlassen, die Ihnen, wie ich annehme, für Ihr Vorhaben „Bildnerei der Geisteskranken“ wertvolle Dienste geleistet haben. Da indes die vorgenannten Werke weder in besagter Publikation noch, wie mir versichert wird, in Ihrer Ausstellung in Heidelberg aufscheinen, darf ich Sie freundlich (wenngleich unverständig) bitten, mir die Bilder baldmöglichst zurückzuschicken. Mein Vorrat ist nicht unerschöpflich, und ich hänge an jedem einzelnen meiner Werke.

Hochachtungsvoll
Alfred Seidl

◇

»Die Nachrichten aus dem äußersten Osten lassen erkennen, dass das Erdbeben in Japan die größte Katastrophe der Menschheit ist. Mit jeder neuen Nachricht aus Japan enthüllt sich ein schrecklicheres Bild der Folgen,

die das große Erd- und Seebeben über das Land und insbesondere über die blühenden Städte Tokio und Yokohama gebracht hat. In Tokio spielten sich herzzerreißende Szenen ab, da das Erdbeben und der ihm folgende Riesenbrand die Bevölkerung wie aus heiterem Himmel überraschte. Hunderttausende kamen in den Flammen um. Die Zahl der Opfer in Tokio allein wird auf weit über 100.000 geschätzt. Die Straßen sind mit Toten übersät. Das Flammenmeer breitet sich ungehindert aus, das Feuer hat bereits einen großen Teil der Stadt zerstört. Den Flammen sind u.a. zum Opfer gefallen das Arsenal, der kaiserliche Palast und der Hauptbahnhof.

Die Regierung hat den Kriegszustand über das Land verhängt.

Ein drahtloses Telegramm aus Funabachii berichtet von schrecklichen Szenen in dieser Stadt, wo die Hafengebäude und Hospitäler niederbrannten.

Ein Telegramm aus Osaka meldet Einzelheiten über die Zerstörung von Yokohama. Die ersten Erderschütterungen fanden am Samstag statt, die sechs Minuten dauerten. Nach einer kurzen Ruhepause setzte nachmittags das Erdbeben von neuem ein und dauerte eineinhalb Stunden. An den Folgen der ausbrechenden Brände wurde Yokohama völlig zerstört. Infolge der weiteren Erschütterungen brachen immer wieder neue Brände aus.

In Hakone begegnete ein Journalist einer Anzahl von Menschen, die ihm mitteilten, dass 40 Ausländer in Hakone ums Leben gekommen seien.

Die letzten Meldungen besagen, dass die Behörden von Osaka beschlossen haben, in aller Eile 1000 Tonnen Reis nach Tokio sowie einen gewissen Vorrat von Trinkwasser zu entsenden, da die Einwohner der Stadt Hungers sterben. Wie in Tokio sind auch in Yokohama Plünderungen vorgekommen. Die japanische Regierung hat daher auch hier den Belagerungszustand verhängt. Alle Plünderer werden erschossen. Tokio hat nur für fünf Tage Lebensmittel.«

Regensburger Anzeiger, 5. September 1923

◇

Und siehe, Alfred, der Herr ging vorüber, und ein Erdbeben, groß und stark, zerriss die Berge und zerschmetterte die Felsen vor dem Herrn her; der Herr war nicht in dem Erdbeben. Und nach dem Erdbeben ein Feuer; der Herr war nicht in dem Feuer. Und nach dem Feuer der Ton eines leisen Säuselns. Wer aber ist im Erdbeben, Alfred, wer im Feuer. Es ist das Schwert des Todes, Alfred. Und es sind die Menschen. Viele Menschen. Du aber sei das Säuseln.

◇

»Der Teich des Asukayama-Parkes ist mit Leichen von Frauen und Kindern angefüllt, die sich ins Wasser begaben, um den Flammen zu entgehen. Die Tore des Gefängnisses von Ichigava, das von den Flammen bedroht wurde, wurden geöffnet und Tausende Personen freigelassen, darunter befindet sich auch der Kommunistenführer Sakai und mehrere Mitglieder seiner Partei, die erst kürzlich festgenommen wurden.
Es wird mitgeteilt, dass die hungernde Volksmenge sich erhebt und die Polizei wiederholt eingreifen musste, um der Unruhen Herr zu werden. Es heißt, dass zahlreiche Plünderer erschossen worden sind.
Das Feuer in Tokio ließ erst am Sonntag Nachmittag 5 Uhr nach, als von der Stadt nichts mehr übrig war.«

Regensburger Anzeiger, 6. September 1923

◇

Was aber tun die Menschen, Alfred, wenn sie die Werke des Herrn sehen? Sie erkennen sie nicht. Und dafür straft sie der Herr nur desto unerbittlicher, indem er sie als Statisten zu Hunderttausenden in seinen Werken mitwirken lässt, die sie in ihrem Unwissen nur desto umfassender erfüllen. Und siehe: Er vernichtete von Grund auf jene Städte und die ganze Gegend, auch alle Einwohner der Städte und alles, was auf den Feldern wuchs.

◇

»Bei dem Erdbeben vom 1. September und der anschließenden Feuersbrunst kamen nach offiziellen Angaben mehr als 150.000 Menschen ums Leben. Nach einem Bericht aus Tokio fielen indes auch zahlreiche Menschen der marodierenden Meute zum Opfer. Chinesische und koreanische Arbeiter, die sich in den betroffenen Städten aufhielten, wurden angegriffen, da man sie verdächtigte, die Feuer gelegt zu haben. Der Kommunistenführer Sakai wurde, wie am Samstag bekannt wurde, zusammen mit seiner Frau und seinem sechsjährigen Neffen verhaftet und starb unter ungeklärten Umständen im Polizeigewahrsam. Die japanische Öffentlichkeit und die Presse reagieren mit großer Empörung.«

Regensburger Anzeiger, 24. September 1923

◇

Und sie werden übereinander herfallen mit Zähnen und Klauen, und sie werden sich gegenseitig zerfleischen, Alfred. Zunächst werden die Arbeiter und Kommunisten geschlachtet, die Frauen und Kinder, und schließlich werden sie nach dir Ausschau halten. Komm ihnen zuvor; werde Gott, sei Gott. Bald – die Zeit steht nicht still.

◇

Regensburg, den 12. November 1923

Lieber Florian!

Bitte sei so gut und schick uns recht bald ein Lebenszeichen von Dir. Die Eltern und mich treibt sehr die Sorge um, es könnte Dir etwas zugestoßen sein. Im Bürgerbräukeller wirst Du wohl dabeigesessen haben, da sind wir einhellig einer Meinung, aber ob Du dann noch mit durch die Stadt gezogen bist bis zum bitteren Ende, darüber können wir nur im Trüben fischen, und wir fischen in ganz verschiedene Richtungen, und auch die Zeitungen verwirren mehr, als dass sie uns helfen würden. Zwischenzeitlich, so heißt es, habe sich die Bayerische Regierung in Regensburg aufgehalten; ob es auch bei uns zu Kämpfen und Schießereien in den Straßen kommen wird?
Ich will nun rasch den Brief zur Post tragen, wiewohl akkurat ab heute drei neue Nullen hinten auf das Porto aufgeschlagen worden sind, was freilich ein wenig schmerzt. Antworte nur rasch!

Dein besorgter Bruder Alfred

◇

„Alle vier Reifen, sagen Sie? Und sämtliche Fensterscheiben? Und nichts gestohlen? Und alle anderen Autos im Umkreis unversehrt? Nach einem betrunkenen Jugendlichen oder einem Autoknacker sieht mir das nicht aus."

„Eben."

„Eher nach jemandem, der sich ganz gezielt Ihren Wagen ausgesucht hat. Und dem daran gelegen ist, dass Ihnen das auch klar ist."

„Und weshalb?"

„Sie werden doch wohl nicht etwa mich verdächtigen, Frau Lichtblau?"

„Könnte es sein, dass die Demolierung meines Autos mit dem Seidl und dem Einbruch in der Galerie Prinzhorn zu tun hat?"

„Möglich."

„Und wer außer Ihnen und mir weiß, dass ich einen Seidl in der Wohnung habe?"

„Ich kann natürlich nur für mich sprechen. Und ich war's nicht."

„Herr Meininger; Sie wollen mir doch wohl nicht etwa unterstellen, ich hätte –"

„Natürlich nicht."

„Und wer könnte wissen, dass wir über den Preis in Verhandlungen stehen?"

„Stehen wir?"

„Und wer hat mir neulich Einschüchterungen prophezeit und angemerkt, sie würden aufhören, wenn ich Ihnen das Bild verkaufe?"

„Ich würde Ihnen immer noch dazu raten, Frau

Lichtblau, mehr denn je."
„Ich werde zur Polizei gehen, Herr Meininger."
„Das würde ich an Ihrer Stelle auch. Ich frage mich nur, warum Sie's nicht längst getan haben."

◇

»Erst der elektrische Stuhl, dann Giftgas
Im Staate Nevada in Nordamerika hat man einen Mörder in einer pneumatischen Kammer durch Einführung von Cyan-Wasserstoffgas auf nicht gerade humane Art hingerichtet. Zunächst wurde mit dem Giftgas ein Experiment an einer Katze gemacht. Dies verlief aber so unbefriedigend, dass vier Gefängniswärter ihr Amt niederlegten, weil sie an der Hinrichtung eines Menschen mit Giftgas nicht mitwirken wollten. Trotzdem wurde am 8. Februar ein chinesischer Kuli in der Gaskammer hingerichtet. Er wurde gefesselt auf ein Bett gelegt und die Kammer hermetisch geschlossen. Drei Wärter drückten gleichzeitig im Nebenzimmer auf drei Hähne, von denen einer mit einer Gasflasche in einem dritten Raum verbunden war. Die Gefängnisverwaltung ist der Ansicht, dass auf diese Weise den Wärtern das Bewusstsein genommen sei, wer von ihnen das Urteil vollzogen habe. Nach zehn Sekunden war der Chinese tot. Leichte Zuckungen wurden allerdings noch nach einigen Minuten durch ein Fenster beobachtet, und ein Arzt bezeichnete diese Zuckungen

als Muskelreflexe – Das ganze Experiment ist demnach ebenso scheußlich verlaufen, wie seinerzeit die ersten Hinrichtungen durch Elektrizität.«

Regensburger Anzeiger, 13. Februar 1924

◇

Regensburg, den 16. April 1924

Lieber Florian!

Worin sich die Kunst vom Laienspiel unterscheidet, dem Du so verschrieben bist: Wo im Laienspiel der einzelne nichts gilt, keiner sich Selbstzweck sein darf, wie Du schreibst, wo alle im Ring stehen und jeder an seiner Stelle dem Ganzen dient, da muss in der Kunst das komplette Gegenteil der Fall sein: Der einzelne ist alles! Der einzelne! Nicht der, der nachahmt, der sich an anderen ausrichtet, indem er ihnen nachschafft und -äfft oder indem er malt, was sie sehen wollen, sondern der seine Wahrheit, seine Lust, seinen Schmerz kündet und sein Inneres, seine Welt, seine Sendung auf die Leinwand bringt oder was ihm sonst zur Verfügung steht. Kurz: Der genialische einsame Wolf!
Von diesen gibt es nur sehr wenige. Ich arbeite hart, glaub mir.

Der Forster, der ist bereits einer: Den lieben langen Tag malt er vor sich hin, was ihm aus der Seele dringt. Ob es anderen gefällt, ob sie es verstehen oder nicht, belachen oder bewundern, kümmert ihn nicht. Seine Werke stapeln sich bis unter die Decke. Und wenn sie einander zuweilen ähneln wie ein Ei dem anderen, so stört ihn auch das nicht.
Und tatsächlich verlacht ihn niemand, selbst seine Art, sich zu „ernähren", sein Sperma und seine sonstigen Exkremente zu essen, der ungewaschene Auftritt, dass er kaum spricht, die Diagnose „Dementia praecox": All das wird dem Genie großzügig verziehen; er sammelt eine immer größere Schar von Bewunderern um sich, durch die er indessen geflissentlich hindurchsieht, als wären sie nicht vorhanden. Er braucht sie nicht.
Und so hängen seine Arbeiten sowohl in der Sammlung des Herrn Doktor Vierzigmann als auch der des Herrn Doktor Prinzhorn in Heidelberg - jeder auf seine Weise ein schlimmer Ignorant, aber nichtsdestoweniger Leute, die Forsters Ruhm mehren werden. Eines Tages wird er ein freier Mann sein und seine Werke werden Galerien in Paris und London zieren, da bin ich mir ganz sicher.

Sei vielmals gegrüßt von Deinem Bruder Alfred

PS: Der letzthin erwähnte Hohenester Verlag - denkst du, man würde dort auch zukunftsweisende Literatur eines gewissen Regensburger Autors drucken?

◇

Einzelzellen, Alfred, wo man Menschen festschnallt und sie tötet, vergast, verpufft. Wie leicht kann das Kartenhaus der Tod sein, wenn es wackelt; halte dich fern von dort. Wer aber wird vergast, verpufft, zerstäubt? Was Gott gibt, kann er auch wieder nehmen. Wem nimmt er das Gegebene, Alfred? Er nimmt es dem, der nicht selbst das Gottsein anstrebt. Wer nicht in sieben Tagen die Welt schafft, ist nicht Gott, ist eine Enttäuschung, ist minderwertig, unwert.
Ist dein Schaffen bereits die Welt, Alfred? Bist du schon beim Menschen angelangt? Wieviele Tage arbeitest du schon daran, wieviele werden dir noch gegeben sein?

◇

Regensburg, den 16. Juni 1924

Sehr geehrter Herr Kandinsky!

Sie haben sich nun reichlich ein Jahr lang in Weimar umgesehen und sicherlich festgestellt, dass das sogenannte Bauhaus den Namen nicht verdient und bestenfalls eine Baustelle ist, eher noch eine Müllhalde, auf der von der selbsternannten Avantgarde

das zusammengewürfelt ist, was anderenorts mit gerümpften Nasen der Galerien verwiesen wird.
Ihre Enttäuschung mag groß sein, aber seien Sie getrost getröstet: Den Bayerischen Nordgau kennen Sie ja; er war Ihnen vor zwei Jahrzehnten bereits ein Quell der Inspiration und der Schöpfungskraft. Ich plane für Herbst, spätestens für nächstes Frühjahr die Eröffnung einer Kunstakademie in der Sternbergstraße in Regensburg ganz in der Nähe des Bahnhofs. Zusammen mit Ihnen - den ich hiermit innig zur Zusammenarbeit berufe - werden voraussichtlich und unter anderem unterrichten: Pablo Picasso, Piet Mondrian, Adolf Hölzel, Kasimir Malewitsch, Josef Forster und meine Wenigkeit.
Ich bitte Sie recht nachdrücklich: Kommen Sie nach Regensburg, Sie werden es nicht bereuen. Die Bezahlung mag zunächst noch ein wenig vorläufig erscheinen, doch bin ich zuversichtlich, dass sich der Ruhm der Regensburger Schule bald in alle Welt verstrahlt und dann auch im finanziellen Sinne auszahlen wird.

Seien Sie kollegial gegrüßt
Alfredo Ass Si Aureo l' Issima de Seidl

„Der Seidl hängt immer noch in Ihrem Wohnzimmer?“
„Ja. Und wer weiß davon?“
„Tragen Sie ihn in einen Tresorraum, um Gottes Willen; er wird Sie noch umbringen.“
„Wer wird mich umbringen?“
„Ihr Seidl natürlich. Im übertragenen Sinne.“
„Gut. Und wer weiß nun von *meinem* Seidl?“
„Ihr Name taucht immerhin in dem einen oder anderen der Artikel über die sensationelle Renaissance des Alfred Seidl auf.“
„Natürlich; ich habe ihn schließlich zu dem gemacht, was er ist.“
„In diesem Fall gibt es genug Leute, die sich an ihren zehn Fingern abzählen können, dass Sie einen haben, einen Seidl. Wenn Sie und ich auf diese Idee kommen – wieso nicht auch jemand anderer?“
„Weshalb kennen Sie sich eigentlich plötzlich so gut aus in der Szene?“
„Offenbar funktionieren verschiedene Szenen auf die gleiche Weise.“
„Sie haben gesagt, die Einschüchterungen würden aufhören, sobald ich meinen Seidl verkaufe. Was, wenn ich ihn nicht verkaufe?“
„Irgendwann wird Sie jemand anrufen und Ihnen sagen, was genau er von Ihnen will. Allerdings erst, wenn er Sie für mürbe genug hält.“
„Und bis dahin?“
„Leben Sie nicht in einer festen Beziehung, Frau Lichtblau? Hat Ihr Partner nicht eine kleine Tochter?“

◇

Seit alters her hat man Menschen gefressen, Alfred. Das muss dir noch in Erinnerung sein, wie vage auch immer. Geh die Geschichtsbücher durch; auf jeder Seite stehen krumm und schief die Worte „Humanität, Rechtlichkeit, Wahrheit und Tugend“ gekritzelt. Sieh genau hin, Alfred, lies die Worte laut und immer wieder. Und dann lies zwischen den Worten, zwischen den Zeilen. Da steht: „Menschen fressen.“
Schaffe, Alfred. Male, schreib. Oder willst du ein Mensch bleiben? Willst du gefressen werden?

◇

»Eingesandt
(Für Veröffentlichungen unter dieser Rubrik übernimmt die Redaktion lediglich die Verantwortung dem Gesetze gegenüber.)
Man schreibt uns:
In den Regensburger Neuesten Nachrichten des 10. November ff ist in ausführlicher Länge und Breite nachzulesen, was der Regensburger Liederkranz und der Damengesangsverein treiben, wann die nächste Viehzählung stattfindet, dass trotz akuten Geldmangels die Straßenbeleuchtung um 300 Flammen erweitert werde,

welcher Trunkenbold sich zu nächtlicher Stunde in welchen Straßengraben erbrochen hat. Fast möchte man zu lesen erwarten, auf welchen Höfen in der Umgegend welche Henne bloß gegackert und welche ein Ei gelegt hat.
Den wahrhaft umwälzenden, bahnbrechenden weltpolitischen Ereignissen verschließt sich die Regensburger Presse in der schändlichsten und ignorantesten Manier! Es sei daher ergänzt:
Auf der Versammlung des Stark-Bundes am 9. November 1924 im Regensburger Karmelitensaal warb der Vorsitzende (Leonhard Stark) charismatisch für sein Mandat, das er bei der Reichstagswahl am 7. Dezember zu erringen gedenkt. Sein Wahlplakat zeigte Sowjetstern und Hakenkreuz, deren beide Stärken er zum allseitigen Wohl des Volkes vereinen werde, da er über alle Parteien hinweg regieren wolle. An Ideen mangle es nicht, jedoch bräuchten wir Männer der Tat! Leonhard Stark sei dieser Mann der Tat.«

Leonhard Stark, 13. November 1924 [25]

◇

Ratisbonne, le douze décembre 1924

Sehr geehrter und gelehrter, sehr hellsichtiger Herr Breton!

Was Sie in Ihrem Manifest über den Surrealismus als reinen psychischen Automatismus schreiben, und wie ich in einem weiteren Schritt vorauseile: als parapsychischen Automatismus, das kann ich Ihnen mit Leib und Seele bestätigen. Es ist alles wahr und noch viel mehr als das! Wie sonst auch wären Sie in der Lage gewesen, über die Distanz hinweg Gedanken zu formulieren und niederzuschreiben, wie ich sie um die gleiche Zeit hatte, als Sie Ihr Surrealistisches Manifest verfasst haben?
Bewusstsein, Vernunft, ästhetische und moralische Bedenken sind die Feinde des wahren Denkens, der wahren Kunst, der wahren Dichtung, kurz, wie ich Ihnen als der Ältere abermals einen Schritt weit vorausdenken darf: der Wahrheit schlechthin.
Wege, die erste Stufe des Automatismus zu erreichen, sind Traum, Trance und Rauschmittel; die zweite, hehrere Stufe, erreichen Sie schlicht durch Irrsein: Kommen Sie nach Regensburg, sehen Sie sich die Kunstwerke Josef Forsters an, hören Sie die Vorträge Leonhard Starks und gründen Sie mit mir zusammen den Cirque Quartorze, den Karthauser Kreisel.

Erwartungsvoll
Alfred Seidel de la Soie

◇

24. Dezember 1924

Meine sehr geehrten Herren Kollegen, Herr Oberarzt, sehr geehrte Schwestern und Pfleger, sehr geehrte Damen und Herren von der Küche und den Werkstätten!

Abermals liegt ein Jahr der großen Errungenschaften hinter uns, und abermals möchte ich mich recht, recht herzlich bei Ihnen bedanken, denn ohne Ihrer aller Hilfe wären die meisten dieser großen Errungenschaften nicht möglich gewesen – ja, ich möchte gar behaupten, keine einzige von ihnen.
Lassen Sie mich kurz rekapitulieren: Karthaus-Prüll ist die zweite bayerische Heilanstalt, die die Offene Irrenfürsorge, die Frühentlassung bei ambulanter Weiterbehandlung eingeführt hat, wie sie bereits in Erlangen von Herrn Professor Kolb, dem Direktor der dortigen Heil- und Pflegeanstalt, seit über einem Jahrzehnt praktiziert wird. Zwischenzeitlich blicken wir auf mehr als anderthalb Jahre Erfahrung mit der Offenen Fürsorge zurück, und ich übertreibe nicht, wenn ich sage: Es sind durchgängig sehr gute Erfahrungen. Wiederholt musste – und muss aller Wahrscheinlichkeit nach auch weiterhin – der, wie es heißt, „außerordentlich liberale Standpunkt der Direk-

tion bei allen Entlassungen“ gegen Widerstände und Angriffe seitens der vorgesetzten Behörden und der zuständigen Kommunalpolitiker verteidigt werden. Aber der Erfolg gibt uns recht: Es ist uns in den beiden zurückliegenden Jahren gelungen, dem seit dem Ende des Kriegs beängstigenden Anstieg der Neuaufnahmen durch besagten liberalen Standpunkt entgegenzuwirken, so dass – bei sinkenden Zuschüssen des Kreistags – die Patientenzahlen, wenn schon nicht rückläufig, so doch wenigstens nicht weiter ansteigend sind, sondern das Jahr hindurch auf einem Stand von rund 530 Patienten bleiben. Dem Kollegen Herrn Doktor Vierzigmann sei an dieser Stelle ganz ausdrücklich für seinen gewaltigen Einsatz von ganzem Herzen gedankt. Es war, wenn ich mir diese kleine Eitelkeit erlauben darf, eine sehr weise Entscheidung, ihn mit der Aufgabe des Fürsorgearztes zu beauftragen.

Der aus der Offenen Fürsorge resultierende außerordentlich starke Wechsel der Kranken, die Entlassung oder Überführung der meisten nur mehr pflegebedürftigen Insassen in die Familie oder in eine karitative Anstalt haben eine relative Anhäufung von frischeren Krankheitsfällen und schwierigeren Kranken im Gefolge. Dies gibt sich vor allem in einer starken Belegung der Wachabteilungen kund. An die Fähigkeit des Pflegepersonals sind hierdurch hohe Anforderungen gestellt. Allerdings ist mir in dieser – wie auch in mancherlei anderer Hinsicht –

nicht bange: Die Anstalt besitzt ein wohlausgebildetes, sehr leistungsfähiges Pflegepersonal, darunter einen starken Stamm schon längere Zeit in der Anstalt tätiger Pflegepersonen, die über eine langjährige Erfahrung in der Irrenpflege verfügen und dem jungen nachrückenden Personal als Vorbild dienen können.

Anfang des Jahres - Sie erinnern sich - erhielt die Anstalt die Berechtigung zur Einrichtung einer staatlich anerkannten Krankenschule. Kurse und Prüfungen wurden für das Pflegerpersonal obligatorisch. Die Leitung der Kurse obliegt dem ersten Oberarzt, der Prüfungsausschuss besteht aus dem Regierungsmedizinalreferenten, dem Anstaltsdirektor und dem Kursleiter. An dem ersten Lehrgang beteiligte sich freiwillig auch die Mehrzahl des schon fest angestellten Pflegerpersonals mit meist sehr guten Prüfungsresultaten. Ich bin sehr stolz auf Sie, meine Damen und Herren und möchte Ihnen - und abermals Herrn Doktor Vierzigmann - meinen aufrichtigen Dank aussprechen.

Für unsere Anstrengungen hat uns unser Herrgott belohnt, indem er uns auf der einen Seite sicher durch dieses für uns alle mit übergroßer Härte verbundene Jahr der mannigfachen Krisen geführt und uns darüber hinaus von einem Übel befreit hat, das uns allen lange genug im Magen und insbesondere in der Nase gelegen hat. Sie wissen, wovon ich spreche: Seit Mitte des Jahres haben wir endlich eine Kanalisation, und die frische Luft, die seither durch unsere Anstalt weht, will ich als gutes Omen für die Zukunft werten. Ich wünsche Ihnen allen und Ihren Familien in diesem Sinne von ganzem Herzen ein frohes und gutes Jahr 1925.

Karl Eisen

◇

Sei auf der Hut, Alfred. Wieso hat der Hund der Zieglers ein Auge auf dich geworfen?
Hast du den Blick bemerkt, mit dem dich die alte Zieglerin angesehen hat, als du heute früh aus dem Haus gegangen bist: Wie wenn sie daran dächte, dich zu vergiften. Da waren dann noch sieben oder acht, die haben die Köpfe zusammengesteckt und über dich getuschelt. Sie fürchteten, du könntest es bemerken. Hast du es bemerkt, Alfred? Die Leute auf der Straße haben sich alle so verhalten. Sie hatten ihre Vorbereitungen bereits getroffen. Die Kinder am Weiher, die haben ebenfalls über dich getuschelt. Sie hatten denselben Blick wie die alte Zieglerin, und ihre Mienen waren ebenfalls von abweisender Kälte.
Was mögen diese Kinder wohl gegen dich haben, dass sie sich so benehmen. Was hat die alte Zieglerin gegen dich, was erst recht die Leute auf der Straße? Du weißt es nicht, Alfred?

Du weißt es. Erinnerst du dich an die Milch, die du dem Karl ins Gesicht geschüttet hast vor zwanzig Jahren?
Es ist die einzige plausible Erklärung, Alfred, denn der Karl war sehr wütend. Die alte Zieglerin muss von der Sache Wind bekommen und es als persönliche Schmach empfunden haben, sodass sie sich mit den Leuten auf der Straße gegen dich verschworen hat. Und die kleinen Kinder, Alfred? Sie waren doch noch gar nicht geboren, wieso schauen sie dich heute ebenfalls so seltsam an, wie wenn sie dich fürchteten, wie wenn sie dir ein Leid antun wollten? Die Eltern haben es ihnen beigebracht, Alfred. Der Florian hat es ihnen beigebracht.
Sie wollen dich fressen, Alfred, wegen der alten Geschichte mit der Milch.

◇

„Keine Forderungen, keine konkreten Drohungen; lediglich die Warnung, 'diese Art von Geschäften' mit Ihnen zu unterlassen."
„Merkwürdig."
„In der Tat. Welche Art von Geschäften machen wir, Herr Meininger?"
„Wir haben einen Künstler gehypt, einen Markt kreiert, und nun erwägen wir Verkauf und Kauf eines Bildes."
„Ich bin ganz Ihrer Meinung: Vielleicht sollten wir diesen Handel bald abschließen."

„Vielleicht sollten wir ihn aber auch bleiben lassen, Frau Lichtblau."
„Aufgrund des Einbruchs in der Prinzhorn-Sammlung?"
„Nein, aufgrund dieses mysteriösen Anrufs."
„Und wenn ich mit dem Preis runtergehe?"

◇

„Das würde mich jetzt aber auch interessieren, Dieter. Welche Art von Geschäften machen die?"
„Die beiden haben es geschafft, Alfred Seidl und seine Werke berühmt zu machen."
„Und dann?"
„Dadurch ist das Interesse an Seidl und seinen Bildern gestiegen, und damit auch die Nachfrage."
„Und mit der Nachfrage ist auch der Preis gestiegen, ja?"
„Genau. Und dann hat Meininger, weil er ausgebuffter Ökonom ist, an der Angebotsschraube gedreht und ist kurzerhand in die Prinzhorn-Sammlung eingebrochen, beziehungsweise hat einbrechen lassen und den Großteil der Seidls aus dem Verkehr gezogen."
„Vollkommen klar, Herr Autor. Und nun ist das Angebot schlagartig geschrumpft, und die Nachfrage ist nach wie vor groß, und der Preis des neuen Seidls steigt ins Exorbitante. So?"

„So in etwa."
„Vollkommener Blödsinn. Wieso sollte er vorab den Preis hochtreiben und erst danach das Bild kaufen, wo er's vorher für einen Bruchteil hätte haben können?"
„Weshalb bist du dir denn so sicher, dass *er* eingebrochen hat? Vielleicht ist ihm jemand zuvorgekommen."

◇

Grubenunglück bei Dortmund, 136 Tote, ein Verletzter; Tornado in Amerika, 695 Tote, 2000 Verletzte; Erdbeben in China, 5000 Tote.
Wer tötet diese Menschen, Alfred? Und warum?
Gott zürnt, Alfred. Warum? Wem? Zürnt er einem Menschen, der nicht in der Lage ist, nicht genug an sich arbeitet, um über sein Menschtum hinauszusteigen, der immer bleiben wird, was er ist? Ein Niemand, ein Versager, ein Stück Nichts, das ebenfalls bei nächster Gelegenheit dahingerafft wird?
Oder bist du bereits Gott, Alfred? Wem zürnst du? Und warum?

»Brief an die Chefärzte der Irrenanstalten
Die Wahnsinnigen sind die individuellen Opfer par excellence der Diktatur der Gesellschaft; im Namen dieser Individualität, die erst den Menschen ausmacht, fordern wir, dass diese Gefangenen der Sensibilität befreit werden, da es ohnehin nicht in der Macht der Gesetze steht, alle denkenden und handelnden Menschen einzusperren. Ohne die Betonung auf die vollendete Genialität bestimmter Hervorbringungen der Wahnsinnigen zu legen – in dem Maße, in dem wir überhaupt sie zu würdigen fähig sind –, treten wir hier ein für die absolute Legitimität ihres Verständnisses der Realität sowie aller ihrer sich daraus ergebenden Handlungen. Erinnert euch morgen früh daran, wenn Ihr zur Stunde der Visite wieder versuchen werdet, ohne Lexikon mit diesen Menschen zu reden, denen gegenüber Ihr – erkennt es doch! – lediglich die Macht voraushabt.«

André Breton, April 1925 [26]

◇

Regensburg, den 2. April 1925

Lieber Florian!

Die Häme, die Du so tüchtig ausgießt über die Inflationsheiligen, wie Du sie nennst, ist nicht gerecht.

Zu wissen, dass man vollkommen ohne Aussicht auf das Amt ist, und dennoch zur Wahl anzutreten, ist nicht „reine Idiotie und des Narrenhauses würdig“, sondern es ist der Stolz darauf, eine Überzeugung zu haben und diese auch dann zu haben, wenn die Welt darüber lacht. Eines Tages wird die Welt nicht mehr darüber lachen, und egal, ob es dann zu spät sein wird oder nicht - man hat sie frühzeitig gewarnt.
Fast glaub ich, Du bist nur deswegen so erbittert, weil auch der Ludendorff es nicht geworden ist. Nimm es sportlich; auch dessen Zeit wird vielleicht noch kommen. Der Stark indes, wie ich höre, wird, da bereits im November sein Stark-Bund nicht in den Reichstag gekommen ist, aus der Politik ausscheiden und sein „Predigen“, wie du es nennst, rein auf seinen spirituellen Wirkungskreis beschränken. Von Beschränkung im allgemeinen Sinn kann dabei freilich keine Rede sein, und ich denke, es ist auch besser, dass er das Heil der Welt von diesem Ende her mehrt; hier hat er seine Stärken.
Und zumindest in diesem Punkte bin ich mir deines Einverständnisses gewiss.

Es grüßt Dich Dein Bruder Alfred

◇

»Schon vor der Jahrhundertwende begann sich in unsere Kunst ein Element einzuschieben, das bis dahin als vollkommen fremd und unbekannt gelten durfte. Wohl fanden auch in früheren Zeiten manchmal Verwirrungen des Geschmacks statt, allein es handelte sich in solchen Fällen doch mehr um künstlerische Entgleisungen, denen die Nachwelt wenigstens einen gewissen historischen Wert zuzubilligen vermochte, als um Erzeugnisse einer überhaupt nicht mehr künstlerischen, sondern vielmehr geistigen Entartung bis zur Geistlosigkeit. In ihnen begann sich der später freilich besser sichtbar werdende politische Zusammenbruch schon kulturell anzuzeigen.
Der Bolschewismus der Kunst ist die einzig mögliche kulturelle Lebensform und geistige Äußerung des Bolschewismus überhaupt.
Wem dieses befremdlich vorkommt, der braucht nur die Kunst der glücklich bolschewisierten Staaten einer Betrachtung zu unterziehen, und er wird mit Schrecken die krankhaften Auswüchse irrsinniger und verkommener Menschen, die wir unter den Sammelbegriffen des Kubismus und Dadaismus seit der Jahrhundertwende kennenlernten, dort als die offiziell staatlich anerkannte Kunst bewundern können. Selbst in der kurzen Periode der bayerischen Räterepublik war diese Erscheinung schon zutage getreten. Schon hier konnte man sehen, wie die gesamten offiziellen Plakate, Propagandazeichnungen in den Zeitungen usw. den Stempel nicht nur des politischen Verfalls, sondern auch den des kulturellen an sich trugen. Sowenig etwa noch vor 60 Jahren ein politischer Zusammenbruch von der jetzt erreichten Größe denkbar gewe-

sen wäre, sowenig auch ein kultureller, wie er sich in futuristischen und kubistischen Darstellungen seit 1900 zu zeigen begann. Vor 60 Jahren wäre eine Ausstellung von sogenannten dadaistischen „Erlebnissen" als einfach unmöglich erschienen, und die Veranstalter würden in das Narrenhaus gekommen sein, während sie heute sogar in Kunstverbänden präsidieren. Diese Seuche konnte damals nicht auftauchen, weil weder die öffentliche Meinung dies geduldet noch der Staat ruhig zugesehen hätte. Denn es ist Sache der Staatsleitung, zu verhindern, dass ein Volk dem geistigen Wahnsinn in die Arme getrieben wird. Bei diesem aber müsste eine derartige Entwicklung doch eines Tages enden. An dem Tage nämlich, an dem diese Art von Kunst wirklich der allgemeinen Auffassung entspräche, wäre eine der schwerwiegendsten Wandlungen der Menschheit eingetreten; die Rückentwicklung des menschlichen Gehirns hätte damit begonnen, das Ende aber vermöchte man sich kaum auszudenken.
Sobald man erst von diesem Gesichtspunkte aus die Entwicklung unseres Kulturlebens seit den letzten 25 Jahren vor dem Auge vorbeiziehen lässt, wird man mit Schrecken sehen, wie sehr wir bereits in dieser Rückbildung begriffen sind. Überall stoßen wir auf Keime, die den Beginn von Wucherungen verursachen, an denen unsere Kultur früher oder später zugrunde gehen muss. Auch in ihnen können wir die Verfallserscheinungen einer langsam abfaulenden Welt erkennen. Wehe den Völkern, die dieser Krankheit nicht mehr Herr zu werden vermöchten.«

Adolf Hitler, 1925 [27]

◇

„Mal angenommen, dass nicht Meininger in Heidelberg eingebrochen hat, sondern Lichtblau."
„Lichtblau?"
„Natürlich nicht sie selbst."
„– sondern ein Auftragseinbrecher, alles klar. Dieter, du spinnst. Die Frau ist nicht aus der Szene, die weiß noch nicht mal, wie ein Auftragseinbrecher aussieht."
„Naja, sagen wir mal so, Frank: Einem Auftragseinbrecher sollte man auch nicht gleich auf den ersten Blick ansehen, dass er einer ist. Aber egal: Nein, sie hat keinen Auftragseinbrecher angeheuert, sondern sich jemandem anvertraut, der ihr nahesteht – einer besten Freundin zum Beispiel, oder ihrem Lebensgefährten."
„Der Lebensgefährte? Wieso erfahren wir überhaupt erst jetzt von dem?"
„Weil er vorher nicht wichtig war. Ich kann ja nicht sämtliche im Roman vorkommenden Figuren gleich auf den ersten Seiten einführen. Du und ich, wir sind ja auch erst relativ spät dazugekommen."
„Na bravo. Und der Lebensgefährte ist Alarmanlageninstallateur, oder was? Und deswegen weiß er genau, wie die Sammlung Prinzhorn gesichert ist und wo man die Anlage ausschaltet."
„Gute Idee; warum nicht. Aber wie gesagt: Die Alarmanlage ist nicht der Rede wert, dazu braucht

man bloß jemanden, der ein bisschen in Bedienungsanleitungen stöbert. Findet man im Internet."
„Oder der Lebensgefährte ist Schriftsteller, und deswegen recherchiert er so gern in Archiven und kennt sich bestens in der Sammlung aus und weiß genau, in welcher Schublade die Seidls liegen."
„Nicht schlecht. Da hätten wir auch gleich noch eine neue Meta-Ebene."
„Und um das Gleichgewicht der Kräfte wieder herzustellen, erfindest du jetzt auf der Meininger-Seite auch noch einen neuen Mitspieler, ja? Diesmal vielleicht einen richtigen Einbrecher."
„Meininger hätte Beziehungen zu den entsprechenden Kreisen, auf alle Fälle. Aber einen zweiten Einbrecher brauchen wir momentan nicht. Den hätten wir bloß dann gebraucht, wenn Meininger schneller gewesen wäre; geplant hatte er einen Einbruch sicherlich, da kannst du Gift drauf nehmen."
„Klar, davon sind wir ja alle ausgegangen."
„Und dass hier nun jemand schneller war als er selbst, das ist dem alten Ober-Checker suspekt, das ist er nicht gewohnt."
„Und ahnt er, dass Lichtblau eingebrochen hat?"
„Nein, für so ausgebufft hält er sie nicht."
„Unvorsichtig von ihm, Dieter. Das sollte er eigentlich wissen, dass man niemanden unterschätzen soll, mit dem man Geschäfte macht."

◇

»Leningrad, 5. Mai. Die „Norge“ ist heute Vormittag 9:38 Uhr von Leningrad nach Spitzbergen abgeflogen.«

Regensburger Anzeiger, 6. Mai 1926

◇

»Es ist ein uraltes und doch stets neu erstehendes Problem – das der Abkürzung lebensunwerter Leben –; denn immer wieder drängt es nach einer Lösung, oder wenigstens nach einer Beantwortung und zwar je mehr, je größer die materielle Notlage einer staatlichen Gemeinschaft ist. Wer erinnerte sich nicht des Aufsehens, das die nachgenannte Binding'sche Broschüre bei ihrem Erscheinen im Jahre 1920 auslöste? Tausende und Abertausende glaubten damals sogar, dass mit der darin enthaltenen Bejahung der Frage ein Zeitalter größerer Menschlichkeit anbrechen würde. Inzwischen ist es wieder stiller geworden. Nur hier und da taucht es noch in den Unterhaltungsbeilagen der Zeitungen auf und wird in Romanen mehr oder weniger eingehend berührt. Ich glaube: Die Ursache der ruhigeren, leidenschaftsloseren Behandlung des Problems ist nicht die Tatsache, dass viele ärztliche und juristische Sachverständige eine ablehnende Stellung zu den Bindig'schen Vorschlägen eingenommen haben, sondern das Nach-

lassen des materiellen und geistigen Notstandes, in dem wir uns in den letzten Jahren des Krieges und den ersten Jahren der Nachkriegszeit, in dieser Periode der Aushungerung, befunden haben. Sobald ein materieller Notstand wieder hervortritt, beschäftigt auch das Problem wieder mehr die Gemüter. Sehr lehrreich ist in dieser Hinsicht der Sitzungsbericht des Großen Rates im Kanton Bern über die im September 1923 gehaltenen Sitzungen. Dort ist es der Mangel an Unterbringungsmöglichkeiten für die Geisteskranken und die finanzielle Unmöglichkeit, eine vierte Irrenanstalt zu bauen, die den Stadtarzt Dr. Hauswirth in Bern zu einer „Motion" veranlassten, die Tötung unheilbarer Irren und Schwachsinniger vorzuschlagen, weil es, wie er in derselben Zeitung am 23. September sagt, humaner wäre, diese mit narkotischen Mitteln von ihrem entsetzlichen Dasein zu befreien.
Ob eine spätere Zukunft einmal ebenso urteilen wird, wer weiß es? Sie soll dann aber wenigstens erfahren, warum die jetzige Zeit, insonderheit die Mehrzahl der Mediziner und Juristen den Binding'schen Vorschlägen ablehnend gegenübersteht. Binding beklagt angesichts „dieser Menschen, die das furchtbare Gegenbild echter Menschen bilden und fast in jedem Entsetzen erwecken, der ihnen begegnet, den uns fehlenden Heroismus, der diese armen Menschen in Zeiten höherer Sittlichkeit wohl amtlich selbst erlösen würde." Ich halte es für viel heroischer, sich dieser Wesen nach Kräften anzunehmen, Sonne in ihr Leben zu bringen und dabei der Menschheit zu dienen. Ja, ich bin überzeugt, dass

wir dadurch den großen Kulturidealen der Menschheit näher kommen werden als auf jenem Wege.
Der Vorschlag der Tötung von Idioten oder Geisteskranken, und seien sie geistig noch so tiefstehend, ist aus rechtlichen und ethischen Gründen abzulehnen. Ihre Beseitigung würde der Gesellschaft auch kaum einen nennenswerten materiellen Vorteil bringen. Er würde wenigstens ziemlich ausgeglichen werden durch die Kosten des Verfahrens. Beobachtungs- und Pflegeanstalten müsste es auch dann noch geben. Ob sich Ärzte oder andere Personen zur Ausführung des Verfahrens finden würden, ist zur Zeit sehr zu bezweifeln.
Unabsehbarer Schaden würde der Volksmoral zugefügt werden. Jedes chronisch kranke Geschöpf würde als überflüssig empfunden und als beseitigungswert charakterisiert werden können. Das Vertrauen zu den Kranken-, Heil- und Pflegeanstalten, Siechen- oder Versorgungshäusern, das im letzten Jahrhundert mit den Fortschritten der Wissenschaft dauernd gewachsen ist, würde einem für die Volksgesundheit höchst bedenklichen, tiefen Misstrauen Platz machen.«

Ewald Meltzer, 1925[28]

◇

»Köln, 8. Mai. Nach einer Mitteilung des Aero-Klubs ist Amundsens Nordpolarschiff „Norge“ in achtstündiger Fahrt in Spitzbergen angekommen, nachdem man ursprünglich zehn Stunden gerechnet hatte.«

Regensburger Anzeiger, 8. Mai 1926

◇

„Das ist sein Fehler von Anfang an gewesen.“
„Dass er sie unterschätzt hat?“
„Immerhin der Grund, warum er sich überhaupt an sie gewandt hat. Er kennt schließlich genügend Leute, die teure Kunstwerke in ihren Büros oder Hinterzimmern oder Tresoren rumhängen haben. Einer von denen hätte ihm schon eine anständige Agentur vermittelt.“
„Und warum hat er nicht die gefragt?“
„Weil er lieber einen Partner gehabt hätte, der ebenfalls neu auf dem Gebiet ist. Auf diese Weise würde er sicher gehen, dass er die Fäden in der Hand behält und nicht von jemandem übers Ohr gehauen wird, der seine mangelnde Erfahrung ausnutzt.“
„Seltsame Logik. Ich seh schon, Dieter, aus mir wird nie ein richtiger Geschäftsmann.“

◇

Und die Frau sah, dass es köstlich wäre, von dem Baum zu essen, Alfred. Sie nahm von seinen Früchten und aß; sie gab auch ihrem Mann, der bei ihr war, und auch er aß. Hüte dich vor den Frauen, Alfred. Dann sprach Gott, der Herr: Seht, der Mensch ist geworden wie wir; er erkennt Gut und Böse. Gottgleich bist du geworden, Alfred, aber um welchen Preis! Um welchen Preis... Um die Vertreibung aus dem Paradies. Mit einer Frau an deiner Seite wirst du nicht dorthin zurückkehren können. Zumindest mit keiner irdischen, weltlichen. Überirdisch muss die Frau sein, nach der du strebst; dir gleich, Alfred, gottgleich, göttlich.

»Paris, 10. Mai. Der Nordpol erreicht Paris. Nach einer Kabelmeldung des „Newyork Herald" soll der amerikanische Flieger Byrd, der am Sonntagmorgen um 2 Uhr von Kingsbay aus den Flug zum Nordpol angetreten hatte, den Nordpol erreicht haben.
Nach neuen Funksprüchen von Spitzbergen stieg Oberstleutnant Byrd mit seiner Fokkermaschine um 12:50 Uhr in der Nacht vom Samstag auf Sonntag auf und kehrte am Sonntagnachmittag gegen 4 Uhr zurück. Die Berechnungen und Peilungen während der Fahrt geschahen anhand des Sonnenkompasses. Unterwegs setzte einer der drei Motoren aus, und die Gefahr bestand, dass die Maschine die nötige Flugkraft verlieren

könnte. Byrd setzte jedoch nach kurzer Unterbrechung den Flug fort. Der ganze Flug war von gutem Wetter begleitet. Der Nordpol wurde mehrere Male ohne Landung umflogen. Byrd ließ über dem Nordpol die amerikanische Flagge fallen. Der Empfang auf Spitzbergen war ein ungeheuer begeisterter.
Die Amundsen-Expedition nahm, wie die Blätter weiter melden, den Flug Byrds ruhig auf. Amundsen erklärte, dass er kein besonderes Interesse daran habe, der erste zu sein, der den Pol überfliege, sondern dass er vielmehr an der glücklichen Durchführung eines Fluges über den Pol hinaus interessiert sei.«

Regensburger Anzeiger, 11. Mai 1926

◇

Regensburg, den 11. Mai 1926

Lieber Florian!

Ich möchte dir von ganzem Herzen gratulieren, wenn auch ein wenig nachzüglich! Ein Gefühl wie zu fliegen muss es sein, seine erste Veröffentlichung in der Hand zu haben; bereits für uns war es sehr erhebend. Mutter hat geweint vor Freude, und auch Vater war sichtlich gerührt. Sei vielmals bedankt für die Sendung.

Eine Stelle in Deinem „Spiel der Liebe“ spricht mir besonders aus Herz und Sinn:
„Es hält mich alles fest, nun, da ich gehen will, hält es und hält. Und schied der Vater sich, die Heimat hält, das Haus, die Bäume hier, die Linde streckt die Äste nach mir aus und ruft: Denk doch, wie du gespielt, getanzt um mich! Die Wiese mahnt: Denk meiner Blumen, die im Haar du trugst, die Erde selbst, die Heimaterde, ist's nicht, als hinge sie sich an die Schuhe schwer, dass ich den Fuß nicht von ihr heben kann und fliehn!“
Da erdreiste ich mich und frage wieder einmal, fast schon verschämt nach, ob Du nicht wieder einmal bei Vater und Mutter und mir in Regensburg vorbeischauen möchtest. Mutter ist nicht recht gesund; ich soll dich grüßen.

Alfred

◇

»Oslo, 12. Mai. Die „Norge“ hat den Nordpol heute morgen um 1 Uhr norwegischer Zeit überflogen. Das Wetter war klar und die Sonne schien. Es wurde mittels Sonnenkompass der Nordpol ermittelt. Das Flugzeug senkte sich so tief als möglich, dann ließ Amundsen die norwegische Flagge fallen, während der Kommandeur des Luftschiffs, der Italiener Nobile, die italienische Flagge

niederließ. Irgendwelche Anzeichen, dass sich im Polargebiet eisfreies Land befinde, haben sich bis jetzt nicht ergeben.
Überall wurden riesige Eismassen festgestellt. Das Schiff nahm Kurs auf Point Arrow in Alaska. Das Wetter ist günstig, und das Schiff fährt mit unverminderter Kraft. An Bord ist alles wohlauf.«

Regensburger Anzeiger, 14. Mai 1926

◇

Selig, die da sinnt. Und selig, die da sind und sünd sündiger Weiber Leiber an Lenden und Füßen gebunden und getreten ins Licht der Welt –
Sündig stünd ich.
Fündig fünd ich.
So künd ich Kind ich.

◇

„Nun, wenn ich ehrlich sein darf, Frau Lichtblau, ich habe Sie ein wenig im Verdacht, dass Sie mich über den Tisch ziehen wollen."
„Wie das denn, um Gottes Willen?"
„Was mich skeptisch macht, ist nicht, dass Sie nach-

träglich mit dem Preis für Ihren Seidl hochgehen wollten; immerhin hatten wir nur eine mündliche Abmachung statt eines ordentlichen Vertrags, und der Marktwert der Seidl-Bilder dürfte schneller und höher gestiegen sein, als wir beide das erwartet hatten. Nachverhandlungen sind in einem solchen Fall durchaus üblich."

„Wie gesagt, Ich könnte Ihnen mit dem Preis –"

„Was mich beunruhigt, ist vielmehr der Umstand, dass Sie wegen Ihres Wagens und des mysteriösen Anrufs nicht zur Polizei gehen – wäre doch die naheliegendste Sache der Welt. Zumal ja weitere und drastischere Einschüchterungen durchaus nicht auszuschließen sind. Wie geht es übrigens Ihrem Lebensgefährten und seiner Tochter?"

„Wie bitte? Was soll die Frage?"

„Nun, da Sie keine Kinder haben –"

„Was geht Sie eigentlich mein Privatleben an?"

„Ich bitte Sie, Frau Lichtblau; es ist bei Geschäften in unserer Größenordnung Usus, sich ein wenig über seine Geschäftspartner zu informieren. Sie würden auch niemandem ein so teures Bild abkaufen, den Sie nicht zumindest ein kleines bisschen kennen. Insbesondere, wenn er Ihnen im Laufe des Geschäfts langsam suspekt wird, nicht wahr? Und es würde mich schon sehr wundern, wenn Sie nicht auch ein wenig nach mir gegoogelt hätten."

„Hören Sie –"

„Was ich sagen möchte: Jemand hat Ihr Auto demoliert, jemand ruft Sie an und schüchtert Sie ein. Der nächste konsequente Schritt ist, dass sich jemand an jemandem vergreift, der Ihnen nahesteht..."

„Sie drohen mir nicht zufällig gerade?"

„Im Gegenteil. Wie gesagt: Der Schritt wäre allgemein vorhersehbar, nicht nur von mir, und falls es tatsächlich soweit kommen sollte, was mir leid täte, auch wenn mich Ihr Lebensgefährte eigentlich nichts angeht, da haben Sie schon recht –"

„Und?"

„Verdächtigen Sie nicht mich; ich werd's nicht gewesen sein. Das wollte ich vorab klargestellt haben; mehr nicht."

◇

»Newyork, 16. Mai. Amundsens Nordpolarluftschiff „Norge" ist um 7 Uhr Alaskazeit, 6 Uhr westeuropäischer Zeit am Samstag 100 Kilometer nordwestlich von Nome in Sicht gekommen und dann glatt gelandet. Die Bevölkerung, die das Luftschiff in größter Sorge erwartete, bereitete ihm einen stürmischen Empfang. Elsworth teilte telegraphisch dem Präsidenten Coolidge den glücklichen Reiseabschluss mit.«

Regensburger Anzeiger, 17. Mai 1926

◇

Der Mensch fliegt, Alfred; bis zum Mond wird er es eines Tages bringen, ans Ende der Welt, zu den Grenzen von Raum und Zeit. Indes: Den Garten Eden, Walhall, den Olymp, das Nirwana wird er auf diesem Weg nicht erreichen. Aber indem er sich lächerlich flatternd Gott zu nähern sucht, erhebt er sich doch soweit, dass er auf der Erde alles sehen kann, was sich nicht ebenfalls erhebt. Man sieht dich, Alfred. Alle sehen dich. Sie beobachten dich. Sie sehen in dich hinein. Sie sehen, wie klein du bist; sie sehen, wo du gewesen bist.

◇

Regensburg, den 3. November 1926

Lieber Florian!

Den allerinnigsten Glückwunsch zum neuen Buch und vielen Dank für das noch druckwarme Exemplar. „Der Zauberer" – ein schöner Titel! Wenn wir nun jedes Jahr ein neues Theaterstück von Dir in Händen hielten und womöglich gar auf der Bühne sähen – das wäre freilich eine ganz famose Sache! Meinst Du, der Callwey-Verlag publiziert ausschließlich Bühnendichtungen oder auch groß angelegte und ausgeführte Poeme über die Liebe? Ob Du womöglich ein gutes Wort für mich einlegen könntest? –

Ich will meine „Nike Venus Blutverwandt“ bald unter die Menschen bringen; sie sind nunmehr reif dafür: sowohl die Venus als auch die Menschen!

Es grüßt Dich Dein Bruder Alfred

◇

Wo warst du Alfred?
Du warst bei den schmutzigen Weibern.
Woher ich das weiß, fragst du? Alle wissen es. Die Eltern, der Bruder, die Leute auf der Straße. Alle können dich sehen. Sehen dich rammeln wie ein Bock. Der Forster treibt's wenigstens mit seiner Leinwand. Ahnst du, was dort passiert? Man schneidet Menschen die Ohren ab. Mit Messern. Und dann werden sie gebraten und den Kunden als Häppchen serviert. Ich weiß, wovon ich rede.
Eine dort, Alfred, die ist anders - die Christel. Und weil sie anders ist, wetzen die Zuhälter und die Huren, die sie gefangen halten, schon ihre Messer; und den Kunden läuft vor Ohrenhunger der Geifer aus dem Maul.

◇

»Das wichtigste Mittel, die Fortpflanzung der Psychopathen hintenanzuhalten, ist die rechtzeitige und dauernde Festhaltung aller jener geistig Minderwertigen, die als Irre, Gewohnheitsverbrecher, unheilbare Trunkenbolde und überhaupt unverbesserliche Psychopathen ohnehin aus der Bevölkerung ausgeschieden werden müssen. Ihre dauernde Asylierung verhindert Ehe und Fortpflanzung oder bricht eine solche wenigstens ab und wirkt dadurch im hohen Maße eugenisch. Leider sind Gerichte, Wohlfahrtspflege und Anstaltswesen zur Zeit noch nicht genügend auf dieses Ziel eingestellt, sondern lassen unzählige Lücken, durch die derartige Individuen wieder entschlüpfen können. Für jene Psychopathen jedoch, deren Verhalten einen dauernden Anstaltsaufenthalt nicht rechtfertigt, weil sie erwerbsfähig sind und keine ernstlichen Störungen verursachen, kommt als eugenische Maßnahme die Anwendung von Präventivmitteln in Betracht. Da es sich hier vorwiegend um Personen von mangelhaftem Intellekt und regelwidrigem Triebleben handelt, können die bei den Asthenikern ausreichenden einfachen Mittel des Kondoms beim Manne oder des Okklusivpessars beim Weibe hier nicht empfohlen werden, sondern die Methoden der Unfruchtbarmachung. Allerdings müssen für diese erst die gesetzlichen Grundlagen geschaffen werden. Denn nur so kann die richtige Indikationsstellung gewährleistet und die Anwendung der immerhin eingreifenden Methoden an die Mitwirkung der zuständigen Medizinalbeamten geknüpft werden. Jedoch sind der Zwangsunfruchtbarmachung nicht alle Gruppen

der Psychopathen zu unterwerfen, sondern vorwiegend die Individuen von imbeziler und epileptischer Konstitution, während die nicht anstaltsbedürftigen Träger einer schizoiden und zykloiden Konstitution besser der Fortpflanzung erhalten bleiben, weil sie auch Träger von Anlagen sind, die zur Entstehung Begabter führen können.

Die Astheniker und andere mit körperlichen Erbübeln Behaftete könnten aus der Bevölkerung verschwinden, ohne dass man ihnen eine Träne nachzuweinen brauchte. Anders jedoch die Psychopathen. Denkt man sie sich durch eine planmäßige und langjährige praktische Eugenik ausgemerzt, so würde sich wahrscheinlich eine Bevölkerung ergeben, die aus geistig durchschnittlichen Individuen bestände. Es wäre jedoch fraglich, ob eine solche noch im Stande wäre, auf den wichtigsten Gebieten der Kultur weitere Fortschritte zu machen, weil wahrscheinlich die bahnbrechenden und schöpferischen Leistungen in Religion, Kunst, Wissenschaft und öffentlichem Leben an die Psychopathen gebunden sind. Lassen sich doch bei einer so großen Anzahl hervorragender Persönlichkeiten psychopathische Züge nachweisen, dass man annehmen darf, sie seien mehr oder weniger bei allen vorhanden. Noch deutlicher werden die erblichen Beziehungen von Psychopathen zur hervorragenden Begabung durch die Beobachtung, dass sich in den gleichen Sippschaften häufig Psychopathen und Hochbegabte nachweisen lassen. Offenbar wachsen beide am gleichen Stamme. Zahlreiche Heroen der Weltgeschichte hat ihr krankhafter Seelenzustand

nicht nur nicht gehindert, hervorragende Leistungen zu vollbringen, sondern erst ermöglicht.
Viele Psychopathen leisten nicht nur durch einseitige Begabungen, sondern mehr noch durch eine eigentümliche Perversion ihres Trieb- und Willenlebens der menschlichen Gesellschaft unschätzbare Dienste. Nur sie vermögen den Egoismus des Durchschnittsmenschen in einen bis zur Opferung gesteigerten Altruismus zu verkehren, der sie dann befähigt, trotz aller Hemmungen und Gefahren für ihre Ideen zu kämpfen. Eine vollständige Ausmerzung der Psychopathen aus der Fortpflanzung würde daher ohne Zweifel dysgenisch wirken. Es ist deshalb wünschenswert, dass zahlreiche leicht psychopathische Individuen und Sonderlinge zur Ehe und Kindererzeugung gelangen. Wir können uns damit begnügen, die schweren Fälle durch Anstaltsverwahrung oder Zwangsunfruchtbarmachung auszumerzen, müssen allerdings in den Kauf nehmen, dass aus den Anlagen, die durch die leichten Fälle weitergetragen werden, auch hin und wieder schwere Psychopathien im rezessiven Erbgang entstehen werden Das ist erträglich, da wir im Anstalts- und Bewahrungswesen ein Mittel haben, solche Individuen nach jeder Richtung hin unschädlich zu machen.
In diesem Zusammenhange erhebt sich auch die Frage, ob es nicht Mittel und Wege gibt, die Zahl der Hochbegabten zu vermehren, also die Bevölkerung sozusagen hochzuzüchten. Das wäre schon deshalb von Wichtigkeit, weil erfahrungsgemäß die prominenten Persönlichkeiten aus Ehelosigkeit infolge Erfülltsein von ihrer

Lebensarbeit oder wegen Spätehe oder infolge Missgriffes bei der Wahl der Ehefrau weder einen quantitativ genügenden noch qualitativ ihnen gleichenden Nachwuchs zu haben pflegen. Tatsächlich muss dadurch schließlich eine Verarmung der Bevölkerung an Hochbegabten eintreten, der zu begegnen eine hoffentlich nahe Zukunft von größerem eugenischen Verständnis als die Gegenwart lernen muss.«

Alfred Grotjahn, 1926[29]

◇

„Andere Frage, Dieter: Ist er scharf auf sie?"
„Prinzipiell kann man so was natürlich nie ausschließen. Aber dass Techtelmechtel mit Geschäftspartnerinnen problematisch sein können, das ist ihm klar."
„Soll ja in den besten Familien vorkommen."
„Insbesondere, wenn das Geschäft auch ohnedies problematisch genug ist."
„Du hast ja bereits angedeutet, dass ihm das Geschäft suspekt ist und er sich daraus zurückziehen möchte."
„Es wäre hochgradig blöd von ihm, sich jetzt an sie ranzupirschen."
„Und warum telefoniert er dann ständig mit ihr?"
„Ganz sicher ist er sich noch nicht, ob er aussteigt. Außerdem ruft *Sie ihn* an."

„Und weil er sich nicht sicher ist, schüchtert er sie erst mal ein, indem er ihr Auto demolieren lässt und Drohanrufe schickt. Das macht doch keinen Sinn."
„Er bedroht sie nicht."
„Nicht?"
„Er nicht."
„Wer dann? Und warum?"
„Tja, das wüssten sie sicherlich beide gern."

»Nike Venus Blutsverwandt

So kleidet ein
dein Leben eine Zier:
Die Venus, die
Dir blutsverwandt geblieben.
Gib acht,
du setzest Schrittlein an zum Schritt
als wie zum Bau des ganzen Leibes,
jede Bewegung, ja den Atemzug,
**) Qui l'aurore elle ventur soi même*
par velocipède Diamantique.
der in das feine Geäder deines Busens
dringt
von hier.
In ihrem Busen jene Welt,

die durch das Fleisch und Blut getrieben
Im Monat selbst dahin getrieben
auf dem nie fruchtlos
rosenroten Strahl.
Sie sprang aus jenen beiden Quellen,
die Rosen gleich an Farb in knospend
Zierlichkeit,
an Unverwelklichkeit sie übertreffend.
Empor mit ihr,
und wie aus ihr
des Sieges Flügel wachsen,
siehst du des Ruhmes Sonnen Axen.
Und da ich mit Venus Blutsverwandt
entsteig zu jenen größern Kreisen,
die Nation und Erdgebiet
und Rasse des Himmelsstrichs
und wohlgebildete Liebe
weisen,
gewahr ich erst recht
die Ewigkeit ihrer Zügel
in den Gedrängen
Diamanten-Felsen Flügel
und haben meine Augen und meine
Wangen
auch davon wohlempfangen,
so wie sich unertrinkbar
ob der klaren Flut die Blütenzweige
neigen
und auf Cytherens Insel die blühenden Flügel
reigen,

daß ihrem Haupt allein
das schöne Vorrecht sich verstand:
der Grazien Bedienung –
„O sprich! Verliert die Liebe
ihre Jugend nie?“
„Niemals.“
„Von deinen Lippen
dieses Wort empfangen
hat es mein Aug,
und lösche dies Licht in meinem Angesicht je
Es ist in mir.“«

Aureolissima
[Pseudonym von Alfred Seidl], um 1926[30]

◇

„Da rät Ihnen jemand ziemlich nachdrücklich ab, weiterhin mit mir Geschäfte zu machen, ich meinesteils signalisiere, dass mir das Geschäft suspekt wird und ich mich womöglich bald daraus zurückziehen werde –“
„Wie gesagt –“
„Weshalb wollen Sie denn das Bild dann unbedingt *mir* verkaufen? Weshalb so schnell, und weshalb zum Dumping-Preis? Warten Sie doch zunächst einmal ab, was der neue Interessent für ein Angebot macht.“

„Nun, im ersten Erfolgsrausch ist ein bisschen der Gaul mit mir durchgegangen. Eine mündliche Abmachung sollte man einhalten, finde ich. Deshalb möchte ich das Bild nur Ihnen verkaufen; und auch zum ursprünglich abgemachten Preis."
„Mir schmilzt das Herz, Frau Lichtblau."
„Ach, –"
„Ich habe viel eher den Verdacht, dass an Ihrem Seidl etwas faul ist, und Laie, der ich bin, frage ich mich, was alles an so einem Gemälde faul sein kann."

◇

Der Bürgermeister, der Metzger, die Bauern mit ihren schwieligen Händen; alle vergehen sich an der Christel, der Holden, der Reinen.
Aber auf *dich* haben sie es in Wahrheit abgesehen, Alfred. *Dich* wollen sie dort hinlocken. Dir die Ohren abschneiden, die Hoden. Geh hin, hol die Christel und steig auf mit ihr zum Olymp.
Aber was vermagst du gegen die Messer?

◇

Ratisbona, 12. aprile 1927

Gentilissimo, gradissimo e ducissimo Carismatico! Ihre Festigkeit und Ihr furchtloses Vorgehen gegen die Lumpen dieser Welt sind gewaltig. Sicher können Sie mir helfen, die Christel aus den Klauen ihrer Schänder zu befreien. Hernach wollen wir ein deutsch-römisches Reich gründen. Aber zunächst zur Christel!

Saluti fan tutte
Ass Si Aureo l' Issima

◇

»Man tilge alles aus der menschlichen Gesellschaft aus, was irgendwie gebrechlich, kränklich, arbeitsunfähig oder altersschwach ist, was irgendwelche unheilbaren Mängel an Leib oder Seele aufweist, dann wird die Welt zum Paradies! Das ist die Heilswahrheit, die der Weimarer Schriftsteller Ernst Mann gefunden und neuerlich in mehreren Schriften verkündet hat. Für den ganz seichten Rationalisten sieht das auf den ersten Blick vielleicht ganz nett aus. Menschen gibt es ja – wenigstens in Europa – ohnehin viel zu viel. Ob sich der gegenwärtige Stand unserer Gesittung auch mit der Hilfe oder mit einem Zehntel der heutigen Bevölkerung halten ließe, ist eine Frage, auf die es hier nicht ankommt.

Auch davon wollen wir absehen, dass die Grenzziehung zwischen gesund und krank, zwischen heilbar und unheilbar, zwischen vollrüstig und untauglich, weil auf einem Werturteil beruhend, immer willkürlich und unsicher sein muss. Zu der erstrebten Befreiung der Menschen vom Elend der körperlichen und geistigen Unvollkommenheit würde nun aber eine einmalige Abschlachtung aller Minderwertigen natürlich keineswegs genügen, weil ja Mängel in der persönlichen Beschaffenheit immer von neuem entstehen, deshalb sieht Ernst Mann in seinem Zukunftsstaat regelmäßig wiederkehrende „Kontrollversammlungen“ vor, zu denen die gesamte Bevölkerung einberufen und wo jeder Einzelne auf seine körperliche, seelische und geistige Gesundheit untersucht wird, sogar mit Psychoanalyse. Weist dabei ein Volksgenosse einen unbeseitbaren Fehler auf, so wird er von einer dazu berufenen Ärztekommission freundlich eingeladen, sich ins Jenseits zu begeben, wobei ihm eine „Anstalt für Sterbehilfe“ mit kräftigem Schlaftrunk und nachfolgender Morphiumspritze durch eine tödliche Chloroformnarkose ihren gütigen Beistand leistet, sodass das Sterben geradezu zum Vergnügen wird. Wenn der Minderwertige nicht will, dann muss eben obrigkeitlicher Zwang gegen seine Unvernunft angewendet werden. Einmal kommt übrigens jeder dran; denn auch bei den wenigen Vollrüstigen, Edelstolzen, Geistesstarken, Todesmutigen, die nach den ersten Volkssäuberungen allenfalls noch übrig bleiben, stellt sich doch früher oder später auch einmal irgend ein unbeseitbarer Mangel, eine unheilba-

re Beschädigung durch Unfall oder die zur Arbeit unfähig machende Altersschwäche ein, was das Todesurteil zur Folge haben muss. Die Mann'sche Volksgemeinschaft bedroht also grundsätzlich und dauernd das Leben aller ihrer Angehörigen und hat die frühere oder spätere Vernichtung jedes Einzelnen zum Zweck. Hier liegt der Kern des Unsinns. Das Wesen und der letzte Grund jeder Lebensgemeinschaft ist gegenseitige Daseinssicherung. Eine Gesellschaft, die planmäßig auf die Vernichtung ihrer sämtlichen Mitglieder ausgeht, kann es als Dauereinrichtung, als Gemeinwesen nicht geben. Das ist ein Widerspruch in sich, ein begriffliches Unding.

In dem Mann'schen Vernichtungsstaat befindet sich die gesamte Bevölkerung in der gleichen furchtbaren Lage wie die Insassen eines großen Gefängnisses, die allesamt zum Tode verurteilt sind und nun dem ungewissen Zeitpunkt ihrer Hinrichtung entgegenbangen, ein Schicksal, dem sich der Einzelne nur durch Selbsttötung entziehen kann. Dass ein derartiger seelischer Druck von einer Gemeinschaft auch noch so todesmutiger Recken ertragen werden könnte, ohne sich mit Notwendigkeit alsbald in einer allgemeinen und gewaltsamen Auflehnung zu entladen, das ist so selbstverständlich, dass man es kaum auszusprechen hat. Eigentlich müsste ein im Mann'schen Sinne gesundes, geistesstarkes Hirn sofort erkennen, dass es so nicht geht, dass ein solcher Henkerstaat, wenn er durch ein Wunder geschaffen würde, seine Geburtsstunde unmöglich überleben könnte. Vollends unerfindlich bleibt

es, wo ein Volk mit diesem Schreckgespenst im Nacken den von Mann erstrebten tatenfrohen Lebenswillen und die vorgeschriebene glühende Lebensfreude hernehmen soll.
Man kann dem Vertilger der Minderwertigen nur wünschen, dass seine Wachträume nicht zur Wirklichkeit werden. Denn ich halte es für unwahrscheinlich, dass er bei solcher Geistesverfassung bei der ersten Kontrollversammlung seines Staates mit dem Leben davon käme. Da sieht man nun, welche Verwüstungen durch die unbewiesenen und vorerst noch unbeweisbaren Behauptungen und Forderungen blindwütiger Rassenverbesserer in dem Kopfe eines Unentwegten angerichtet werden.«

Rudolf Kraemer, 1927[31]

◇

Sie sehen dich Alfred, sie wissen Bescheid. Sie haben dich Schießübungen machen sehen; sie sind vorbereitet. Die Christel hast du nicht retten können; jetzt geht es gegen Vater und Mutter. Beschütze sie, bewache sie, sie sind deine Eltern. Rette Leben, wo du schon selbst keines zuwege bringst. Hast du noch den alten Degen?

◇

»Mangels genügender statistischer Nachweise seit 1915 kann eine sichere Zahl für das ganze Deutsche Reich derzeit nicht angegeben werden; doch dürfte die Zahl 200.000 bis 250.000 Geisteskranker und Epileptiker im heutigen Deutschland nicht zu hoch gegriffen sein. Jedenfalls gibt folgende Nachricht des Statistischen Reichsamtes in Berlin einen hinreichenden Anhaltspunkt für die Anstaltsinsassen: „In deutschen Anstalten für Geisteskranke, Epileptiker, Idioten, Schwachsinnige und Nervenkranke sind im Jahre 1923 insgesamt 185.397 Kranke verpflegt worden; davon waren 93.904 männlichen und 91.493 weiblichen Geschlechts."
Das Heer der freilebenden Schwachsinnigen und Minderwertigen ist in diesen Zahlen nicht mit eingeschlossen; es dürfte mindestens ebenso groß sein wie die Masse der in Anstalten Verpflegten.
Besonders erschreckend sind die Zahlen einzelner Städte und einzelner Ländergebiete. So musste Kraepelin schon vor dem Kriege, im Jahre 1909 feststellen, dass beispielsweise in Berlin auf 348 Einwohner ein anstaltsbedürftiger Irrsinniger trifft. Auf dem Lande gibt es einzelne Herde von Idiotie. In dem kropfverseuchten Kanton Wallis soll, trotz aller klimatischen und sozialen Vorzüge, schon unter 25 Einwohnern ein Kretin anzutreffen sein. Ich selber konnte im Jahre 1919 in einem deutschen Gebirgsort mit starker Inzucht unter 3000 Einheimischen allein 52 teils vollkommen, teils beinahe

sozial unbrauchbare Schwachsinnige und Idioten zählen; etwa 30 davon waren armselige Menschengestalten, die sich, soweit sie dazu imstande sind, unter den übrigen Menschen frei bewegen, sich selbst und andern zur Last fallen und viel soziales und moralisches Unheil anstiften.

Ähnlich ist in unserem Vaterlande das Verbrecherelend. Geisteskrankheit und Verbrechen sind ja oft nahe verwandt. Es ist eine ernste Tatsache, dass im Deutschen Reiche um 1910 jedes 213. Mädchen, jeder 43. Knabe, jedes 25. Weib und jeder 6. Mann, insgesamt jede 12. Person, wegen Verbrechens oder Vergehens gegen Reichsgesetze bestraft waren. Dem Statistischen Handbuch für das Deutsche Reich vom Jahre 1907 ist Folgendes zu entnehmen: Im Jahre 1882 wurden wegen Verbrechens oder Vergehens gegen die Reichsgesetze (ausschließlich der wegen Wehrpflichtsverletzung Angeklagten) 315.849 Personen verurteilst; das waren 996 auf 100.000 Personen der entsprechenden strafmündigen Zivilbevölkerung; dann in langsam, aber fast gleichmäßig aufsteigender Linie wurden immer mehr verurteilt; im Jahre 1904 waren es insgesamt 505.158, das sind 1214 unter 100.000, was eine absolute Zunahme von 59,9%, eine relative Zunahme von 21,9% in 22 Jahren bedeutet. Aus der Zusammenstellung des Statistischen Handbuches S.501 ist ersichtlich, dass sich in demselben Zeitraum die Zahl der männlichen Personen, die wegen Unzucht und Notzucht, wegen Kuppelei und Zuhälterei bestraft wurden, beinahe verdoppelt hat. Auch relativ haben sich die Unzuchtsverbrecher ge-

waltig vermehrt. Nach dem Statistischen Jahrbuch für das Deutsche Reich Bd. 42 (1921/22) trafen auf das Jahr 1912 schon 581.185 Verurteilungen, darunter wegen Unzucht und Notzucht 5697.
Wenn wir den Gefangenenstand in den Strafanstalten Bayerns ansehen, so ergibt sich für 1913 eine durchschnittliche Tagesbelegung von 5776 Personen mit 2.107.306 Verpflegungstagen.
Eine besondere Note erhält das Anormalenelend durch die Tatsache, dass 20 - 30%, möglicherweise sogar 50% von allen Minderwertigen erblich belastet, also unheilbar sind; sie tragen den Keim der Entartung von der Stunde der Zeugung an in sich, und selbst die beste soziale Fürsorge, die vorzüglichste Hilfsschule, die modernste Heil- und Pflegebehandlung kann diese Gruppe von Unglücklichen nie im Leben wirklich heilen.
Die Betrachtung unseres gegenwärtigen Anormalenelends zeigte uns ein düsteres Bild. Aber der Ausblick in die Zukunft ist noch trüber. Die Anormalen vermehren sich so, dass Gefahr droht. Man rechnet bei ihnen mit einer doppelt so großen Fruchtbarkeit als bei den Normalen. Das ist ganz natürlich; denn während die Tüchtigen immer mehr, sei es mit oder ohne Schuld, die Schwangerschaften einschränken, kennen die geistig und körperlich Minderwertigen weder moralische Hemmungen noch soziale Rücksichten, um ihren Geschlechtsverkehr zu regeln. Mögen auch die anormalen Säuglinge und Kleinkinder durch ein Gesetz der natürlichen Auslese, durch soziale Not, durch Krankheiten und Vernachlässigung eine größere Sterblichkeitsziffer

aufweisen als die normalen Kinder, so bleibt doch die Zahl der überlebenden Minderwertigen verhältnismäßig weit größer als die Zahl der Lebenstüchtigen. Das ist eine große Gefahr für die Zukunft eines Volkes.

Man hat ausgerechnet: Falls am Ende des völkermordenden Dreißigjährigen Krieges genauso viel Neger nach Deutschland verpflanzt worden wären, als Weiße da waren, und die beiden Rassen hätten sich in Deutschland mit ihresgleichen verheiratet, also die weißen Männer mit weißen Frauen, die schwarzen Männer mit schwarzen Frauen, so aber, das die Neger günstigere Ehebedingungen gehabt hätten als die Deutschen, dann würden jetzt nach dreihundert Jahren unter 1000 Bewohnern des deutschen Bodens nur noch 9 Weiße sein, alle 991 andern wären Neger. Man denke sich an Stelle der Neger Anormale, und man kann das Jahrhundert berechnen, wo die letzten Tüchtigen vom Meere der Anormalen verschlungen werden.

Fast noch tragischer ist der Gedanke an die qualitative erbliche Entartung der zivilisierten Völker. Würde ein Bauer jährlich sein bestes Getreide in der Mühle, also nicht oder nur zum geringen Teil zur Aussaat bringen, dagegen das minderwertige Getreide als Saatkorn verwenden, so würde man nicht nur erleben, dass mitten unter dem ringsum wuchernden schlechten Korn immer weniger gutes Getreide der Zahl nach zu finden wäre, sondern dass auch die Qualität der minderwertigen Saat von Jahr zu Jahr noch schlechter würde, bis sie schließlich ihrer ganzen Substanz nach entartet wäre. Das ist ein Bild von der zunehmenden qualitativen De-

generation unserer zivilisierten Völker. Die Glanzleistungen unserer Tüchtigen beweisen an sich nicht das Gegenteil, denn wir stehen glücklicherweise erst im Anfangsstadium einer unseligen Entwicklung.
Die Geschichte untergegangener Völker lässt uns ahnen, dass an der Hypothese der progressiven Degeneration etwas Richtiges ist. Niemand wird bestreiten, dass Völker wie die Assyrer, die Perser, die Griechen und Römer gerade an solcher Entartung zugrunde gingen. Es ist durchaus typisch, dass Rom in den Zeiten seines Niedergangs oft jahrzehntelang keine andern Kaiser mehr kannte als Paranoiker und Narren, Sadisten und geborene Verbrecher. Minderwertige Eltern erzeugen immer noch minderwertigeren Nachwuchs. Die Staaten sind schließlich bei ihrem Niedergang gezwungen, selbst solche Scheusale noch zur Elite zu zählen, sie zu Führern zu wählen und an ihnen endgültig zugrunde zu gehen. So gehört der Satz von der zunehmenden qualitativen Entartung eines Volkes nicht ins Reich der Phantasie, sondern der geschichtlich nachweisbaren Tatsachen.
Der Staat hat nicht nur ein Recht, er hat die Pflicht, sich gegen den Untergang zu wehren. Der natürliche Selbsterhaltungstrieb gebietet ihm das. Und die Kirche wird ihm nicht in den Arm fallen, sondern ihn dabei unterstützen, wie sie es von jeher durch Einschärfung der Naturgesetze und durch Erziehung der Völker zu den göttlichen Gesetzen, die ewiges Leben verbürgen, sowie durch ihre kanonischen Rechts- und Strafmaßnahmen getan hat.«

Dr. Joseph Mayer, 1927[32]

◇

„Nun, Frau Lichtblau, mittlerweile liegt die Angelegenheit eindeutig im strafrechtlich relevanten Bereich - würde ich als Nichtjurist einmal vermuten.“
„Was heißt das?“
„Wenn Sie jetzt nicht bald zur Polizei gehen, wird die Polizei zu *Ihnen* kommen.“
„Die waren bereits hier. Meinen Sie, ich würde Sie sonst anrufen?“
„Kaufen Sie sich eine neue SIM-Karte und rufen Sie mich dann wieder an. Nicht von Ihrer Wohnung aus. Oh, und ich drücke die Daumen, dass Ihr Lebensgefährte die Intensivstation bald verlassen kann; das scheinen ja ziemlich ungehobelte Burschen gewesen zu sein.“
„Herr Meininger? — Hallo?“

◇

Wieder und wieder, den 28. September 1927

Lieber Florian!

Ich bin wieder im Luftschloss ... Wie es gekommen ist, wird Dir der Vater sicherlich geschrieben haben; er weiß wohl mehr darüber als ich. Sei doch bitte

so gut und brich deinen eh spärlichen Briefkontakt mit mir nicht ab; man versichert mir, ich könne mich nun durchaus häuslich hier einrichten. Die Eltern besuchen mich nur selten und ansonsten bisher gar niemand.
Der Forster betätigt sich nunmehr auch als Erfinder. Er hat aus Weidenruten ein großes, phantastisch aussehendes Modell eines Fahrzeugs gebaut, das im Wesentlichen aus einem großen Hohlrad besteht, in dem auf einem drehbaren, immer waagrecht bleibenden Gestell Fahrgäste Platz nehmen sollen, während sich das Rad durch geeignete Belastung selbsttätig und ohne großen Kraftaufwand fortbewege. Man könne dieses Rad auch hausgroß bauen und damit über Land, Meer, Wüsten und Eisfelder hinwegfahren. Wenn sich ein Ingenieur oder ein Industrieller für diese Erfindung interessiere, werde er sie verwirklichen.

Ich bleibe
Dein Bruder Alfred

7. Juli 1927

„Liebe Kolleginnen und Kollegen, liebe Mitarbeiter, liebe Freunde!

Haben Sie alle ganz herzlichen Dank für die vielen Glückwünsche. Mein letztes rundes Wiegenfest liegt noch nicht gar so weit zurück, dass es schon wieder ein neues zu feiern gäbe, zum nächsten ist es noch ein Weilchen hin, eine Schnapszahl haben wir auch nicht... Glauben Sie mir: Es freut mich umso mehr, dass Sie einen - sagen wir mal 'hundsgewöhnlichen' 54. Geburtstag so feierlich begehen, auch wenn keine irgendwie von außen aufgetragene Konventionenpflicht es erheischt. Dass die zu runden Jubiläen aller Art sozusagen zwangsweise entsandten offiziellen Gratulanten aus der Politik fehlen, ist kein Schaden. Ich will es einmal ganz offen - allerdings auch ein bisschen leise beiseite sagen: Die können mir heute gestohlen bleiben.
Ich sehe noch die entsetzten Gesichter vom Frühjahr vor mir, als es plötzlich hieß, dass der Kreistag einerseits eine Erweiterung unserer Anstalt auf 1000 Plätze beschlossen habe und uns mehr oder minder im selben Atemzug die ersatzlose Streichung der Kreiszuschüsse zu den Pflegesätzen verkündet wurde.
Und was ist geschehen, liebe Freunde? Wir haben die Ärmel hochgekrempelt und in die Hände gespuckt - Sie, ich und unsere Patienten -, und heute

haben wir von dem 'weitestgehend eigenständig', mit dem wir uns bislang gebrüstet haben, das 'weitestgehend' durch ein 'komplett' ersetzt, so dass wir mit zurecht stolz geschwellter Brust sagen können: 'Wir stehen komplett eigenständig auf starken Beinen und können aus eigener Kraft unser Budget abgleichen und unsere Patienten aufs Beste versorgen.'
Das haben wir geschafft, liebe Freunde, und ich sage Ihnen: Wir werden noch mehr schaffen. Wie Sie wissen, bin ich letzte Woche von einer Reise nach Gütersloh zurückgekommen, wo ich mich in der Psychiatrischen Anstalt mit der sogenannten 'aktiven Krankenbehandlung' beschäftigt habe, wie sie von meinem dortigen Kollegen Herrn Direktor Simon eingeführt wurde. Annähernd 90% der Gütersloher Kranken sind in diese vermehrte Aktivität einbezogen. Während der Arbeitszeit ist auf den Abteilungen kaum mehr ein Bett belegt; alle, die in einem ausreichend guten körperlichen Zustand sind, werden zur Arbeit herangezogen. Auch die Bewohner der Wachsäle werden beschäftigt, ruhige wie unruhige, allerdings innerhalb des Saales. Als Grundregel für die Durchführung der Simonschen Therapie gilt, dass alle Geeigneten möglichst vom ersten Tag an beschäftigt werden sollen und die Verteilung der Arbeit individuell geschieht - Zupfen von Scharpie, Stecken von Kerzendochten, Bohnensortieren, Erbsenklauben, Stricken, Nähen, Verfertigen feiner Handarbeiten bis zur komplizierten Teppichknüp-

ferei, Arbeiten in Haus und Küche, Waschküche, Bügelzimmer, Garten- und Feldarbeitsbetrieb. Das hört sich nach Drangsal und Fronarbeit an? Keineswegs. Wir besuchten die auf den Äckern und Feldern, in den Gärten, bei den Wegbauten und im Steinbruch in großer Zahl arbeitenden Kranken und konnten uns von der ebenso beruhigenden wie geistig anregenden Wirkung dieser fein abgewogenen Arbeitstherapie überzeugen. Und das Resultat in Gütersloh? Steigerung der Heilungen und Entlassungen, Ruhigstellung der Anstalt infolge Erziehungsarbeit an den Kranken, Entlassungsmöglichkeit der Rekonvaleszenten als arbeitsfähige und arbeitsgewohnte nützliche Menschen, fast völliger Verzicht auf Schlafmittel, Isolierungen und Dauerbäder; und für die unheilbaren Kranken möglichstes Hinausschieben des völligen geistigen Abbaus und die Erweckung des Gefühls, auch bei den Schwerkranken, dass sie doch noch ein nützliches Mitglied der menschlichen Gesellschaft sind. Denn nicht zuletzt verdienen natürlich die Patienten weiterhin ein - wenngleich bescheidenes - Taschengeld, das sie in Tabak oder Bier investieren können und das ihnen ihre Brauchbarkeit attestiert.
Das, meine Freunde, wollen wir auch erreichen, das können wir erreichen, und das werden wir erreichen.
Die Genehmigung des Ausbaus unserer Anstalt - und insofern sei dem Kreisrat trotz allem Dank - spielt uns dabei in die Hände. Geplant sind ein

zweiter Stock auf Abteilung AV, ein Anbau an die unruhige Frauenwache und der Neubau einer Männerabteilung. Die Erweiterungsbauten sollen auf die neuen Grundsätze der Krankenbehandlung abgestimmt werden, und in ihnen wollen wir eine Reihe vorbildlicher Arbeitsräume erstehen lassen; gedacht ist an einen Nähsaal, einen großen Arbeitsraum für die Bürstenbinder, Stroh- und Korbflechter, eine Druckerei, Schuhmacherei und Buchbinderei.
Ich bin zuversichtlich, dass wir in den nächsten Jahren noch viele Erfolge feiern dürfen, und möchte in diesem Sinne mein Glas natürlich auf Sie erheben, liebe Freunde, die Sie mir ein so wundervolles Geburtstagsfest beschert haben, als auch auf Karthaus und das, was uns die Zukunft noch bringen wird."

Karl Eisen

Säet die Steine im Bruch. Sie sehen nicht, sie hören nicht Stein noch Bein noch Fleisch noch Fisch. Wer suchet, der findet, wer fluchet, der sündigt. Erbsündigt ersündigt erbrochen Steinbrocken. Steinflocken. Einbrocken die Suppe auslöffeln und Ohren erfroren im harten Winter. Dem harten Winter.

Karthaus, den 9.Oktober 1927

An die Direktion der Deutsche Luft Hansa AG!

Das Fliegen wird immer wichtiger, und wer weiß, vielleicht fliegen wir doch eines Tages alle zusammen gen Gott! Einstweilen sollte die Flugstrecke Venedig - Klagenfurt - Salzburg - München noch bis nach Regensburg verlängert werden, wo ich beabsichtige, im Verbund mit mehreren potentiell-potenten Potentaten alsbald die weltlich-überweltliche Welt- und Überweltregierung einzurichten. Statt die Ostseeroute Berlin - Oslo mit Flugbooten zu bedienen, sollten Sie Ihre gesamte Flotte auf das Forster'sche Flugfahrschwimmzeug umstellen; die Pläne übersenden wir Ihnen gerne.

Fliegrant
Alfred Seidl (Direkteur, Dompteur)

„Der Seidl hängt also nicht mehr über Ihrem Wohnzimmertisch."
„Er hat nie dort gehangen. Gar so naiv, wie Sie mei-

nen, bin ich auch wieder nicht."
„Die Polizei hat ihn also nicht gesehen."
„Nein."
„Sie weiß überhaupt nicht von seiner Existenz."
„Nein."
„Und von unseren 'Geschäften' weiß sie auch nichts?"
„Nein."
„Sie weiß überhaupt nicht, dass Sie mich kennen?"
„Nein."
„Gut, ich denke, wir sollten das weiterhin so halten."
„Und dann?"
„Ihr Lebensgefährte hat die Intensivstation wieder verlassen?"
„Danke der Nachfrage. Ja. Er ist auf dem Weg der Besserung."
„Passen Sie auf, Frau Lichtblau. Ich gehe mal davon aus, dass Ihr Seidl eine Fälschung ist –"
„Hören Sie –"
„Ich will ja niemanden persönlich verdächtigen – aber normale Menschen rennen nach Drohanrufen, Autobeschädigungen und allerspätestens nach Anschlägen auf das Leben ihres Partners zur Polizei. Sie hatten ein erstaunlich großes Interesse, keine schlafenden Polizeihunde zu wecken, habe ich den Eindruck."
„Herr –"
„Wenn Sie ihn ganz schlicht und einfach verbrennen und niemals irgendjemandem gegenüber mehr

erwähnen, sparen Sie sich eine ganze Menge Scherereien."
„Ihnen gegenüber auch nicht?"
„Mir gegenüber auch nicht. Am besten, Sie rufen mich überhaupt nie wieder an, Frau Lichtblau."

◇

Rainsburgh, August 28, 1928

Dear Außen-Mister and -Minister Kellogg!

Dass Sie den Krieg ächten und die entsprechende Ächtung von älf Staaten unterzeichnen lassen, ohne dabei die interglobale Welt- und Überweltregierung mit einzubeziehen, das kreide ich Ihnen als grobe Missachtung und mithin Ächtung besagter Welt- und Überweltregierung an und letztendlich in Wahrheit als eine Unächtung des Krieges! Sie sind ein Lügner!!!

Aufrichtig
All Fred Silky

◇

Freund und Feind, feine Feinde, feine Freunde. Ein Gefreunde und Gefremde und Geleute in der Welt allerorten in dieser Zeit. Des einen Freund, des anderen Leut. Feine Feinde, lauter Leute, lauter. Denn wer lauteren Sinnes ist, der kann mein Feind nicht sein.
Freind oder Feund, wer kann das trennen wie das Weiß vom Dotter?

◇

»Psychische Epidemie nennen wir jede geistige Ansteckung in immer weiterem Kreise, namentlich wenn sie sich zeitlich und räumlich abgrenzen lässt und der Ansteckungsstoff als auslösender Reiz nachweisbar ist. In Mode, Sitte, Zeitgeist, Anschauung, Ideen, Wertungsweise kann man von gesunden Epidemien sprechen; ihre Dynamik besteht vor allem in Nachahmung, Suggestion, Massenpsychologie. Solche gesunden Epidemien werden besonders durch biopositiv Numinoses hervorgerufen (Freiheit, Vaterland, Heldentum) und wirken sich positiv aus.
Wie aber, wenn sie ausgesprochen negative Wirkungen ergeben? Darf man dann eine Masse „krank“ nennen? Darf man gar von „Wahnideen“ im Völkerleben sprechen, von „Massenwahnsinn“?
Zwei große Problemkreise harren der Lösung. Erstens: Kann Psychopathologisches (eines oder weniger Men-

schen) eine Masse ebenfalls psychopathologisch umformen, sie krank machen? Zweitens: Vermag überhaupt etwas Eindrucksvolles eine Masse krank zu machen?
Jedes überstarke Erlebnis kann einen einzelnen psychisch krank machen. Erschießt sich aber ein Bankier aus Furcht vor dem Zuchthaus, so muss dies nicht „krank" sein. Ungünstig-abnorm mit Bedrohung des Lebens, biogenetisch negativ ist sein seelischer Zustand aber auf alle Fälle.
Dasselbe kann vom Erleben in Gruppen gelten: Viele Selbstmordepidemien unter den Indianern aus Furcht vor den Grausamkeiten der spanischen Christen. „Krank"? Nein. – Oder wenn eine Masse in tierhaften Affekten brutale Verbrechen begeht. Ist sie dann „krank"? Allerdings sucht sie sich gern zum Führer einen Geistesgestörten oder Schwerpsychopathen aus; denn dessen psychologische Affektivität passt so gut zu ihrem eigenen überhitzten Affektleben. Die Masse folgt, wie dies bei der Kommune mehrfach der Fall war, einem Führer, den sie sich soeben aus der Irrenanstalt geholt hatte. Dem Narrenkönige gehört die Welt. Ist die Masse selber im Ganzen „krank"? Raubtiere, die eine Gazelle zerreißen, sind es auch nicht.
Niemals kann natürlich ein Psychotischer eine größere Gruppe mit seiner organisch bedingten Psychose infizieren; sondern er kann höchstens eine Epidemie von psychologischen Erscheinungen hervorrufen, vielleicht bei disponierten Individuen eine Form von Hysterie auslösen. Aber eine psychotische Ansteckung Gesunder gibt es nicht; sie nehmen schlimmstens einzelne Züge

an: wahnartige Vorstellungen, einseitige, vorherrschende Affekte oder selbst Sinnestäuschungen, alles eben durch Suggestivwirkung, psychogen.
Psychose oder Psychopathie können sich nicht als Biologisches übertragen auf Gruppen von Menschen; wohl aber können sie den Eindruck ihrer Inhalte soziologisch weiterpflanzen auf große Gruppen. Am eindrucksfähigsten für die geistige Ansteckung sind immer die Psychopathen; als innerlich labile Augenblicks- und Gefühlsmenschen verfallen sie leicht jedem neuen Eindruck und sind dafür „Feuer und Flamme". Zu gleicher Zeit üben sie eine merkwürdige Anziehungskraft gegenseitig aufeinander aus (wohl als suggestibel für Abnormes); jede kleine Sekte beweist es. Psychopathen bilden demnach eher eine Gemeinde untereinander für eine neue Person, für ein neues Ideal.
Und wenn diese Person ein Neurotischer ist (als Künstler, Dichter, Held usw.), so steckt sie eher an, als ein Gesunder es vermag. Wer denkt nicht sofort dabei ein paar Jahrzehnte zurück, aus was sich der Chor der Wagnerianer und -innen zusammensetzte. Das war zu einem sehr großen Teil eine Gemeinde von suggestiblen, rauschbedürftigen, femininen Psychopathen und hysterischen Weiblein.
Gerade an solchen Fällen aber kann man die ungeheure Bedeutung der begabten Psychopathen im Kulturleben ermessen; ohne sie würde so mancher überhaupt versanden, niemals auf Echo stoßen, nie zum Genie werden. Sie sind es, die erstens die allermeisten Genies abgeben und zweitens zugleich die, die als erste, als ent-

scheidende Gemeinde auftreten. Die große Masse der Gesunden, der Norm, ist anfangs immer wenig ergriffen, schwer zu beeinflussen, langsam, begriffsstutzig; erst allmählich kommen sie in Gang und laufen hinter den Psychopathen-Gemeinden her. Psychopathen (oder selbst Psychotische) sind ein Ferment der Kulturgeschichte.«

Wilhelm Lange-Eichbaum, 1928 [33]

Die Weisewerdung, Alfred, sie geschieht, wenn sie geschieht, über Jahre, über Jahrzehnte hinweg. Der Mensch wird geboren, er pubertiert, er sammelt Erfahrungen, sammelt Äpfel, sammelt Reife, reift, altert. Im Alter ist er dann weise. Begrenzt; in einem gewissen Maße. Die Genie-Werdung hingegen, Alfred, macht einen Sprung: Der Mensch hat eine Offenbarung, er entfaltet einen neuen Stil, er schafft und schöpft, erschafft, aber erschöpft sich nicht, entfaltet langatmig neue Welten und wächst darin. Und zuweilen wird er darüber wahnsinnig.
Ich und du, Alfred, wir haben eine Entwicklung durchgemacht, wie sie nur den wenigsten Genies zuteil wird, wie sie in diesem Umfang überhaupt das erste Mal einem Genius widerfahren ist, wie sie nur die wenigsten Genies überhaupt zu erfassen

vermögen, wenngleich nur ansatzweise. Tägliche Offenbarungen, tägliche Sprünge im Titanenmaß, ein nie da gewesener gewaltiger geistiger Prozess – innerhalb von Monaten. Wer wollte darüber nicht krank werden?

◇

Regensburg (Hauptquartier Karthaus),
den 28. August 1928

Stählerner Herr Kollege!

Auch von Ihnen geht eine Welt- und Überweltmacht samt Welt- und Überweltregierung aus. Dass Sie dergestaltige Anstrengungen unternehmen, ehrt Sie. Aber es ist kein leichtes Unterfangen, das Sie da bewerkstelligen wollen. Alleine könnten Sie sich leicht den Kopf einrennen, wenn Sie die bislang anderwärtig gemachten Errungenschaften nicht zur Kenntnis nehmen. Ich darf Sie daher zu einem ungezwungenen Plausch nach Karthaus-Prüll einladen, bei dem ich Ihnen das eine oder andere erläutern und wir das weitere Vorgehen besprechen können.

Mit ritterlichen Grüßen
Alfred Seidl I

Postcriptum: Im Steinbruch arbeite ich jetzt nicht mehr, nachdem ich einen Stein im Bett versteckt hatte, um mich vor meinen Verfolgern zu schützen. Wir haben Feinde, aber seien Sie unbesorgt, es gibt noch anderes als Steine. Ich habe Mittel, Wege und Kontakte...

◇

„Frage, Frank: Wie kann man einen echten von einem gefälschten Seidl unterscheiden?“
„Es gibt ziemlich zuverlässige Verfahren, das Alter der Leinwand oder der Ölfarben zu bestimmen; man kann mit Radiokohlenstoff arbeiten oder mit Röntgenstrahlen oder mit Wavelets –“
„Seidl hat aber weder auf Leinwand noch mit Öl gemalt.“
„Das Alter von Papier und Aquarellfarben lässt sich auch rausfinden, nur: Bei einem echten Seidl müsste herauskommen, dass Farben und Papier ungefähr hundert Jahre alt sind, eher ein bisschen jünger, nicht wahr?“
„Genau.“
„Ein Fälscher, der was auf sich hält, – oder eine Fälscherin – wird kaum so blöd sein und seine Fälsch-Utensilien im Bastel-Shop kaufen. Urgroßopas Malkasten und alte Bücher, aus denen man Seiten rausreißen kann, gibt’s auf jedem Floh-

markt. Und deine Frau Lichtblau ist ja immerhin vom Fach."
„Moment, es hat niemand gesagt, dass sie es war."
„Ach so."
„Außerdem hat sie keinen der vorhandenen Seidls gefälscht, Frank, sondern einen neuen entdeckt."
„Oder selbst gemalt."
„Oder selbst gemalt. So ganz ist das noch nicht raus."
„Also: Die typische Technik eines Malers lässt sich natürlich erkennen: Wie fest er aufdrückt oder wie schnell er den Pinsel führt. Dafür bräuchte man allerdings ausreichend Vergleichsmaterial. Wenn wir davon ausgehen, dass Seidl in verschiedenen psychischen Verfassungen gemalt hat, wär's möglich, dass er in verschiedenen Phasen verschieden schnell oder heftig gemalt hat. Man bräuchte also mehr als zwei oder drei Vergleichsstücke."
„Schwierig."
„Außerdem hast du ja sämtliche Seidls aus der Sammlung Prinzhorn verschwinden lassen. Nicht wahr?"
„Richtig."
„Man müsste sich also an einen international anerkannten Seidl-Experten von Weltruf wenden, einen, der seit Jahren, am besten seit Jahrzehnten seine gesamte Zeit darauf verwendet, die Werke des Meisters zu studieren und zu analysieren."
„Tja, Frank, allzu viele wird's davon nicht geben."
„Was auch wieder gut so ist. Sobald du mehr als einen Experten hast, hast du auch mehr als eine Einschätzung."

◇

*»**Mein Du!***
Vor 9 Jahren, im August 1921, schrieb Ich „Mein Ich“. Damals war in Meiner Brust noch ein wogendes Chaos und wie ein tanzender Stern schoss dieses „Mein Ich“ aus diesem Chaos heraus - hinauf in die Region meiner heißesten Wünsche und brennendsten Sehnsüchte. Damals war Meine erste Frau Klara, geb. Bantlin mit unserer Tochter Primula bei Mir. - Heute kennt Mich die seit 1924 von Mir durch Gerichtsbeschluss des Amtsgerichts Regensburg geschiedene Frau nicht mehr, noch weniger Meine Tochter Primula. So trennt das Leben!! Das Leben - das im steten Fluss Seiende - es verbindet uns und trennt: Wer dieses Wechsels stets gewärtig ist, der ist der Wache, der Lebendige, der Geöffnete.
Heute nun, da ich „Mein Ich“ nicht mehr schreibe, heute Bin Ich Mein Ich. Heute schreibe Ich „Mein Du“.
Du Mein Gott? Die Gottesergüsse überlasse Ich allen Frommen und Frömmlern, allen Bigottischen, allen Ewiglobern, allen Lobhudlern. Die nie Gott selber werden, da sie ihn gar nicht suchen, gar nicht finden. Wie viele „den Wald vor lauter Bäumen nicht sehen“, so finden diese Gott nicht vor lauter Gottlobpreiserei.
Du Mein All? Ich bin so diesseitig und will Mich so auf diese Erde beschränken, dass Ich heilfroh Bin, wenn das All so unermesslich ist, dass es gleichbedeutend dem Nichts ist. Und mit gar nichts plagen sich wirklich nur die ab, die nichts sind, nichts haben und nichts

wollen. Diese singen und sprechen am öftesten und am lautesten vom All. Diese All-Sänger sind nur modernere Kanarienroller als die Gott-Sänger.
„Es gab von jeher so viel verlogene Tugend", schrieb Nietzsche in seinem „Zarathustra". Darum lasse Ich Meine Tugend nicht mehr herumfliegen wie einen Geier, sondern sie sei ein Frosch, der immer in die allernächste Pfütze hüpft. Und dort, wo die gräulichste, stinkigste Pfütze ist, dahin soll Meine Tugend gleich einem Frosch hüpfen.
Und diese Pfütze ist das deutsche Volk, das Rumpfdeutschland von 1928, dieses ohnmächtige Reich der europäischen Mitte. Dieses Volk der Deutschen: Es sei Mein Du. Und so schreibe Ich:
Du, Mein deutsches Volk!!!
Mein **Du** *bist Du wohl, wie Ich ja eben dargelegt habe, aber* **Mein** *Du? Nein!! Nie!! Gut genug für Eberts, Stresemänner, Hindenburgs, Wilhelms und Rupprechts, für Hitlers und Hölz's!*
Deutsches Volk? Gibt es nicht. Hat es noch nie gegeben. Das ist erst der Traum der Besten unter Euch! –
Ihr seid ja ein solch feiges Pack!! Schlachten mögt Ihr siegreich schlagen, aber dort, wo das Alleredelste in Euch Haltung und Stand haben soll, da seid Ihr erbärmlichste Feiglinge. Durch alle Schichten!! Menschen, die gar nichts zu verlieren mehr hatten in den Augen ihrer Umgebung, fürchteten sich, sie könnten durch Mich noch verlieren.
Ich habe Euch verachten gelernt. Es gehört eine ungeheure Selbstaufopferung her, dass Ich Mich nicht auf

ein Stück Ackerland zurückziehe und Euch gehen lasse, wie Ihr seid, sondern allen Ekel, alle Verachtung überwinde und immer wieder mit Glaube und Liebe Eure Windeln putze.

Ich weiß, dass Ihr alle Euere Stinkfaulheiten mit den Worten entschuldigt: „Der Geist ist willig, allein das Fleisch ist schwach." Ich weiß, dass Ihr den Himmel wollt ohne vorheriges Fegfeuer, das Leben ohne Schmerzen, den Frieden ohne Krieg, die Feste ohne saure Wochen, den Glanz und das Glück ohne saure Arbeit, den Sieg ohne Opfer. Ich kenne Eure Pöbelhaftigkeit, weiß, dass Ihr alles umsonst haben wollt. Ihr wollt das größere Morgen, ohne das kleine Heute aufgeben zu wollen. Ich kenne Eure hundsgemeine Natur. - Für Euch sollen die Führer die Kastanien aus dem Feuer holen. Ihr riskiert nicht Eure Stellungen, Eure Gehälter, Eure Löhne, die Gunst Eurer Weiber ist Euch oft mehr wert als alles Ideal, treulos verlasst Ihr den, der Euch vorangegangen ist. Die Treulosigkeit, Schurkerei legt Ihr als Eure Vernunft, Euren „Boden der Tatsachen", aus. Ich kenne Euch! In Hunderten von Exemplaren ist der Pöbel in dieser Art schon an Mich herangekommen, hat Mich gequält und gemartert, hat Mich verlassen, sobald es nicht mehr bei den rosigen Worten blieb, sondern es sich um die Tat handelte. Um eines Weibchens willen, um der Leute Gerede willen, um ihrer Bequemlichkeit, Fresserei, Sauferei, Schlaferei, Sportlerei willen haben sie Mich, die Wahrheit, schon zu Hunderten verraten. Heute seid Ihr Deutschen ein Volk der Verräter. Ein Volk der Treu-

losigkeit, der Fahnenflucht. Wehe Euch!! Ihr Egoisten, noch zu Euren Lebzeiten werden Euch Eure Kinder und Kindeskinder richten und hinrichten. Denn die Sehnsucht, das Verlangen für Bindung nach oben, das Bedürfnis nach „Wir", Gemeinschaft, Einigkeit, Volk wird von Tag zu Tag größer, und Ich werde das Volk aus Mir heraus zeugen, gebären, stanzen, prägen, arbeiten. Ich erarbeite das Volk.
Wie Gott Lehm nahm und davon den Adam-Leib formte und diesem dann den göttlichen Odem einhauchte, so formte Bismarck den Leib: Deutsches Volk - aber zum Seeleeinhauchen ist er und ist es bis heute nicht gekommen. - Das kann nur ein Bismarck sein, der weniger auf Schlachtenerfolge seine Politik stützt, sondern auf den Geist, den göttlichen Odem. Das mehr materielle, technisch, gewaltpolitisch auf dem Buckel der Franzosen 1870 aufgebaute Deutsche Kaiserreich ist zusammengebrochen. Das Kaiserreich, das nun kommt, kommen muss, es kann nur errichtet sein auf unserem eigenen, wundgeschlagenen, blauvermöbelten Buckel.
Dieser Bismarck der kommenden Tage, dieser Kanzler und Volkskaiser in einer Person, geboren aus dem schicksalbefohlenen „Mea culpa", Bin Ich, Ich Leonhard Stark, geboren am 3. November 1894 zu Schamhaupten in Bayern.
Die alten Monarchien haben keine Auslese der Besten aus dem Volke ermöglicht: Die modernen Republiken lassen diese wiederum nicht zu. Bei den Monarchien stirbt der Volkskörper an Arterienverkalkung; bei den Republiken stirbt er an Bleichsucht. Rotes, starkes, ge-

sundes Blut aber pumpt der Mann den Volksadern ein, der, von unten kommend, mit elementarer Stoßkraft von unten nach oben stößt, mit den Keim-, Dungkräften des Unten das Oben durchsäftet; der, dem Reich der Mütter, dem Urquell aller Schöpfung, allen Gebärens, wieder entstiegen, dem Volksstamm neue, frische Säfte bis zu den letzten Zweiglein hinaus zuführt. Dieser kraftvolle Führer schafft dem Volke die geistige Existenz, auf deren kraftgeladener Basis die leibliche Existenz erst möglich ist.

Sein ist Kraft. Wie in der Physik die Elektrizität Kraft ist, so ist im Geistesbereich Geist eine Kraft. Alles besteht nur durch Kraft und Stoff. Ist unser materielles Volksvermögen seit zehn Jahren von 300 Milliarden auf 130 Milliarden gefallen, so gilt es, die rein geistigen, rein politischen, rein ethischen, rein religiösen, rein kulturellen Kräfte im Volke zu entwickeln, von Irrwegen abzulenken, vom Missbrauch abzutreiben, vom Müdesein, Faulsein aufzupeitschen. Hefe braucht der Teig. Hefe!! Und Hefe treibt. Darum Bin Ich ein Treiber. Treibe die Hasen aus dem Versteck der Büsche, treibe an bei der Arbeit.

Ich sage dir, Du Mein Du, Du Mein deutsches Volk, dass Du den Buckel durch einen neuen Weltkrieg, besser Weltbürgerkrieg, noch tüchtig voll bekommen wirst, dass innerhalb dieser Zeit sich der Sozialismus, auch der Kommunismus abwirtschaftet, und dahinter kommt nichts mehr, keine Partei und keine neuen Parteischilder und keine neuen Parteigruppierungen: Dahinter stehe Ich, Ich ganz allein.

In unserer Zeit ist das Bild vom wahren Führer der Menschen verloren gegangen. Ich schaffe Euch wieder das Bild der Vollkommenheit: Des vollkommenen Mannes, des vollkommenen Weibes, der vollkommenen Ehe und wenn Du, deutsches Volk, willst, dann heirate Ich Dich, und Wir errichten etwas, was sich in der Welt sehen lassen kann.
Ich und Mein Du, Du deutsches Volk, wir wollen ein Herrenvolk sein, führend alle übrigen Völker, schöner als sie, edler als sie, höher als sie. Die „Grandenation" der Zukunft! - Die erste Geige im Völkerkonzert! Denn wie es feststellbar ist, welches Volk das materiell schwerste, finanziell höchste ist, so ist auch feststellbar, welches Volk geistig das schwerste, das höchste, das beste ist. Das Beste soll aber herrschen, und wo dieser Wille nicht ist, da ist kein Bestes.«

Leonhard Stark, 1929 [34]

◇

Das Genie ist der einsame genialische Wolf, Alfred. Sieh dir den Forster an. Auch Gott ist der einsame genialische Wolf, der Urschöpfer, das Urgenie, der Urwolf. Die Zeiten, da die Götter vom Olymp herabgestiegen, um sich mit Mensch und Tier zu vergnügen, sind vorbei.
Ist Gott tot, Alfred?

Bist du tot?
Schöpfst du noch, malst du, schreibst du?
Fürchten dich die Menschen? Deine Schöpfung? Achten sie dich? Lachen sie hinter deinem Rücken über dich? Ist ihnen an dir gelegen? - Wissen sie überhaupt um dich?

Gotteslos, Alfred.

◇

Karthaus, den 25. Oktober 1929

Lieber Florian!

Die vorgestrige Uraufführung Deines neuen Stücks „Der verlorene Sohn“ im Regensburger Theater war, wie ich der Zeitung entnehme, ein „kolossaler Erfolg“, und ich möchte Dich von Herzen beglückwünschen. Dennoch: Dass Du nachweislich anwesend warst und die paar Meter nach Karthaus nicht auf Dich genommen hast, um Deinen Bruder zu besuchen, das verüble ich Dir.
Ist man den ganzen Tag mit wichtigen Leuten beinander. Schämt man sich für seinen irren Bruder, jetzt, da man immer größer wird und immer weiter steigt - in Berlin sitzt jetzt schon der Verlag, der einen druckt.

Vergiss nie: Du bedienst Dich meines Gedankenguts. Die Heimat heroisierend nach München gehen. Derlei war dir nur mit der Hilfe Deines Bruders möglich, der das Schizophrene des Gedankens auf sich genommen hat und statt Deiner hier einsitzt. Und wer hat Dir immer schon nach Berlin geraten? Desgleichen Dein Bruder!
Es gibt im Haus einen Kinoapparat, mit dem zuweilen für Unterhaltung gesorgt wird, abends sitzen wir um das neue Radiogerät herum, und unsere Theatergruppe für Patienten und Mitarbeiter führt regelmäßig Operetten und Volksstücke auf. Hier ist das Laienspiel wahrhaft zu Hause; sieh's Dir nur an. Wir würden dann auch ein Stück von dir aufführen. Ich selbst betätige mich nunmehr in der Strohmattenflechterei, finde also wenig Zeit, werde aber schon in Bälde ein Theaterstück schreiben, von dem ich dir dann näher berichte. Du magst aber schon jetzt bei den Berliner Herren vom Bühnenvolksbundverlag ein Fürsprech für mich einlegen; es wird das Größte, das sie je gelesen haben werden und das je das Licht der Bühne ersehen haben wird. Auch die Bühnenbilder sind von mir, umgesetzt werden sie vom Forster.

Es grüßt
Der verlorene Bruder

◇

„Ich dachte, wir wollten nicht mehr miteinander telefonieren, Herr Meininger?"
„Vielleicht wäre es tatsächlich das Beste, wir würden uns einmal persönlich *treffen*, Frau Lichtblau."
„Bitte? Weshalb das denn? Ich dachte, unsere Geschäftsbeziehung wäre beendet. Wollen Sie meinen Seidl nun doch haben?"
„Bedaure, nein. Aber ich würde Sie gerne als Beraterin konsultieren."
„Sie nehmen mich auf den Arm."
„Ich trage mich nach wie vor mit dem Gedanken, ein Kunstwerk zu kaufen."
„Aber nicht meinen Seidl."
„Nein, nicht Ihren Seidl."
„Dann fragen Sie am besten jemand anderen; es gibt noch andere kompetente –"
„Ich glaube nicht."
„Nein?"
„Man bietet mir einen der aus Heidelberg verschwundenen Seidls zum Kauf an."
„Wie bitte?"
„Und eine kompetentere Seidl-Kennerin als Sie kann ich mir beim besten Willen nicht vorstellen. Sie sind wahrscheinlich die einzige, die sich bis vor wenigen Wochen überhaupt mit ihm beschäftigt hat."
„Und wer ist der Verkäufer?"
„Seinen Namen hat der Herr am Telefon nicht genannt."
„Verstehe. Und für wie viel?"

„Sehen Sie, zunächst einmal wüsste ich gerne, ob er echt ist. Man hört ja viel über Fälschungen heutzutage. Vielleicht möchten Sie ja einen Blick drauf werfen.“
„Sie haben ihn in Händen?“
„Noch nicht; erst wenn ich mich mit dem Herrn treffe.“
„Wann? Wo?“

◇

Gotteslos, Alfred: nicht mehr gefürchtet, nicht mehr geliebt, nicht mehr geachtet, dann verspottet, dann vergessen. Dann gestorben! Getötet? In welchem Stadium seines Gottseins ist Leonhard Stark? Hat er noch Jünger, die ihm folgen? Publikum, das ihm zuhört? Zeitungen, die sich für ihn interessieren? Existiert er noch?
In welchem Stadium deines Gottsein bist du, Alfred? Was tust du? Wann hast du zum letzten Mal ein Bild gemalt, wann ein Gedicht geschrieben?

◇

Karthaus, 8 Jahre später

Sehr geehrte Direktion, sehr geehrter Herr Dr. Prinzhorn!

Sie haben die von mir Ihnen im Jahre 1921 zu einer Ausstellung für deutsche Psychiatrie-Psychiater zur Verfügung gestellten Kunstwerke (3 Aquarelle u. 2 Holzschnitte) bis heute noch nicht an mich zurückgegeben.

Hochachtungsvoll
A. Seidl-Eo

Letzte Mahnung!

◇

»Ich liebe diese Zeit
Ich liebe diese Zeit und ihre gärenden Schächte,
ich lieb' diese Zeit, ihre brausenden Nächte,
der Hämmer Stampfen und Dröhnen,
der Menschen Jubel und Stöhnen,
der Wägen Rasen, der Menschen Hast,
der Krane Kreischen unter erdrückender Last,
der Sirenen Geheul, der Lichter Geschrei,
die große Predigt: „Vorbei, vorbei!

Ein Neues bricht an, wir Menschen sind jung,
in die Zukunft, das Dunkel, wir wagen den Sprung!“
Ich liebe, dass Schicksal über uns steht,
ich liebe, dass die Brandfackel geht,
hart ist das Leben, hart wie die Not,
wer stürzt, wird zertreten, wer stürzt, der ist tot,
und die andern mit hastendem Fuß
über die Leiche, ein ehernes Muß!
Wartet jeder auf deinen Fall!
Feinde ringsum, Verrat überall,
Tiere sind wir, Tiere ohne Gefühl,
ein Hin und Wider, ein dichtes Gewühl,
aber eins, trotz Tücke und Neid:
Wille zum Sieg!! Ich lieb' diese Zeit.«

Florian Seidl, Dezember 1930[35]

◇

»Es leuchtet ein, dass der Surrealismus kein besonderes Interesse für das hat, was sich neben ihm tut unter dem Vorwand der Kunst oder gar der Anti-Kunst, der Philosophie oder Anti-Philosophie, mit einem Wort für alles, was nicht auf die Zerstörung des Seins zielt in einem Glanz, tief und blind, der so wenig die Seele des Eises wie des Feuers ist. Was hätten wohl diejenigen von dem surrealistischen Experiment zu erwarten, die sich noch um den Platz Gedanken machen, den sie morgen in

der Welt einnehmen werden? An diesem geistigen Ort, von wo aus man nur noch für sich selbst einen zwar gefahrvollen, aber, meinen wir, äußerst ergiebigen Erkundungsgang unternehmen kann, ist auch keine Rede mehr davon, den Schritten derer, die kommen oder gehen, nur die geringste Beachtung zu schenken, da diese Schritte in einem Bereich getan werden, für den der Surrealismus per definitionem tabu ist. Man würde ihn nicht abhängig sehen wollen von den Stimmungen dieser oder jener; wenn er behauptet, durch die ihm eigenen Methoden das Denken einer immer drückenderen Form entreißen zu können, es dem Weg vollkommenen Verstehens zuführen und seiner ursprünglichen Reinheit wiedergeben zu können, so genügt das, ihn zu beurteilen allein nach dem, was er getan hat und was ihm zu tun bleibt, um sein Versprechen einzulösen.
Bevor man jedoch eine derartige Abrechnung vornimmt, sollte man wissen, an welche moralischen Kräfte der Surrealismus insbesondere appelliert, da er nun einmal im Leben wurzelt und, sicher nicht zufällig, im Leben dieser Zeit – von dem Augenblick an nämlich, da ich dieses Leben wieder anekdotisch begreife als Himmel, Geräusch einer Uhr, Kälte, eine Übelkeit, von dem Augenblick an also, da ich wieder in der allgemein üblichen Weise von ihm rede. Niemand kommt darum herum, an diese Dinge zu denken, sich an irgendeiner Sprosse dieser abgenutzten Leiter festzuhalten, es sei denn, er hat das letzte Stadium der Askese überwunden. Ja, gerade aus dem ekelerregenden Gebrodel dieser sinnentleerten Abbilder erwächst

und nährt sich das Verlangen, über die unzulängliche, absurde Unterscheidung von schön und hässlich, von wahr und falsch, von gut und böse hinauszugelangen. Und da von der Stärke des Widerstands, dem dieser Entwurf begegnet, der mehr oder weniger entschiedene Aufschwung des Geistes zu einer endlich bewohnbaren Welt abhängt, wird man begreifen, dass der Surrealismus vor einem Dogma der absoluten Revolte, der totalen Unbotmäßigkeit, der obligatorischen Sabotage nicht zurückgeschreckt ist und dass er sich einzig von der Gewalt etwas verspricht. Die einfachste surrealistische Handlung besteht darin, mit Revolvern in den Fäusten auf die Straße zu gehen und blindlings soviel wie möglich in die Menge zu schießen. Wer nicht wenigstens einmal im Leben Lust gehabt hat, auf diese Weise mit dem derzeit bestehenden elenden Prinzip der Erniedrigung und Verdummung aufzuräumen - der gehört eindeutig selbst in diese Menge und hat den Wanst ständig in Schusshöhe.«

André Breton, 1930[36]

◇

„Sie sagen also, dass er echt ist?"
„Nun, Sie waren ja gerade eben dabei. Wir haben das Bild mit den Aufnahmen aus Heidelberg verglichen; auch die Beschädigung am linken unteren

Rand ist identisch; Papier und Farben scheinen das entsprechende Alter zu haben, die Farben passen. Ich würde sagen: Ja."
„Das hatte ich fast erwartet. Er passt übrigens ausgezeichnet zu Ihrer Bluse."
„Wer?"
„Der Seidl."
„Aha. Und was haben Sie über den Herrn Verkäufer herausgefunden?"
„Dass er offenbar ein Profi ist und so etwas nicht zum ersten Mal macht. Der Mann, der uns die Bilder gezeigt hat, ist nur ein Mittelsmann und hat das Bild über einen weiteren Mittelsmann in die Hände bekommen. Der hat nicht die geringste Ahnung, wer sein Auftraggeber ist."
„Und der andere Mittelsmann?"
„Steht womöglich über einen dritten Mittelsmann mit dem Auftraggeber in Verbindung."
„Ein ziemlich albernes Spielchen. Immerhin müssen diese ganzen Leute viel Vertrauen zueinander haben, wenn sie ein so teures Bild so sorglos in der Gegend herumreichen. Es könnte doch einer von ihnen auf die Idee kommen, mit dem Bild abzuhauen und es woanders weiterzuverkaufen."
„Ich glaube, Ihnen ist immer noch nicht klar, mit welcher Sorte Mensch Sie es da zu tun haben, Frau Lichtblau. Sie wissen doch, wie die Ihren Freund zugerichtet haben."
„Was glauben Sie denn? Ich habe eine Woche lang jeden Abend auf der Intensivstation verbracht."

„Und dabei haben sie noch nicht einmal Hilfsmittel benutzt. 'Vertrauen' ist vielleicht nicht das richtige Wort; aber immerhin wissen diese Leute, dass sie alle die Regeln kennen und sich daran halten."
„Welche Regeln?"
„Derjenige der Mittelsmänner, dem das Bild zufällig in eine Pfütze fällt, ist zwei Tage später ein toter Mann. Derjenige, der nur seinen nächsten Mittelsmann preisgibt, der Polizei oder mir oder Ihnen – ebenso. Und derjenige, der mit dem Bild abzuhauen versucht, ist wahrscheinlich schon tot, ehe er nur den Gedanken zu Ende gedacht hat."
„–"
„Frau Lichtblau?"
„Wissen Sie was, Herr Meininger, ich bin draußen. Ich werd's so machen, wie Sie gesagt haben: Ich verbrenne meinen Seidl und werde ihn niemals mehr irgendjemandem gegenüber erwähnen."
„Ich fürchte fast, Frau Lichtblau, diese Entscheidung liegt nicht mehr bei Ihnen."

◇

»21 Jahre lang lagen die Hintergründe des größten Einzelraubs in der Kunstgeschichte im Dunkeln; bis heute gab es nicht den geringsten Hinweis auf den Hergang der verworrenen Geschichte.
Am 21. August 1911 wurde Leonardo da Vincis ›Mona Lisa‹ aus dem Louvre gestohlen. Der Wert des Gemäldes selbst wurde damals auf fünf Millionen US-Dollar beziffert. Wie viel Geld es den raffinierten Dieben einbrachte, die es gestohlen hatten, wird wohl für immer deren Geheimnis bleiben – es machte sie alle reich genug, um sich zur Ruhe zu setzen und nie wieder in Erscheinung zu treten. „Aber", werden Sie einwenden, „das Gemälde wurde gefunden, der Dieb wanderte ins Gefängnis und die Franzosen waren zufrieden, die ›Mona Lisa‹ ohne allzu gründliche Ermittlungen wieder an ihrem alten Platz an der Wand des Salon Carré zu haben."
So die offizielle Version. Allerdings ist die wahre Geschichte des Diebstahls hinter dieser offiziellen Version – eine Geschichte der unterweltlichen Hochfinanz – nur denjenigen bekannt, die unmittelbar beteiligt waren – sowie dem Verfasser vorliegenden Artikels.
Die Diebe stahlen das Gemälde nicht, um es zu verkaufen. Der Diebstahl diente nur als Mittel zum Zweck. Die ›Mona Lisa‹ sollte lediglich für eine fügliche Weile verschwinden; darum, was hernach mit ihr passieren würde, kümmerten sich die Diebe nicht. Sie versteckten das Gemälde und hätten es später womöglich sogar freiwillig in den Louvre zurückgebracht, wenn sich nicht dummerweise einer der Darsteller aus ihrem Diebesensemble vorzeitig mit dem Bild aus dem Staub ge-

macht hätte. In seiner Einfalt ging er davon aus, dass das Gemälde selbst die Beute sei. Indessen hatte sein Treuebruch keine Auswirkungen auf die wahren Pläne der Bande. Zwar waren sie verärgert, weil dieser Narr der Polizei früher oder später in die Hände fallen und dann plaudern würde; ihn zu schnappen und das Gemälde zurückzuholen hätte sie jedoch womöglich selbst ins Visier der Polizei gerückt, also ließen sie ihn ziehen. Die Bande hatte die ›Mona Lisa‹ gestohlen – tatsächlich gestohlen und ihren Käufern versichert, dass es sich bei dem Bild, das sie ihnen liefern würden, um das Original handelte, das Porträt der Lisa Gherardini, der Frau von Francesco di Bartolomeo di Zanobi del Giocondo, gemalt von Leonardo da Vinci in den ersten Jahren des 16. Jahrhunderts, im Französischen als ›La Jaconde‹ und dem Rest der Welt als ›Mona Lisa‹ bekannt.

In Wahrheit hatten sie nie die Absicht gehabt, tatsächlich mit der echten ›Mona Lisa‹ zu operieren. Stattdessen hatten sie vorab bei einem französischen Meisterfälscher sechs Kopien in Auftrag gegeben, die sie vor dem Diebstahl in die USA gebracht hatten und die sie sechs verschiedenen Käufern als jeweils die echte ›Mona Lisa‹ verkaufen wollten. Der Zoll ließ die Bilder durchgehen; Kopien waren alltäglich und erregten, solange das Original noch im Museum hing, keinerlei Aufmerksamkeit. Sobald die Kopien den New Yorker Zoll passiert hatten, schlug die Bande zu.

›La Jaconde‹ aus dem Louvre zu stehlen sei nicht schwieriger gewesen als ein Ei zu kochen, behauptete der Kopf der Bande später, ein argentinischer Hoch-

stapler und Betrüger namens Eduardo de Valfierno. Der Erfolg habe auf dem Umstand beruht, dass sich ein Arbeiter im weißen Kittel im Louvre frei bewegen kann, ohne irgend Verdacht zu erregen. Niemand hinterfrage jemals, was ein Arbeiter im weißen Kittel tue, denn der weiße Kittel verleihe ihm sämtliche Rechte und Privilegien des Museums.

Einen solchen Mann hatte die Bande gefunden. Vincenzo Peruggia arbeitete seit drei Jahren als Tischler im Museum, er kannte alle Hinterzimmer und versteckten Geheimgänge zwischen den Sälen.

Nach dem Diebstahl wurde er großzügig ausbezahlt, und wenn er mit durchschnittlichem Verstand ausgestattet gewesen wäre, hätte er - gleich dem Rest der Bande - seine restlichen Tage in Ruhe und Wohlstand verbringen können. Er war jedoch nicht mit durchschnittlichem Verstand ausgestattet, und sobald sich die Gelegenheit bot, holte er das Gemälde aus seinem Versteck, brachte es außer Landes und versuchte es zu verkaufen. Ein Bild zu stehlen ist die eine Sache - es zu verkaufen eine andere. Es war Peruggia nicht klar, dass dieses Bild zu verkaufen eine Leistung sein würde, die einer Organisation und Finesse bedurfte, die seine Fähigkeiten millionenfach überstieg.

Valfierno und der Rest der Bande fuhren eilig zurück in die USA, nahmen Kontakt zu ihren sechs erwartungsvollen Käufern auf, übergaben die Kopien und nahmen das Geld - eine ganze Tasche voll. Sie lösten ihre Organisation auf, gingen ihrer jeweiligen Wege und waren nie mehr gesehen.

Peruggia flog beim ersten Versuch, die ›Mona Lisa‹ zu verkaufen, auf. Am 11. Dezember 1913 wurde er mit dem Gemälde in seinem Koffer in Florenz aufgegriffen. Irgendwann werden die Kopien der ›Mona Lisa‹ ans Licht kommen. Auch ohne die sechs genannten gibt es bereits um die 30 ›Mona Lisas‹ auf der Welt. Von Zeit zu Zeit taucht eine auf; schöner und fehlerfreier zuweilen als das Original.«

Karl Decker, 1932[37]

◇

Auch ich, mein Sohn, auch ich mein Sohn meines Sohn es und des heiligen Geist es Kind er Gärtner im Garten Eden falls er scheint heiligen Schrittes und tritt es macht mächtig und nächtig
Unterm Strich Nichts

◇

„Peruggia hat allerdings bis zuletzt behauptet, er habe den Raub der ‘Mona Lisa’ alleine geplant und ausgeführt, Frank.“
„Peruggia starb mit 44 Jahren an einer Bleivergiftung, Berufskrankheit seinerzeit bei einem Häu-

seranstreicher, der er vor seinem Louvre-Job war. Die weiße Farbe war sehr bleihaltig; Gehirnerweichung, vorzeitiger geistiger Abbau. Bereits während des Gerichtsprozesses hat er eine ganze Menge ungereimten Blödsinn von sich gegeben. Man hat ihm schlichtweg nicht zugetraut, die 'Mona Lisa' zu klauen. So jemand regt die Phantasie an."

„Und wie?"

„In den Zehner- und Zwanzigerjahren gab es bereits etliche Spekulationen, wie die Aktion tatsächlich vor sich gegangen sein könnte."

„Das würde mich interessieren, Frank. Gibt's da ordentliche Quellen?"

„Seit dem Ende der Neunziger sind dann eine ganze Reihe Romane über den Raub der 'Mona Lisa' erschienen und haben Deckers Geschichte aus der 'Saturday Evening Post' ausgegraben. Decker beschreibt den Hergang minutiös –"

„– was ich mir allerdings gespart habe, da es in meinem Buch ja eher nur am Rande um die 'Mona Lisa' geht."

„Seine Beschreibung Valfiernos –"

„– dito –"

„– entspricht viel eher dem, was man sich unter einem Mona-Lisa-Dieb vorstellt: Groß gewachsen, gut aussehend, charmant, eloquent, weltmännisch, mit allen Wassern gewaschen."

„Weißer Anzug, spricht mehrere Sprachen fließend, et cetera, et cetera. Schon klar, Frank, solche Typen kennt man aus der Literatur zuhauf."

„Irgendwie hat sich die Story durch die Jahrzehnte gehalten, und zum Ende des Jahrhunderts ist man allgemein dazu übergegangen, sie zu glauben; bisweilen geistert sie sogar heute noch durch die Enzyklopädien der Welt."
„Sie ist aber auch zu schön, um falsch sein zu dürfen. Du bist dir sicher, dass sie eine Ente ist?"
„Lies dir den Artikel von Decker durch, Dieter – nach den ersten zehn Zeilen ist klar, dass es sich um eine reine Erfindung handelt."
„Na ja, gut. In der 'Saturday Evening Post' haben Leute wie John Steinbeck, F. Scott Fitzgerald oder Ray Bradbury ihre Kurzgeschichten publiziert."
„Und durch den Diebstahl und die Geschichte drumherum ist die 'Mona Lisa' geworden, was sie heute ist. Bis 1911 war sie ein bekanntes Bild eines bekannten Malers. Aber das mit Abstand berühmteste Gemälde der Welt wurde sie erst danach. Und weißt du, was ich glaube, Dieter: dass der komplette Karl Decker reine Erfindung ist."
„So lange, bis die sechs Kopien der 'Mona Lisa' auftauchen..."

◇

Was ist wirklich? Sind deine Texte wirklich? Sind deine Figuren wirklich? Deine Bilder? Im Kopf oder außerhalb des Kopfes? Bist *du* wirklich?

◇

»Heilige Heimat
Schauspiel in fünf Aufzügen von Florian Seidl
Mit dieser Uraufführung ist nun das zweite, auf die Ostmark-Woche unseres Stadttheaters pointierte Stück über die Bretter gegangen. Florian Seidl, gebürtiger Regensburger, ist, was ganz in der Ordnung ist, zu Worte gekommen.
Das Werk behandelt nicht speziell den Kampf des Ostmarkdeutschtums, sondern das Landflucht- und Auswandererproblem, das ja allerdings für unsere Grenzbezirke in besonderem Maße aktuell ist, weil das Gespenst der Bauernnot in diesen steinigen Landstrichen von Hof zu Hof schleicht und den Besitzern den Kampf ums tägliche Brot mehr als sauer macht. Deshalb ist der ostmärkische Bauer mehr als jeder andere überseeischen Sehnsüchten ausgesetzt, und an ihm hat es sich in erster Linie zu erweisen, ob er oder der Heimatboden stärker ist. Es hat eine Zeit gegeben, wo fast kein Tag verging, an dem nicht Nachrichten durch die Zeitungsspalten gingen, die von Auswanderungen bodenständiger Landbevölkerung aus der notbedrängten Grenzmark berichteten. Jetzt ist es um diese Zeitfrage etwas stiller geworden. Vielleicht, weil es auch drüben nicht mehr allzu rosig ist, vielleicht, weil es an den erforderlichen Geldmitteln fehlt. Nur eines ist nicht nur gleich geblieben, sondern sogar größer geworden: die Bauernnot, die die Menschen an der liebgewordenen

heimatlichen Scholle verzweifeln lässt. Und diese Verzweiflung lässt Florian Seidl in seinem Werke dramatisch zum Ausdruck kommen.
Wenn Vergleiche mit dem ersten Ostmark-Schauspiel erlaubt sind, so muss zugestanden werden, dass sie zu Ungunsten der Seidlschen Schöpfung ausfallen, die rein dramatisch wenig überzeugen kann. Es wächst das dramatische Geschehen nicht zwangsläufig aus sich selbst heraus. Da wogt es auf und ab, auf Wellental folgt Wellenberg und umgekehrt, aber von einer harmonischen dramatischen Gestaltung kann man nicht sprechen. Die Verteilung der dramatischen Pointen mutet geradezu willkürlich an. Man vermisst die Abstufungen und Nuancierungen, die unaufhaltbar zur Gesamtwirkung hinführen, und diese können die Kollektiveffekte, die kämpfende bäuerliche Masse, nicht erzwingen. Die chorische Sprache will dramatische Wucht glauben machen, worum sie sich mit wechselndem Erfolge krampfhaft bemüht.
Prägnant ist in ihrer Art die Sprache, die etwas Markiges in sich hat. Von bezwingendem ethischen Wert ist das aufrichtige Bekenntnis des Dichters zum Heimatgedanken, der wirklich rührend rein herausgearbeitet ist. Ja, seine einzigartige Plastik erhebt das Bühnenwerk zu einem einmütigen Manifest für den Heimatgedanken.
Vor der Aufführung sprach Florian Seidl zum Auditorium. Er sprach vom Verhältnis des Künstlers zum Volke, die, wenn sie nicht aneinander zugrunde gehen sollen, miteinander arbeiten müssen. Er sprach auch warm empfundene Worte aufrichtigen Heimatgefühls,

sprach von der Zähigkeit, mit der der Oberpfälzer an seiner Scholle hängt. Diese Zähigkeit berechtige zu der Hoffnung, dass die Wurzeln, die uns an die Heimat fesseln, unzerreißbar sein werden.
Hernach versammelte man sich in der Ratstrinkstube. Kultusminister Dr. Goldenberger hielt eine Ansprache, in der er diese Uraufführung als ein wirkliches Ereignis bezeichnete. In den schweren Gegenwartserleben der bayerischen Ostmark sei das Schlussbekenntnis „Heilige Erde! Heilige Heimat!" als Ausklang des Stückes nicht nur Phantasie oder Wunschtraum eines Dichters, sondern eine Wirklichkeit, die uns entgegentönt als gemeinsamer Grundzug in der inneren Haltung unserer Brüder und Schwestern in dem bedrohten bayerischen und deutschen Grenzgebiet. Ebenso wie der Frontkämpfer einst den Begriff „heilige Heimat" als tiefste Bedeutung seiner Aufgabe erlebte, ebenso empfinde heute auch das wackere Volk unserer bayerischen Ostmark und empfänden wir auch selbst diesen Daseinskampf der Ostmark als einen Kampf um die Heimat, um bayerische und deutsche Art. Dem Dichter Florian Seidl müsse man Glück wünschen, dass er mit seinem Werke Menschen, die sich in schwerer Not befänden, brüderlich das Herz stärkt. Auch dem Theater gebühre Dank und Anerkennung, das sich in den Dienst einer Ostmarkwahrung edelster Art gestellt habe. Das Theater habe sein Können und Wollen gezeigt, mitzuhelfen an der geistigen Formung des Gepräges unserer Zeit.«

Regensburger Neueste Nachrichten, 26. Januar 1933[38]

◇

Karthaus, 3 Februar 1933

Lieber Florian!

Was ist denn nun die ostmärkische Scholle? Ist's Regensburg, ist es Karthaus? München auf alle Fälle ist es nicht, und wer alle heiligen Herrschaftszeiten in der heiligen Heimat vorbeizuschauen sich genehmt und dann seinen werten Herrn Bruder, den wahrhaft Schollenverhafteten, in seiner Schollerei für nicht besuchswürdig erachtet, der ist ein Auswanderer, mein Herr, und nicht bemächtigt, sich Schollenkönig zu nennen. Lass er sich das gesagt sein.
Ob das neue Kabinett Hitler was dran ändert?

Es grüßt
Alfred

Glückwunsch zum neuen Stück; möge ihm Erfolg beschieden und beschienen sein.

◇

Gotteslos, Alfred, gottlos. In welchem Zustand ist die Welt? Fürchtet sie Gott nicht mehr, liebt sie ihn nicht mehr? Achtet sie ihn nicht mehr? Kennt sie ihn noch? Bist du verspottet, Alfred, bist du vergessen, oder bist du bereits tot?
Erteile ihnen eine Lektion, Alfred, bevor sie dir eine Lektion erteilen.

»Die Reichsregierung hat das folgende Gesetz beschlossen, das hiermit verkündet wird:

§ 1
(1) Wer erbkrank ist, kann durch chirurgischen Eingriff unfruchtbar gemacht (sterilisiert) werden, wenn nach den Erfahrungen der ärztlichen Wissenschaft mit großer Wahrscheinlichkeit zu erwarten ist, daß seine Nachkommen an schweren körperlichen oder geistigen Erbschäden leiden werden.
(2) Erbkrank im Sinne dieses Gesetzes ist, wer an einer der folgenden Krankheiten leidet:
1. angeborenem Schwachsinn,
2. Schizophrenie,
3. zirkulärem (manisch-depressivem) Irresein,
4. erblicher Fallsucht,
5. erblichem Veitstanz (Huntingtonsche Chorea),
6. erblicher Blindheit,

7. erblicher Taubheit,
8. schwerer erblicher körperlicher Mißbildung.

§ 2

(1) Antragsberechtigt ist derjenige, der unfruchtbar gemacht werden soll. Ist dieser geschäftsunfähig oder wegen Geistesschwäche entmündigt oder hat er das achtzehnte Lebensjahr noch nicht vollendet, so ist der gesetzliche Vertreter antragsberechtigt; er bedarf dazu der Genehmigung des Vormundschaftsgerichts. In den übrigen Fällen beschränkter Geschäftsfähigkeit bedarf der Antrag der Zustimmung des gesetzlichen Vertreters. Hat ein Volljähriger einen Pfleger für seine Person erhalten, so ist dessen Zustimmung erforderlich.
(2) Dem Antrag ist eine Bescheinigung eines für das Deutsche Reich approbierten Arztes beizufügen, daß der Unfruchtbarzumachende über das Wesen und die Folgen der Unfruchtbarmachung aufgeklärt worden ist.
(3) Der Antrag kann zurückgenommen werden.

§ 3

Die Unfruchtbarmachung können auch beantragen
1. der beamtete Arzt,
2. für die Insassen einer Kranken-, Heil- oder Pflegeanstalt oder einer Strafanstalt der Anstaltsleiter.

§ 4

Der Antrag ist schriftlich oder zur Niederschrift der Geschäftsstelle des Erbgesundheitsgerichts zu stellen. Die dem Antrag zu Grunde liegenden Tatsachen sind durch ein ärztliches Gutachten oder auf andere Weise glaubhaft zu machen. Die Geschäftsstelle hat dem beamteten Arzt von dem Antrag Kenntnis zu geben.

§ 7
(1) Das Verfahren vor dem Erbgesundheitsgericht ist nicht öffentlich.
(2) Das Erbgesundheitsgericht hat die notwendigen Ermittelungen anzustellen; es kann Zeugen und Sachverständige vernehmen sowie das persönliche Erscheinen und die ärztliche Untersuchung des Unfruchtbarzumachenden anordnen und ihn bei unentschuldigtem Ausbleiben vorführen lassen. Auf die Vernehmung und Beeidigung der Zeugen und Sachverständigen sowie auf die Ausschließung und Ablehnung der Gerichtspersonen finden die Vorschriften der Zivilprozeßordnung sinngemäße Anwendung. Ärzte, die als Zeugen oder Sachverständige vernommen werden, sind ohne Rücksicht auf das Berufsgeheimnis zur Aussage verpflichtet. Gerichts- und Verwaltungsbehörden sowie Krankenanstalten haben dem Erbgesundheitsgericht auf Ersuchen Auskunft zu erteilen.«

Berlin, den 14. Juli 1933
Der Reichskanzler, Adolf Hitler
Der Reichsminister des Innern, Frick
Der Reichsminister der Justiz, Dr. Gürtner[39]

◇

„Warum hat dieser Jemand nicht *ihr* das Bild angeboten?"
„Weil sie kein Geld hat. Solltest du doch wissen, Frank, dass Galeristen und Kunstvermittler kein Geld haben."
„Das heißt, dass Jemand überhaupt kein Interesse an *Lichtblau* hat, sondern nur an *Meininger*, weil er derjenige mit dem Geld ist."
„Yepp."
„Aber warum hat sich Jemand dann an Lichtblaus Freund vergriffen? Um in Wahrheit Meininger einzuschüchtern? Das würde doch keinen Sinn machen, Dieter, einen potentiellen Käufer einzuschüchtern; der kauft einem doch dann bestimmt nichts ab."
„Wenn er so eingeschüchtert ist, dass er sich vor dem fürchtet, was passiert, wenn er *nicht* kauft, dann schon."
„Ist das fies."
„Aber darum geht's in Wahrheit gar nicht, weil: So blöd, anzunehmen, dass Meininger das Wohl von Lichtblau oder gar ihrem Freund am Herzen liegt, so blöd ist niemand. Meininger ist es gewohnt, über Leichen zu gehen."
„Hat man ja gesehen, wie gleichgültig-zynisch er vorausgesehen hat, dass Lichtblaus Freund krankenhausreif geschlagen wird."
„Eben."

„Aber was wollte Jemand dann mit dieser Aktion bezwecken?"
„Was er gesagt hat: Sie soll 'diese Art von Geschäften' mit Meininger bleiben lassen."
„Heißt konkret: Sie soll ihm keinen Seidl verscherbeln, weil er sonst vielleicht keinen mehr braucht, und sie soll ihn bei künftigen Geschäften nicht beraten, weil er dabei vielleicht abspenstig wird."
„Genau."
„Aber woher weiß Jemand, was für eine Art von Geschäft die beiden miteinander haben? Und weiß er, das Lichtblaus Seidl gefälscht ist?"
„Irgendwo muss eine undichte Stelle im System sein, Frank. Vielleicht auf Meiningers Seite. Vielleicht hat er Kollegen im Aufsichtsrat, mit denen er übers Geld reden muss, bevor er welches ausgibt. Vielleicht hat aber auch Lichtblaus Lebensgefährte am Stammtisch geplaudert."
„Ach so, der Lebensgefährte. Stimmt, der Sinn eines Lebensgefährten in einem Buch kann ja nicht nur sein, zusammengeschlagen zu werden und dann nicht mehr aufzutauchen. Oder?"

»Nur zum schmählichen Gedenken werden in Dresden in dem Fach „Entartete Kunst" die Äußerungen einer wirren und irren Zeit kurz nach dem Kriege aufbewahrt

und zur Schau gestellt. Heute wird nur noch ein ganz Unverbesserlicher auf den Gedanken kommen, jenen Wahnsinn ernst zu nehmen. Noch die Bezeichnung „Entartete Kunst" ist zuviel Ehre für das, was mit Kunst schlechthin nichts zu tun hat. Die Gebilde in der Schreckenskammer waren auch niemals als Kunst gemeint, sind vielmehr nur gemacht worden, um über eine sich als Kunst ausgebende Propaganda politischen Absichten zu dienen, um die Deutschen zum Bolschewismus reif zu machen. Das Schöne und Edle sollte uns verekelt werden. Statt dessen sollten wir die Götzen der Hässlichkeit und des Ekelhaften anbeten. Natürlich hat es Leute gegeben, die mit Augurenlächeln, wohl wissend, was sie taten, die Missgeburten bolschewistischer Hirne und Hände als Kunst nahmen und hochlobten. Hätte man durch Gewöhnung an das Gemeine erst einmal die Erinnerung an die echten alten deutschen Meister ausgelöscht gehabt, dann wäre es auch auf allen anderen Gebieten möglich gewesen, das Deutsche auszurotten; denn die Kunst als sinnfälligster Wesensausdruck spielt eine viel größere Rolle, als die meisten annehmen. Ein Volk, das immer nur das Niedrige sieht, verliert auf die Dauer den Adel seines Gesichts... Wie das äußere Bild, so ist die innere Schau... Das einfache Volk ist Gott sei Dank aber instinktsicher genug gewesen, um den Betrug zu durchschauen. Nur hochwohlweise „Experten" und jüdische Kunsthändler haben dem Snob die Kotexpressionen bolschewistischer Niedertracht aufschwätzen können. Schon mit den Merzbildern der Zeit kurz nach dem Krieg hatten sich die Untermenschen, die sich frech Künstler nannten, demaskiert. Müll zu Müll, Asche zu Asche. Diese Herostraten-Nachahmer der Kunst bewiesen, dass sie nur das Abgewrackte brauchen können... Sie wollten ja keine Gestaltung, sondern den Zufall. Daher ihr Müllkasten-Naturalismus, dem jedes organische Gebilde schon zu lebendig war. Affen waren sie, Lemuren, geschäftig, deutsches Edelwesen unter ihren Schmutzbauten zu begraben.«

Illustrierter Beobachter, 16. Dezember 1933

◇

Karthaus, 15. Juli 1934

Lieber Bruder Florian!

Es wird eng in der Kartause und schmeckt mir gar nicht mehr. Seit einem Monat (ich hab's notiert) kommen alle paar Tage Busse mit Irren aus der Anstalt Deggendorf, weit über hundert sind's (ich hab's notiert). Aber sie bringen nichts zu essen mit, stattdessen beteiligen sie sich an unserem Essen, das dadurch aber weder mehr noch schmackhafter wird. Auch sind sie unruhig und unerzogen.
Red doch mit dem Vater, dass er mich wieder nach Hause nimmt.

Dein Bruder Alfred

PS: Schreibst du auch einmal einen Roman? Ich will auch bald einen Roman schreiben; das mit dem Bühnenstück wird doch nichts.

◇

»Die Frage der Sterilisation, die durch das Gesetz zur Verhütung erbkranken Nachwuchses vom 25.7.1933 entschieden worden ist, gewinnt für die beiden christlichen Kirchen symptomatische Bedeutung, denn es steht zu erwarten, dass über kurz oder lang auch das Problem der Euthanasie zu einer brennenden Tagesfrage werden muss. Nach dem Gesetze, das die ***Verhütung*** *„lebensunwerten Lebens" bezweckt, müssen mit Notwendigkeit weitere eugenische Gesetze zur* ***Vernichtung*** *solchen „lebensunwerten Lebens" folgen. Aus diesem Grunde dürfte es für die berufenen Vertreter des „positiven Christentums" von großer Wichtigkeit sein, wenn sie sich rechtzeitig über ihre neuerliche Stellung zu dieser Frage klar geworden sind, bevor sie ihnen unausweichlich von Staats wegen gestellt wird.*

In der Richtung einer folgerichtigen Rassengesetzgebung, welche die Gesundung und Höherzüchtung des Volkstums erstrebt, muss es natürlich liegen, nicht nur die Fortpflanzung geistig defekter oder mit vererbbaren Krankheiten behafteter Menschen zu verhindern, sondern der Gesetzgeber muss sich ganz kühl auch mit der Frage beschäftigen, was mit den verlorenen Volksgenos-

sen, die entweder unheilbar krank oder verletzt oder aussichtslos verblödet sind, in einem verantwortungsbewussten Staate geschehen soll, also mit Menschen, die mit größter Wahrscheinlichkeit niemals wieder völlig gesund, manchmal nicht einmal wieder Menschen werden können, sondern Jahre um Jahre, oft Jahrzehnte lang, an der Grenze des Menschentums dahindämmern.
Die Christenheit hält sich nicht allein für berechtigt, Tiere zu töten, sondern unter besonderen Umständen, etwa im Kriege oder nach dem Spruch des Richters, auch Menschen. Aber einem kranken Mitmenschen, der sich selbst und anderen zur Last und zum Ekel ist, dürfen wir sein Leben nicht verkürzen – aus Achtung und Gehorsam gegen Gottes Willen! Ein Gottesglaube, der lediglich die Schöpfer- und Herrschaftsrechte Gottes betont und daneben die Ausübung christlicher Liebe – auch in Grenzfällen, wo immer aufs Neue die persönliche Entscheidung gefordert wird – verbietet, mag sehr folgerichtig und schön sein, aber biblisch und christlich ist er gewiss nicht. „Ehrfurcht vor dem Leben“ an sich und abgöttische Überschätzung des Menschenlebens sind keine christlichen Haltungen.
In der Frage der Euthanasie dürfen wenigstens auf evangelischer Seite ernsthafte dogmatische Bedenken sich dann nicht erheben lassen, wenn die Gedanken christlicher Verantwortung und biblischen Gehorsams und ferner der Begriff christlicher Liebe wirklich radikal gedacht werden.
Darum ist zum Segen unerträglich Leidender, zum Frommen der Angehörigen und Pfleger und zum Heil

des Volksganzen eine teilweise Freigabe der Euthanasie, und zwar einerseits als Sterbehilfe und andererseits als Tötung unheilbarer Kranker und Verletzter zur Erlösung von ihren Qualen, unter genauer Beobachtung aller Sicherheitsmaßregeln auch vom christlichen Standpunkte aus vollauf zu vertreten.«

Eugen Rose, 1934[40]

◈

Erbsünde erbkrankt die Erblinde. Erblinderung des Erbschmerzes, des Welt- und Erbschmerzes im Erblassen erblasen erlesen des Erbsenzählers Zahlen. Zahlenzähler. Erbrechen erbrechnen abrechnen, abzählen. Ab und zu Müllers Kuh im Schafsgewand im Erbsünderhemd der Erbsünderbock die Erbsengemeinschaft.

◈

»Welch ungeheure Verantwortung! Denkt Gerhard wieder. Eine falsche Paarung, ein Mensch mit erbkranker Anlage, und das Geschlecht ist verdorben für immer! Die Seuche aus unserm Volkskörper ausrotten, ja! Wie der Arzt ein krankes Glied aus dem menschlichen Kör-

per schneidet und ausbrennt! Er denkt an Guta und wie gesund sie ist. So sollten die Mütter unseres Volkes sein!«

Florian Seidl, 1941[41]

◇

„Keine weiteren Drohanrufe?"
„Nein."
„Keine weiteren Schäden an Ihrem Auto, keine eingeworfenen Fensterschreiben?"
„Nein."
„Ihr Lebensgefährte - ?"
„Es geht Sie zwar nichts an - er ist wohlauf, wohnt allerdings nicht mehr bei mir."
„Oh, das tut mir -"
„Bitte keine Tränen, Herr Meininger. Können Sie mir sagen, was das für Leute waren?"
„Weshalb wollen Sie das wissen?"
„Ich bitte Sie."
„Wollen Sie sich rächen?"
„-"
„Seien Sie nicht albern, Frau Lichtblau. Freuen Sie sich, dass die Schikanen aufgehört haben, und denken Sie nicht mehr dran."
„Nicht mehr dran denken?"
„Sie müssten sich höchstwahrscheinlich mit *ganz* schweren Jungs auseinandersetzen. Das bringt nur

Ärger. Wie gesagt: Hoffen Sie, dass es vorbei ist, und lassen Sie's gut sein?"
„Und wer hat in der Sammlung Prinzhorn eingebrochen?"
„Wie kommen Sie eigentlich auf die Idee, Frau Lichtblau, dass ich all diese Sachen wissen könnte?"
„Ich dachte mir, ich frage einfach mal..."
„Seien Sie froh, wenn Sie's nicht wissen. Was man nicht weiß, macht einen nicht angreifbar."
„Die Polizei fragt mich das auch ständig."
„Da sehen Sie es. Wenn Sie denen etwas erzählen könnten, hätten Sie wieder Ärger von dritter Seite am Hals. Garantiert. Für Sie ist wichtig zu wissen, dass ich es nicht war, und für mich ist wichtig zu wissen, dass Sie's nicht waren."
„Und was macht uns dabei so sicher?"

◇

»Es wird dereinst mit Erstaunen bemerkt werden, dass in dieser selben Zeit, da der Nationalsozialismus und seine Führung einen heroischen Kampf um Sein oder Nichtsein, auf Leben und Tod ausgefochten haben, der deutschen Kunst die ersten Impulse zu einer Neubelebung und Wiederauferstehung gegeben worden waren, während die Parteien niedergeschlagen, der Länderwiderstand gebrochen und die Souveränität des Reiches als einzig und ausschließlich verankert wurden.

Während Zentrum und Marxismus geschlagen und verfolgt der Vernichtung verfielen, die Gewerkschaften ausgelöscht und die nationalsozialistischen Gedanken und Ideen aus der Welt phantastischer Pläne Zug um Zug ihre Verwirklichung erfuhren, fand sich trotz alledem noch Zeit genug, die Fundamente zu legen für den neuen Tempel der Göttin Kunst. Eine Revolution fegt also über einen Staat hinweg und müht sich zugleich um die ersten Keime einer neuen hohen Kultur. Und wahrlich nicht im negativen Sinne! Denn, was immer wir mit unseren Kulturverbrechern an Rechnungen zu begleichen hatten, wir haben uns wirklich nicht zu lange damit aufgehalten, diese Verderber unserer Kunst zur Verantwortung zu ziehen. Seit jeher stand ein Entschluss fest:
Wir werden uns einmal nicht in endlose Debatten einlassen mit Menschen, die - nach ihren Leistungen zu urteilen - entweder Narren oder Betrüger waren. Ja, wir haben die meisten Handlungen der Führer dieser Kulturherostraten immer nur als Verbrechen empfunden.
Jede persönliche Auseinandersetzung mit ihnen musste sie daher entweder in das Gefängnis oder in das Narrenhaus bringen, je nachdem sie an die Ausgeburten ihrer verderbten Phantasie entweder wirklich als innere Erlebnisse glaubten oder diese Produkte selbst als traurige Verbeugung vor einer genau so traurigen Tendenz zugaben.
Umso mehr aber waren wir entschlossen, im neuen Staat eine positive Förderung und Behandlung der

kulturellen Aufgaben sicherzustellen. Und ebenso fest stand der Entschluss, die dadaistisch-kubistischen und futuristischen Erlebnis- und Sachlichkeitsschwätzer unter keinen Umständen an dieser kulturellen Neugeburt teilnehmen zu lassen. Dies wird die wirkungsvollste Folgerung aus der Erkenntnis der Art des hinter uns liegenden Kulturverfalls sein, und dieser Entschluss muss umso unerschütterlicher werden, als wir nicht nur eine hinter uns liegende Verfallserscheinung zu korrigieren und auszugleichen haben, sondern dem ersten wesensreinen Nationalstaat das kulturelle Gesicht für die kommenden Jahrhunderte geben müssen. Die vielleicht vernichtendste Aburteilung des ganzen dadaistischen Kunstbetriebes der letzten Jahrzehnte ist gerade darin zu finden, dass das Volk sich in seiner überwältigenden Masse davon nicht nur abwandte, sondern am Ende für diese Art jüdisch-bolschewistischer Kulturverhöhnung keinerlei Interesse mehr bekundete.

Die einzigen mehr oder minder gläubigen Bestauner dieser Narreteien waren zum Schluss nur noch die eigenen Fabrikanten. Unter solchen Umständen ist dann der Kreis der an der Kunst Interessierten in einem Volke denkbar klein, nämlich er umfasst die Gott Lob und Dank immerhin noch in der Minderzahl befindlichen Schwachsinnigen, also Entarteten, sowie die an der Zerstörung der Nation interessierten Kräfte. So, wie wir aber von einer solchen in Wahrheit nie als Kunst anzusprechenden, sondern eher als Kulturvernarrung zu bezeichnenden Tätigkeit absehen, wird die Kunst in

ihren tausendfachen Auswirkungen umso mehr der Gesamtheit einer Nation zugute kommen, je mehr sie sich über das Niveau der Interessen des einzelnen hinweg zur Höhe der allgemeinen Würde eines Volkes erhebt.
Indem wir überzeugt sind, das Wesen und den Lebenswillen unseres Volkes politisch richtig zum Ausdruck gebracht zu haben, glauben wir auch an unsere Fähigkeit, die entsprechende kulturelle Ergänzung zu erkennen und damit zu finden. Wir werden die Künstler entdecken und fördern, die dem Staat des deutschen Volkes den kulturellen Stempel der germanischen Rasse als einem zeitlos gültigen aufzuprägen vermögen.
Es ist nicht die Aufgabe der Kunst, im Unrat um des Unrats willen zu wühlen, den Menschen nur im Zustand der Verwesung zu malen, Kretins als Symbol der Mutterwerdung zu zeichnen und krumme Idioten als Repräsentanten der männlichen Kraft hinzustellen.
Wenn sich aber ein solcher sogenannter „Künstler" berufen fühlt, eine Schilderung des menschlichen Lebens unter allen Umständen vom betrachtenden Standpunkt des Minderwertigen und Krankhaften aus vorzunehmen, dann muss er dies in einer Zeit tun, die einem solchen Standpunkt eben das allgemeine Verständnis entgegenbringt. Diese Zeit ist heute vorbei und damit ist sie auch vorbei für diese Sorte von „Auchkunstschaffenden".
Und wenn wir hier in der Ablehnung immer härter und schärfer werden, dann sind wir überzeugt, keinen Fehlgriff zu tun.«

Adolf Hitler, 1935[42]

◇

Karthaus, 23. Juni 1936

Lieber Bruder Florian!

Dem Doktor 40Mann ist nicht mehr zu trauen. Er hat nun ein neues Büro, eine erbbiologische Station, in der er Erblimonade braut. Er legt Erbkarteikarten und Sippentafeln und fragt allerlei über die Eltern und Geschwister und stellt sich, als ob er nicht eh schon alles wüsste. Ich sage ihm nichts, rühre auch seine Malfarben nicht mehr an. Er ist mit dem Hund der Zieglers und der alten Zieglerin im Bunde wegen der Geschichte mit der Milch. Es wäre nicht mehr sicher bei den Eltern. Bring mich also nicht zu den Eltern, sondern schaffe mir Unterschlupf in München.

Ass Si Aureo Mundi (Psychonym)

◇

»Die Aufnahme eines wesentlichen Teils der „Pflegeanstalt“ Deggendorf, welche von den übrigen bayerischen Anstalten die unbrauchbarsten und erregtesten abgelaufenen Fälle bezogen hatte, in unsere auf absolute Ar-

beitstherapie im Sinne Simons eingestellte Heilanstalt, hat Unruhe und Missstände in den Betrieb gebracht. Die Kranken waren keineswegs zur Arbeit erzogen und hatten alle die üblen Manieren von Anstaltsinsassen älterer Anstalten an sich, Reißen, Schmieren und Lärmen. Die Wachstationen wurden überfüllt; die unruhigen Stationen, die bis dahin tagsüber ebenfalls fast völlig geleert und deren Insassen zur Arbeit angeleitet worden sind, waren nun nicht wiederzuerkennen. Wer in die segensreiche Wirkung der Simon'schen Aktivität bezüglich Ruhe und Ordnung einer modernen Anstalt Einblick hat, wird zugeben müssen, dass ein solcher Zuwachs mit einem Schlage ein bis dato mustergültiges Anstaltsbild von Grund auf stören kann. Die Unruhe pflanzt sich auch auf die ruhigen Abteilungen fort, die Arbeitstherapie ist nicht mehr in der gewünschten Art und Weise weiterzuführen. Daraus folgt eine stete Überfüllung der Abteilungen und die Rückkehr zu hier längst überwundenen Zuständen. Das wirkt sich gesundheitlich leider auch auf das Pflegepersonal aus. Die Unfälle in den Wachstationen nehmen zu, der Dienst wird schwerer und gefahrvoller.

Es ist durchaus nationalsozialistisch gedacht, alle Kranken werktätiger Arbeit zuzuführen, um rascher Besserung und Genesung herbeizuführen, die zur Entlassung kommenden Kranken als arbeitsgewohnt und arbeitsfreudig der Familie zurückzugeben und die übrigen uns Verbleibenden zu nützlichen Menschen zu erziehen, indem man ihnen nutzbringende Arbeit unentbehrlich macht und sie fühlen lässt, dass sie auch als langjährige Anstaltsinsassen oder gar als Dauerverwahrte für Staat und Menschheit immer noch nützliche Geschöpfe sind und keine unnützen Esser. Das ist nach unserer Auffassung humaner Geist in Irrenanstalten, aber im Sinne des Dritten Reiches, nicht im alten Sinne, wo Humanität gleichbedeutend war mit Narrenfreiheit und unnützem Dahinvegetierenlassen. Aus diesem Grunde möchte ich warnend meine Stimme erheben, nicht aus kleinlichen oder missdeuteten Sparprinzipien durch Dezimierung des Pflegepersonals die so segensreiche Simon'sche Arbeitstherapie unmöglich zu machen und damit wieder das alte Tollhaus neu erstehen zu lassen, wie wir es vor 100 und noch vor 50 Jahren zu sehen gewohnt waren.«

Karl Eisen, Dezember 1936[43]

◇

Wer von euch aber ohne Erbschuld und Schiedsspruch Erbsensuppe einbrockt, der breche den ersten Stein.

◇

„Ein Mitarbeiter der Sammlung Prinzhorn, ein Wachmann, ein Skatkumpel Ihres Lebensgefährten –“
„– meines ehemaligen Lebensgefährten –“
„Oh, Ihre Beziehung ist tatsächlich zu Ende?“
„Wer noch?“
„Ein Leser der zahlreichen Seidl-Artikel in diversen Hochglanzmagazinen... – Die Liste der Möglichkeiten ist lang.“
„Und wer käme von *Ihrer* Seite her in Frage, Herr Meininger?“
„Sie werden's nicht herausfinden, ich werde es nicht herausfinden, und ob's die Polizei jemals herausfinden wird, wage ich ebenfalls zu bezweifeln. Und es ist auch nicht von Belang. Wir sollten uns auf die Fakten konzentrieren.“
„Welche?“
„Sie haben einen neuen, unbekannten Seidl zu verkaufen, dessen Echtheit nicht gesichert ist, und jemand anderer hat einen alten, bekannten Seidl zu verkaufen, dessen Echtheit nicht in Frage steht.“
„Und Sie haben die Wahl, Herr Meininger.“
„Der Preisunterschied ist wahrscheinlich beträchtlich.“
„Sie wissen immer noch nicht, wie viel das gute Stück kosten soll?“
„Der Verkäufer hat sich noch nicht wieder bei mir gemeldet.“

◇

»Nun also hat er zerstört.
Er steht bei Fritz in dessen Arbeitszimmer, beim Zimmer mit den vielen Büchern an den Wänden, und Vera ist mit oben. Er steht am Fenster und blickt hinaus. Die Sonne hängt schräg über dem Wald. Noch ist der Nachmittag des Sonntags. Auf dem Feldweg kommen die Menschen vom Wald her, Ausflügler, gesättigt mit Sonne und Luft, kehren sie in die Stadt zurück, um mit dem kommenden Tag ihre Arbeit für eine Woche wieder aufzunehmen. So stand er schon einmal. Damals, als Guta mit Gregor über das Feld auf das Haus zukam. Er sagt: „Ich habe mit Guta nicht gesprochen."
„Aber du liebst sie doch, Mensch!" ruft Fritz.
Er nickt. Das heißt: Ja, ich liebe sie.
Fritz ruft: „Willst du uns einmal reinen Wein einschenken, Gerhard? Guta liebt dich. Du liebst sie wieder. Du verschwindest. Endlich bringe ich dich mit ihr wieder zusammen, und du sprichst nichts! Was ist los? Vielleicht bist du doch da unten im Morgenlande mit einer Türkin verheiratet, auch wenn du es mir am ersten Abend nicht zugestanden hast!"
Gerhard antwortet und blickt hinaus auf das Feld und den Wald: „Hier fragte ich dich doch einmal über das Gesetz zur Verhütung des erbkranken Nachwuchses aus. Du lächeltest über mich und bist fast unwillig geworden. Ich fragte, weil ich wegen meines Vaters beunruhigt war. Aber nein, es war nicht mein Vater; meine Mutter starb im Irrenhaus." Er sieht auf die Sonne, das Feld und den Wald. Er braucht nicht umzublicken, er weiß, nun sitzen Vera und Fritz bestürzt. Ja, sie schwei-

gen. Vera hat den Kopf tief gesenkt, und Fritz nimmt die Brille ab, vergisst, sie anzuhauchen, und setzt sie so wieder auf.
Gerhard spricht: „Ich erfuhr es, als ich meine Schwester besuchte. Es war an dem Tag, nachdem Guta und ich euch durchgebrannt sind.“ Er sagt: „Ich war an jenem Abende sehr glücklich“, und bricht ab.
Doch nun hat sich Fritz gefasst. Er ruft: „Quäl dich nicht zu sehr. Gesetzlich steht einer Ehe mit Guta nichts im Wege. Das Gesetz verzichtet zunächst noch ausdrücklich darauf, auch den Erbträger, das bist in diesem Fall du, in seinen Geltungsbereich einzubeziehen!“
„Zunächst!“
„Willst du strenger sein als das Gesetz?“«

Florian Seidl, 1941[44]

◇

»Wir befinden uns in einer Schau, die aus ganz Deutschland nur einen Bruchteil dessen umfasst, was von einer großen Zahl von Museen für Spargroschen des deutschen Volkes gekauft und als Kunst ausgestellt worden war. Sie sehen um uns herum diese Ausgeburten des Wahnsinns, der Frechheit, des Nichtkönnertums und der Entartung. Uns allen verursacht das, was diese Schau bietet, Erschütterung und Ekel. Viele Leiter großer Museen hatten nicht eine Spur von dem

Verantwortungsgefühl gegenüber Volk und Land, das erste Voraussetzung für die Gestaltung einer Kunstschau sein muß. Ihren Drang, nur Krankhaftes und Entartetes zu zeigen, habe ich in dieser Schau an einem Beispiel verdeutlicht. Werke desselben Künstlers, den sie ablehnten, solange er gesund war und aus der Tiefe der Landschaft schuf, der er entstammte, fanden plötzlich ein Interesse, als dieser Künstler nach seinem zweiten Schlaganfall nur noch krankhafte und unverständliche Schmierereien hervorbrachte. Und so habe ich auch von einer Reihe anderer Künstler Werke in diese Schau gehängt, die sie in ihrem Alter, in einer Zeit geistigen Verfalls oder von Geisteskrankheit befallen geschaffen haben, und die noch bis vor ganz kurzer Zeit in unseren Museen ausgestellt wurden, während man die gesunden Werke dieser Künstler vergeblich suchte. Niedrigstes und Gemeinstes waren hohe Begriffe. Die ausgesuchteste Häßlichkeit wurde zum Schönheitsideal. Wir wissen, dass nicht die Verführten, sondern die Verführer zur Rechenschaft gezogen werden müssen. Die Bilanz ist daher nicht mit der Machtübernahme, sondern erst nach vier Jahren vollzogen worden. Wir hatten vier Jahre Zeit. Die Geduld ist nunmehr für alle diejenigen zu Ende, die sich innerhalb der vier Jahre in die nationalsozialistische Aufbauarbeit auf dem Gebiet der bildenden Kunst nicht eingereiht haben; das deutsche Volk mag sie richten, wir brauchen dieses Urteil nicht zu scheuen. Es wird, wie in allen Dingen unseres Lebens, so auch hier sehen, dass es rückhaltlos dem Manne vertrauen kann, der heute sein Führer ist und weiß, welchen Weg die deutsche Kunst zu gehen hat, wenn sie ihre große Aufgabe, Künderin deutscher Art und deutschen Wesens zu sein, erfüllen will. Ich gebe damit die Ausstellung ›Entartete Kunst‹ für die Öffentlichkeit frei. Deutsches Volk, komm und urteile selbst!«

Adolf Ziegler, 19. Juli 1937[45]

◇

»Warum sollte die Kunst von Kindern und Geisteskranken zusammen mit Arbeiten reifer und normaler Künstler ausgestellt werden? Tatsächlich könnte nichts angemessener sein als Vergleichsmaterial in einer Ausstellung phantastischer Kunst, da viele Kinder und Psychopathen, zumindest zeitweilig, in einer eigenen Welt leben, die für den Rest von uns unerreichbar bleibt außer in der Kunst oder in Träumen, in denen die Imagination ein uneingeschränktes Leben führt. Surrealistische Künstler versuchen eine vergleichbare Freiheit der kreativen Imagination zu erreichen, aber sie unterscheiden sich in einem fundamentalen Punkt von Kindern und Geisteskranken: Sie sind sich des Unterschieds zwischen der Welt der Phantasie und der Welt der Realität sehr wohl bewusst, wohingegen Kinder und Geisteskranke diese Unterscheidung oft genug nicht machen können.«

Alfred H. Barr, 1937[46]

◇

K-s, d. 2. Nov. 37

Lb. Florian!

Der Hr. Direkt. Eisen ist gestern in den Ruhestand gegangen und war doch noch gar nicht so alt. Wieder bewegende Rede.

Soviel für heute, hochachtungsvoll!
Alfred Seidl (Bruder)

◇

»Göring will Werke der entarteten Kunst in das Ausland verkaufen. Für viel Devisen. Ich bin sehr damit einverstanden.«

Joseph Goebbels, 18. Mai 1938[47]

◇

„Die Situation ist ein bisschen skurril, Dieter: Da haben wir einen gehypten Maler, dessen Bilder sicherlich viel wert sind. Die einzig bekannten allerdings sind verschwunden, und weil sie *vor* ihrem Verschwinden noch nicht so viel wert waren, eigentlich erst *durch* ihr Verschwinden richtig wertvoll geworden sind, deswegen wurden sie vor ihrem Verschwinden zwar fotografiert, aber nicht wirklich dokumentiert. Man weiß nichts über Farbzusammensetzungen, Pinselführung, Farbauftrag."
„Genau. Und wenn nun ein neuer Seidl auftaucht, woran erkennt man dann, ob er echt ist oder nicht?"
„Schwierig. Nicht einmal signiert hat der Gute seine Werke. Künstlerisch hochwertig sind sie nicht wirklich. Weder waren sie seinerzeit irgendwie neu oder gar originell, noch sind sie es heute. Und von der Technik her: Zumindest die Aquarelle bringen die zehnjährigen Nichten dieser Welt auch zustande."
„Und was macht dann diese Bilder so wertvoll, Frank? Womit haben Lichtblau und Meininger Seidl so hip gemacht?"
„Mit seiner Biographie. Mit der Biographie und der Geschichte der Bilder; bis hin zum Raub."
„Mit dem Diebstahl haben die beiden aber wahrscheinlich nichts zu tun."
„Dann macht da eben noch jemand mit beim Kreieren eines Marktes. Ist das eigentlich ein Krimi, den du da schreibst, Dieter?"
„Aber wie schafft man nun für solche Bilder, die nicht vorhanden sind und deren Echtheit nicht ve-

rifizierbar wäre, wenn sie vorhanden wären - wie schafft man für solche Bilder einen Markt*wert*?"
„Die Echtheit ist nicht das Problem; es gibt Schätzungen, nach denen über die Hälfte der weltweit in Museen hängenden Bilder Fälschungen sind. Wertvoll sind sie trotzdem, einfach dadurch, dass irgendjemand irgendwann einmal einen hohen Geldbetrag dafür bezahlt hat. Allerdings sollte man schon verhindern, dass in unbegrenztem Umfang Fälschungen nachgeschoben werden. Auf der anderen Seite: Ein paar Vergleichswerke müssten schon noch her, anhand derer ein Experte für Seidl-Bilder -"
„ - oder eine Expertin -"
„Nun, wir haben ja bereits jemanden, der Fälschungen von Originalen unterscheiden kann. Deine Frau Lichtblau."
„Das ist schon mal viel wert."
„Und je mehr Vergleichsstücke unterwegs sind, desto leichter lassen sich falsche von echten unterscheiden. Aber wie gesagt: Die Trefferquote ist nicht sonderlich berauschend. Immer wieder fallen hochkarätige Experten auf falsche Rembrandts oder Dalís oder Van Goghs herein. Von Picasso gibt es über 100.000 Gemälde, Zeichnungen, Lithos, Radierungen, Stiche, Skulpturen, Keramiken - schwer vorstellbar, dass alles von ihm persönlich ist, trotzdem muss man ordentlich was hinlegen, wenn man etwas davon haben will."
„Jetzt braucht's bloß noch einen Weg festzustellen, wie viel Geld so ein Seidl kostet oder kosten kann.

Immerhin muss auch meine Frau Lichtblau irgendwann mal wissen, was sie für ihren verlangen kann - gefälscht oder nicht."
„Und dein Herr Meininger muss wissen, was ein reeller Preis für den wäre, der ihm aus dem Prinzhorn-Raub angeboten wird."

◇

Die Reichsregierung hat das folgende Gesetz beschlossen, das hiermit verkündet wird:

§ 1
Die Erzeugnisse entarteter Kunst, die vor dem Inkrafttreten dieses Gesetzes in Museen oder der Öffentlichkeit zugänglichen Sammlungen sichergestellt und von einer vom Führer und Reichskanzler bestimmten Stelle als Erzeugnisse entarteter Kunst festgestellt sind, können ohne Entschädigung zu Gunsten des Reichs eingezogen werden, soweit sie bei der Sicherstellung im Eigentum von Reichsangehörigen oder inländischen juristischen Personen standen.

§ 2
(1) Die Einziehung ordnet der Führer und Reichskanzler an. Er trifft die Verfügung über die in das Eigentum des Reichs übergehenden Gegenstände. Er kann die im Satz 1 und 2 bestimmten Befugnisse auf andere Stellen übertragen.

(2) In besonderen Fällen können Maßnahmen zum Ausgleich von Härten getroffen werden.

§ 3

Der Reichsminister für Volksaufklärung und Propaganda erläßt im Einvernehmen mit den beteiligten Reichsministern die zur Durchführung dieses Gesetzes erforderlichen Rechts- und Verwaltungsvorschriften.

Die eingezogenen Werke werden zerfallen,

a. in solche, (vorwiegend Ausländer), welche international verwertbar sind, d.h. durch Tausch gegen hochwertige deutsche Kunst oder gegen Devisen abgestoßen werden können,

b. in solche, welche für Lehrausstellungen entarteter Kunst aufzubewahren sein werden,

c. in absolut wertlose, welche zu vernichten sein werden.«

Berlin, den 31. Mai 1938
Der Führer und Reichskanzler
Adolf Hitler
Der Reichsminister
für Volksaufklärung und Propaganda
Dr. Goebbels [48]

◇

Karthaus, den Mai 1938

Lieber Florian!

Auch der Verwaltungsleiter Lederer hat vorzeitig den Dienst quittiert, allerdings ohne Rede. Ich flechte Stroh zu Matten, das Gold kommt später.

Gruß (deutsch und deutlich)
Alfred

Auf Raten, Alfred. Ein Pfleger geht, kein Pfleger kommt nach. Noch ein Pfleger geht, noch kein Pfleger kommt nach, seit Monaten schon, seit Jahren. Ein Dompteur geht, kein Dompteur kommt nach, Hast du's bemerkt? Die Ratten, Alfred, die Ratten sind schlau. Das Schiff in Wetter und Sturm, es wiegt und wogt und sinkt. Und Ihr Irren, Ihr merkt es nicht und wiegt und wogt und singt. Nur die Ratten, die Ratten sind schlau. Die Irren bleiben und sind irr. Die Menschen bleiben, die sinnlos Geschöpften. Und Gott? In Streifen geschnitten und verspeist. Von den irren Menschen. Dies ist mein Leib. Nehmt, esst. Die Ohrensuppe zuerst.
Am dritten Tage im dritten Jahre im dritten Reiche auferstanden von den Toten.
Esst, verdaut, scheißt. Wenn auch weniger.

◇

»Bilder aus der entarteten Kunst werden nun auf dem internationalen Kunstmarkt angeboten. Wir hoffen, dabei noch Geld mit dem Mist zu verdienen.«

Joseph Goebbels, 29. Juli 1938[49]

◇

»„Wie würdest du an meiner Stelle handeln, Fritz?“
„Ich? Das ist etwas anderes!“ antwortet Fritz kläglich genug und meint: Es ist ein anderes, ob man dem besten Freund einen Ausweg aufzeigt oder ob man ihn selbst beschreiten würde.
Gerhard lächelt bitter. „Es ist nichts anderes, und du gibst mir also recht.“
Darauf weiß Fritz nichts zu erwidern. Ja, er gibt ihm recht und würde genauso handeln müssen.
Gerhard sagt: „Ich kam zurück und wollte mich einfügen, mit dazu gehören, und nun dies!“ Er verstummt.
Doch nun spricht Vera. Sie sagt: „Und du sagtest Guta nichts von alledem?“
„Nein.“
„Auch nicht, dass du sie liebst und selbst leidest? Nicht eine Andeutung wenigstens?“
„Keine.“

„Aber siehst du denn nicht, dass du sie damit erniedrigst, ihren Stolz gedemütigt hast? Denn sie liebt dich, Gerhard, denk auch an sie! Sie liebt und ist weggeworfen! Wenn sie nun den nächsten besten nimmt, diesen Karl Zeller vielleicht, was dann?“
Sie ist aufgestanden. Sie tritt zu ihm ans Fenster. Die Sonne steht nun blutrot im Westen. Er blickt nicht auf Vera, er sieht hinaus auf das Feld, das rötlich überhaucht ist, und auf den Himmel, an dem die Glut widerscheint. Er sagt: „Dann? Dann ist es so gut geworden, wie es im Leben werden kann. Vielleicht ist der Mann wertvoll. Sicher ist er gut zu ihr. Vielleicht liebt sie ihn. Gerade dass ich schwieg, wird ihre Liebe zu mir töten. Heute noch nicht und nicht morgen. Sie wird absterben ohne Nahrung. Wie aber, Vera, wenn ich gesprochen hätte?“ Er sagt leise, was er im Wald gedacht: „Es wäre leichter für mich gewesen, viel leichter. Und für sie wäre es leichter gewesen und auch schön. Für jetzt. So aber wird sie eines Tages Kinder haben. Kinder“, wiederholt er, „wird weiterleben in ihnen, sich selbst weitergeben und nicht mehr an die Kränkung denken, die ihr heute zugefügt wurde.“
Fritz am Tisch nickt. Doch Vera kämpft noch. „Und die Liebe?“ ruft sie. „Gilt sie nichts bei euch? Denkst du so klein von Guta, Gerhard? Dann will ich zu ihr gehen! Ich lass dein Opfer nicht gelten! Ich liebe meine Kinder und möchte ohne sie nicht sein, ich weiß, was sie für eine Frau bedeuten. Trotzdem will ich zu Guta gehen, heute noch, und will ihr sagen: Er liebt dich und hat verzichtet! Und, nein, das brauche ich nicht mehr zu sagen, das wird sie mir abnehmen, wird kommen und rufen:

Kinder, die Erfüllung der Frau! Ich opfere sie und bleibe bei dir, und du sollst nie spüren, dass ich ein Opfer gebracht, ich will zufrieden sein als dein Kamerad und die Frau, die du liebst!"
Gerhard wendet sich ihr zu. „Dies eben, Vera, habe ich erwartet und – gefürchtet. Deshalb schwieg ich, muss ich auf mich nehmen, dass sie an mich denkt wie an einen Unwerten. Damit sie nicht um der Liebe und um eines schönen Opfers willen das, was sie ihrem Volk geben könnte, diesem entzieht." Und wieder nickt Fritz. Deshalb ja konnte er den Ausweg einer kinderlosen Ehe nicht besser vertreten. Auch wenn das Gesetz selbst ihn gestattet.
Doch Vera ruft: „Volk! Immer das Volk! Ihr Männer! Man möchte sich fast dagegen empören, wenn man euch so sprechen hört!"
„Ach, Vera", antwortet Gerhard, „ich habe mich empört, habe mich aufgebäumt, das dürft ihr mir glauben. Es nützt nichts. Ja, Volk, immer das Volk! Ich kam nach Hause, um das Neue zu finden, das euch ergriffen hat, doch ich trug es schon in mir." Er lächelt leise. Er sagt: „Es ist ja nicht möglich, dass etwas in euch wurde, das nicht zu gleicher Zeit auch bei allen andern Deutschen draußen erwuchs. So sehr sind wir eins. Und du, Vera, wenn ich dich fragte, wie vorher deinen Mann, wie du an meiner Stelle entscheiden würdest – du meinst es gut mit mir, und deshalb redest du mir zu –, aber auch du würdest handeln, wie ich handeln musste. Es hilft nichts: Immer das Volk! Die nach uns kommen, sind wichtiger, die Kinder sind mehr, das Volk ist mehr!" Und weil nun auch Vera schweigt, sagt er:

„So wie der Soldat hinaus zieht, er ist jung, sein Leben kaum angebrochen, er glaubt noch an ein Glück, er liebt auch wie ich, lässt das Mädchen zurück, von dem er sich das Höchste erhofft, vielleicht bäumt er sich im Innersten auch auf, und doch zieht er hinaus und tut seine Pflicht, und so wie er hinauszieht und alles lässt, das junge Leben sogar, so sind wir alle unseres Volkes, gehören einem andern, und das ist wichtiger, und wen es trifft, der muss eben – verzichten.“ Seine Stimme ist während des Sprechens immer leiser geworden. „Lebt wohl“, sagt er jetzt und wendet sich zur Tür. Die Dämmerung ist über der Aussprache aus den Ecken gekrochen, an der Tür ist es fast dunkel, und man kann Gerhards Gesicht kaum mehr erkennen.«

Florian Seidl, 1941[50]

◇

Karthaus, den 1. Oktober 1938

Lieber Florian!

Wir haben einen neuen Direktor. Rückgerättete sind wir und somit gerettet. Hallelujaja.

Es jubiliert
Alfred

◇

»Die politische Einstellung und Mitarbeit der Anstalt zeigte sich, wohl als Folge des langen Interregnums, nicht in dem Maße, wie es für eine öffentliche Anstalt gefordert werden muss. Bei meiner Amtsübernahme verhielt sich noch etwa ¼ der Beamten und Angestellten ablehnend gegenüber der NS-Volkswohlfahrt. Eine Betriebsgemeinschaft bestand zwar, doch konnte sich der rührige Betriebsobmann nur schwer gegenüber alten gewerkschaftlichen Anschauungen durchsetzen. Hier wurde durchgegriffen.«

Paul Reiß, Dezember 1938[51]

◇

»Die Finanzlage des Reiches ist katastrophal. Wir müssen nach neuen Wegen suchen. So geht es nicht mehr. Sonst stehen wir vor der Inflation. Ich ordne das Problem der entarteten Kunst neu. Die verkaufbaren Bilder werden an das Ausland verkauft, die anderen in Schreckensausstellungen zusammengefasst oder vernichtet. Damit ist das auch ausgestanden.«

Joseph Goebbels, 13. Dezember 1938[52]

◇

»Luzern, den 21. Dezember 1938

Herrn Karl Haberstock
Bellevuestrasse 15
Berlin

Sehr geehrter Herr Haberstock,
ich bestätige unser heutiges Telephongespräch und ich erkläre Ihnen des Bestimmtesten, dass mehrere massgebende Herren vom Schweizer Clearing, die ich gesprochen habe, gar nicht gut zu sprechen sind auf die ›Fides‹ und ihren Machenschaften misstrauisch gegenüberstehen. Es ist übrigens allgemein bekannt, dass die ›Fides‹ von einem deutschen Juden Dr. Eisner (ich glaube einem Frankfurter Juden) geleitet wird und vor allem in Kunstgeschäften dieser Jude ausschlaggebend ist. Es ist wahrscheinlich, dass die ›Fides‹ auch mir gegenüber keine Sympathien haben wird, denn ich habe schon mehrfach geäussert, dass ich nicht einsehe, dass gerade ein Jude bei der ›Fides‹ in leitender Stellung sei. Nach meiner Ansicht haben wir genügend tüchtige Schweizer Kräfte, welche diese Stellung versehen können.
Ich werde Ihnen dieser Tage zwei Exemplare der Auktion Stinnes, Ihrem Wunsche gemäss zustellen und zeichne inzwischen mit den besten Grüssen
Theodor Fischer« [53]

◇

„Ist das nicht ein bisschen kurzfristig anberaumt, Frau Lichtblau?“

„Sehr kurzfristig. Und das Auktionshaus liegt mehrere Nummern unterhalb der Größe, die man für ein derartig sensationelles Bild vermuten sollte. Das ist merkwürdig, aber so etwas kommt vor.“

„Warum?“

„Vielleicht will der Verkäufer gar nicht den höchstmöglichen Preis erzielen, sondern den Markt ausloten. Vielleicht hat er ja noch mehr auf Lager.“

„Und der Verkäufer ist bekannt?“

„Irgendjemandem im Auktionshaus sicherlich. Aber man weiß dort Vertraulichkeiten für sich zu behalten. Diskretion gehört zum Handwerk.“

„Ein unbekannter Seidl also.“

„Ja.“

„Nicht zufällig der, der bei Ihnen im Wohnzimmer hängt?“

„Aber Herr Meininger.“

„Und wie kann man sicher sein, wenn es keine Vergleichs-Seidls gibt, dass das Bild echt ist?“

„Man hat es prüfen lassen.“

„Von wem?“

◇

»Das Reichsministerium für Volksaufklärung und Propaganda und das Versteigerungshaus, die Galerie Fischer, Luzern, Haldenstraße 17/19, schließen folgenden Vertrag:

§1
Das Reichsministerium für Volksaufklärung und Propaganda übergibt dem Versteigerungshaus Fischer in Luzern die in dem beigefügten Verzeichnis aufgeführten 122 Werke zur Veräußerung in einer Auktion in Luzern.

§2
Der Verkauf der Werke in der Auktion darf nur gegen sofortige Barzahlung erfolgen.

§3
Das Versteigerungshaus Fischer ist berechtigt, auf den Zuschlagpreis ein Aufgeld in der handelsüblichen Abstufung bis zur Höchstgrenze von 15% zu seinen Gunsten zu erheben. Es ist ferner berechtigt, vom Zuschlagspreis eine Verkaufsprovision von 12,5% bzw. 7% zu ihren Gunsten in Abzug zu bringen, wie dies in der Liste für die einzelnen Werke vermerkt ist. Der Abzug von nur 7% bezieht sich auf die Werke mit einem Limit von £ 1000.

§4
Der Erlös für die in der Auktion zum Verkauf gelangten Werke ist nach den in §3 bezeichneten Abzügen in englischen Pfunden auf ein vom Ministerium hierfür bestimmtes Konto in London nach Schluss der Auktion

zu überweisen. Für die Umrechnung ist der letzte Londoner Kurs bei Abschluss der Auktion maßgebend.

§8

Das Versteigerungshaus Fischer verpflichtet sich, für den Erfolg der Auktion in dem für große internationale Auktionen üblichen Umfang zu werben.
Hierzu wird besonders vereinbart:

- *dass das Auktionsgut in Zürich und Luzern unter Ausschluss staatl. oder städt. Kunstinstitute ausgestellt wird,*
- *dass die Auktion in den wichtigsten Kunstzeitschriften mindestens 3 Monate vorher bekannt gegeben wird,*
- *dass der Katalog in Bezug auf die Aufmachung sich im Rahmen des Kataloges des Versteigerungshauses Fischer zur Auktion vom 18-21. Mai 1938 hält und die wichtigsten Werke der Auktionsmasse (mindestens 50 Bilder) im Auktionskatalog abgebildet werden. Auch verpflichtet sich das Auktionshaus Fischer, den Text der Veröffentlichung und den Titel des Kataloges vor Drucklegung dem Ministerium zur Genehmigung vorzulegen. Über die Zahl der zu verschickenden Katalog, sowie die Zahl der Ausmaße der Inserate und Kunstzeitschriften ist zwischen den Vertragspartnern eine Vereinbarung zu treffen.*

§12

Das Versteigerungshaus Fischer ist verpflichtet, innerhalb einer Frist von acht Tagen nach Abschluss der Auk-

tion dem Auftraggeber mitzuteilen, welche Bilder verkauft und welche zurückgegangen sind und ihm eine genaue Abschrift des amtlichen Versteigerungsprotokolls zu übermitteln.

§15
Die Ausstellung des Versteigerungsgutes findet spätestens zwischen dem 15. Mai und 15 Juni 1939 in Zürich statt. Anschließend sollen die Bilder noch ca. 14 Tage in Luzern ausgestellt werden. Die Versteigerung findet dann spätestens in der zweiten Hälfte des Juni statt.

Berlin, den 7.3.1939
Der Reichminister
für Volksaufklärung und Propaganda
Joseph Goebbels[54]

◇

Sie wollen dich loswerden Alfred, endgültig. Sie erachten dich als hoffnungslos. Sie wollen die Wahrheit nicht mehr verwahren. Sie stempeln dich als geheilt ab und setzen dich vor die Türe. Hinaus mit ihm zu den Menschenfressern. „Seht, wie gut er sich beträgt, wie brav er in der Arbeitstherapie mittut." Tu ihnen nicht den Gefallen; sie lohnen es dir schlecht.

◇

„Ich darf Ihnen, meine verehrten Damen und Herren, zu Beginn unserer heutigen Versteigerung vorab nochmals die Auktions-Bedingungen darlegen: Die Verkäufe geschehen gegen sofortige Bezahlung in Schweizerwährung. Die Ersteigerer haben auf den Zuschlagspreis ein Aufgeld von 15% zu entrichten. Das Eigentum geht erst mit der Zahlung des Kaufpreises, die Gefahr bereits mit dem Zuschlag an den Käufer über. Der Auktionator behält sich das Recht vor, Nummern zu vereinen, zu trennen oder wegzulassen. Die Gegenstände werden in dem Zustande verkauft, in welchem sie sich im Augenblicke des Zuschlages befinden. Da den Käufern während der Ausstellung Gelegenheit geboten wird, sich über Art und Erhaltung der Objekte Rechenschaft zu geben, können, nach erfolgtem Zuschlage, keinerlei Reklamationen berücksichtigt werden. Die im Katalog enthaltenen Angaben und Beschreibungen sind mit bestem Wissen und Gewissen gegeben, können aber nicht gewährleistet werden. Jeder Käufer ist persönlich haftbar für die durch ihn vollzogenen Käufe, und er kann nicht geltend machen, dass er für Rechnung Dritter gekauft habe. Die Käufer, die dem Auktionator nicht persönlich bekannt sind, können angehalten werden, sich durch Bankausweis zu legitimieren. Für die Aufbewahrung ersteigerter Objekte wird keine Gewähr geleistet. Verpackung und Versand sind Sache der Ersteigerer. Wenn Sie keine weiteren Fragen haben, so können wir beginnen."

◇

„Was meinen Sie, wer alles bei dieser Auktion im Juni 39 im Luzerner Auktionshaus Fischer anwesend war."
„Sie werden's mir sicherlich gleich verraten, Frau Lichtblau."
„Exilierte Juden, die ihre gestohlenen Gemälde zurück haben wollten; Freunde und Förderer der Künstler, die deren Werk vor der sicheren Zerstörung retten wollten; Museen, die einerseits die Kunst retten und andererseits preisgünstig ihr Haus aufwerten wollten; Schnäppchenjäger; massenweise Journalisten; Schweizer Polizei und natürlich Spitzel aus dem Deutschen Reich. Und alle in dem sicheren Bewusstsein, dass jeder einzelne investierte Franken einen Krieg mitfinanzieren würde, dessen Ausmaß nicht abzusehen war."
„Das ist interessant, Frau Lichtblau, allerdings würde mich momentan viel mehr interessieren, wer auf der Auktion *heute* alles anwesend ist."
„Seidl-Liebhaber, Seidl-Spekulanten, Vertreter von Museen, Schnäppchenjäger, Journalisten, die Polizei –"

„ – der Verkäufer des Prinzhorn-Seidls.“
„Mit Sicherheit. Im Grunde kein allzu verschiedenes Publikum von der Auktion in Luzern. Bloß dass die Leute heutzutage nicht mehr persönlich anwesend sein müssen, sondern ihre Stellvertreter vor Ort per Handy instruieren. Und natürlich alle gut getarnt unter den Interessenten der restlichen Auktionsgüter.“
„Recht finstere Gestalten zuweilen. Ihr ehemaliger Lebensgefährte würde womöglich das eine oder andere Gesicht wieder erkennen.“
„Apropos, Herr Meininger, ich hab Sie noch gar nicht gefragt, ob Sie auch Kinder haben.“

◇

Hoffnungslos Gottlos Gotteslos,
Gottverlosung Vergottlosung Verlosgottung Verlosungsgott
Gottverwahrlosung Vergottwahrlosung Verwahrgottlosung Verwahrlosungsgott
Wie, Alfred, wenn ich nun von dir ginge?

◇

„Ich rufe auf Los Nummer 17, das Ölgemälde ‘Der Rabbiner’ von Marc Chagall. Hinter einem gelben

Tisch sitzt frontal über einem aufgeschlagenen Buch der schwarz gekleidete Rabbi, sein Haupt mit schwarzem Käppchen bedeckt. Er blickt den Betrachter sinnend an; sein aufgestützter, rechter Arm ist zum grünen Bart erhoben. Die gelbe Rückwand zeigt in der linken obern Ecke Perlenschnüre, rechts ein weißbordiertes Banner mit gelbem Davidstern und hebräischen Schriftzeichen. Öl auf Leinwand, 116 auf 89 Zentimeter. Das Bild entstand in den Jahren 1923 bis 26 und hing zuletzt in der Städtischen Kunsthalle Mannheim. Das Mindestgebot beträgt eintausend Franken; ich bitte um Ihre Gebote."

◇

„Sie hatten gesagt, dass Sie sich eine kompetentere Seidl-Kennerin als mich nicht vorstellen könnten. Das sahen andere Leute ähnlich. Deshalb."
„Das Bild könnte der Seidl aus Ihrem Wohnzimmer sein."
„Nein, ich habe ihn nur für echt befunden."
„Und wenn sie ihn für falsch befunden hätten?"
„Dann stünde er jetzt hier nicht zum Verkauf, und wir hätten keine Gelegenheit, den bereits kreierten Markt mit konkreten Preisen zu bestücken."
„Wir?"
„Sie."

◇

„Zum Ersten, zum Zweiten und – keine weiteren Gebote? – Und zum Dritten. ‘Der Rabbiner’ geht für 1600 Franken an das Kunstmuseum Basel. Wir fahren fort mit Los Nummer 18: ‘Stillleben mit Fruchtschale’ von Lovis Corinth. Das Gemälde ist im Katalog auf Seite 11 abgebildet. Aufsicht auf lichte Decke mit flacher Metallschale, blau-weißer Porzellanschale und dunkler Glasschale voll starkfarbiger Äpfel. Signiert: ‘Lovis Corinth 1923’. Öl auf Leinwand, 70 auf 90 Zentimeter. Das Gemälde hing zuletzt in der Staatsgalerie in München. Lovis Corinth, ‘Stillleben mit Fruchtschale’; das minimale Anfangsgebot liegt bei 5100 Franken. Ich erwarte Ihre Gebote.“

◇

„Was hat sich übrigens mit dem Seidl aus der Prinzhorn-Sammlung getan, der Ihnen zum Kauf angeboten wird?“
„Ich habe mich mit dem Verkäufer darauf verständigt, dass wir erst nach dieser Auktion weiter verhandeln; dann können wir den Preis besser festlegen.“
„Sie wollen ihn also haben?“
„Welchen?“

◇

„Und zum Dritten - das ‘Stillleben mit Fruchtschale’ für 7500 Franken an Herrn Kofler-Truniger.“

◇

Du sollst nicht das Karthaus deines Nächsten begehren, nicht seine Strohmatte, seine Sklavenschaft oder Sklavinnenschaft, nicht Müllers Esel noch Müllers Kuh, nichts, was deinem Nächsten gehört. Sein letztes Hemd nicht, nicht sein letztes Gebot.

◇

„Was meinen Sie, Frau Lichtblau - könnte der Verkäufer des Prinzhorn-Seidls derselbe sein, der diesen Seidl hier anbietet?“
„Möglich, aber wieso wollen Sie das wissen? Wie war das: Was man nicht weiß...“
„ - macht einen nicht angreifbar; Sie haben recht.“

◇

„Ich rufe auf das Los Nummer 45: Vincent van Gogh, 'Selbstporträt'. Es handelt sich um das Selbstporträt aus dem Jahr 1888. Vor hellgrünem Hintergrund steht das Brustbild des Künstlers in braunem, blaubordiertem Rock mit hellem Hemdeinsatz und buntem Knopf. Der kantige Schädel mit seinem gelblichen Inkarnat in altmeisterlicher Zeichnung trifft den Ausdruck des religiösen Fanatikers und Sehers. Insofern ein charakteristisches Beispiel im Physiognomischen für das letzte beschattete Lebensjahr des Meisters. Signiert rechts unten: 'Vincent', Widmung am obern Bildrand: 'A mon ami Paul Gauguin'. Öl auf Leinwand, 62 auf 52 Zentimeter. Abbildung im Katalog auf Seite 29. Das Gemälde hing zuletzt in der Münchener Staatsgalerie. Vincent van Gogh, 'Selbstbildnis', Mindestgebot 145.000 Franken. Wer bietet?"

⟐

Vincent, mein Vincent – warum hast du mich verlassen?

⟐

„Und - van Goghs ‘Selbstporträt’ - zum Dritten. Das Gemälde geht für 175.000 Franken an Herrn Dr. Frankfurter für einen Bieter aus den USA.“

◇

„Ist diese Doppelrolle, die Sie spielen, eigentlich spielregelkonform?“
„Welche Doppelrolle?“
„Nun, einerseits haben Sie den Wert des Bilds geschätzt, andererseits sitzen Sie hier unter den Bietern und beraten mich.“
„Ich habe den Wert nicht geschätzt, ich habe nur die Echtheit bestätigt. Und sobald unser Los aufgerufen wird, stehe ich auf und verlasse den Raum.“
„*Unser* Los?“
„Ihr Los. Und beraten habe ich Sie hinsichtlich *dieses* Seidls hier noch nie.“
„Aber warum sind Sie dann hier?“

◇

„Zum Aufruf kommt Los Nummer 116. Die ‘Absinthtrinkerin’ von Pablo Picasso, Originaltitel ‘La buveuse assoupie’. In vollendeter farbiger und kompositioneller Harmonie und in feinsten blaugrauen

Abtönungen sitzt an einem runden Tisch vor einem Glas die gebeugte Profilgestalt einer jungen Frau, in einen blauen Mantel gehüllt. Es handelt sich um das Hauptwerk aus der 'Blauen Periode' des Künstlers. Die 'Absinthtrinkerin' ist in sieben Fassungen bekannt; es handelt sich um die 1902 in Barcelona entstandene. Signiert oben rechts: 'Picasso'. Öl auf Leinwand, 80 mal 62 cm, im Katalog abgebildet auf Seite 63, zuletzt gehängt in der Hamburger Kunsthalle. Mindestgebot 42.000 Franken. Wer bietet? – Niemand?"

„Wenn Sie die Verkäuferin des Prinzhorn-Seidls wären, Frau Lichtblau, und Sie säßen hier, was würden Sie machen?"
„Ich könnte interessiert zusehen, wie weit der Preis für den neuen Seidl steigt, und dann wüsste ich, wie viel ich für den alten verlangen kann."
„Sie könnten auch spaßeshalber mitbieten, um den Preis noch ein bisschen anzuheben."
„Wobei natürlich immer die Gefahr bestünde, dass ich tatsächlich das letzte Gebot abgeben würde; dann hätte ich freilich ein Problem: Zwei Seidls statt einem und wahrscheinlich einen ganzen Berg Schulden."

◇

„Keine Gebote für die ‘Absinthtrinkerin’ von Pablo Picasso? –
Nein? –
Keine Gebote? –
Dann rufe ich auf Los Nummer 117.“

◇

„Okay, Herr Meininger, Sie sind dran; ich entschuldige mich. Wie gesagt, es ist ganz einfach: Sie brauchen nur im rechten Moment Ihre Karte zu heben. Viel Glück.“

◇

Vergessen, vergossen, verlassen, verlosen, loslassen. Gottlos. Gotteslos, wertlos, wortlos. Wer bin ich, wie bin ich, wo bin ich? Warum?

◇

„Ein weiteres Selbstbildnis, Los Nummer 123, ‘Bildnis R.’ von Karl Schmidt-Rottluff. Die Halbfigur mit Monokel in grünem Pullover steht gegen gelbe Wand und orangefarbenen Vordergrund. Das Ganze wird durch einen braunroten Vorhang eingerahmt. Signiert links oben: ‘S. Rottluff 1910’. Öl auf Leinwand, 85 mal 76 Zentimeter. Das Bild hing zuletzt im Moritzburg-Museum in Halle. Das Mindestgebot beträgt einhundert Franken. Ich bitte um Ihre Gebote.“

⟐

Ich bin, der ich bin, der ich werde, sein werde und werte. Was aber bin ich *euch*? Was bin ich euch wert?

⟐

„‘Bildnis R.’ von Karl Schmidt-Rottluff, Mindestgebot einhundert Franken –
Niemand? –
Nein? –
Dann fahren wir fort mit dem Los Nummer 124.“

⟐

»Ein großer breitschultriger Wärter steht neben der offenen Tür. Es kann ja sein, dass einer der Kranken zu toben anfängt, dann ist er nötig.
Nun kommt Albrecht. Gerhard blickt auf ihn. Das Gesicht ist viel schmäler geworden, an den Augen haben sich Falten gebildet, die Stirn scheint höher, weil die Haare zurückgegangen sind. Und das vertraute Gesicht scheint fremd, denn in den Augen hat er einen fernen, abweisenden Schein. Er bleibt nach ein paar Schritten mitten im Zimmer stehen. Er lächelt. Er lächelt die ganze Zeit, die Gerhard mit ihm beisammen ist.
„Hierher, Herr Witte“, sagt der Wärter und weist ihn an den Tisch zu Lisa und Gerhard. Albrecht setzt sich. Lisa hat ein Paket mitgebracht, Kuchen und Apfel, Gerhard hat Zigaretten dazugetan. Albrecht beginnt vorsichtig und sehr geschickt, das Paket aufzuknüpfen. Die Finger sind schlank, die Adern treten stärker hervor als früher. Sein Blick gleitet vom Paket weg auch über Gerhard und Lisa, doch bleibt er an ihnen nicht haften, als wären sie nicht da. Er ist suchend und tot zugleich.
„Kennst du mich?“ fragt Gerhard. Das Herz zieht sich ihm zusammen. Albrecht blickt kurz auf und antwortet „Ja, ja.“
„Wer bin ich denn?“ drängt Gerhard.
Albrecht sagt: „Er war wieder da.“
„Wer?“
Nun hat Albrecht die Schnur aufgeknüpft. Er wickelt sie sorgfältig zusammen. Jetzt öffnet er die Schachtel, langt sogleich nach einem Apfel und beginnt zu essen.

Zierlich hält er die Frucht in der Hand. Sein Hals ist so mager geworden, dass man den Kehlkopf bei jedem Schluck, den er macht, auf und ab tanzen sieht. Es ist ein Jammer, den Freund so zu sehen!
„Wer war wieder da?" fragt Gerhard.
Er will ein Stück vom Kuchen. Gerhard leiht ihm sein Taschenmesser. Albrecht schneidet ein Stück ab und isst hastig daran. Die Zigaretten hat er in die Tasche geschoben, er nimmt sie wieder heraus, besieht die Schachtel von allen Seiten öffnet sie und legt eine Zigarette neben sich hin, steckt die Schachtel ein und zieht sie wieder aus der Tasche heraus. Gerhard möchte mit ihm sprechen, ihn bei der Hand nehmen. Es hat keinen Sinn. Albrecht zündet die Zigarette an, raucht gierig und beißt in einen zweiten Apfel.
Der Wärter kommt nun auch an den Tisch Albrechts.
„Erzählen Sie doch, Herr Witte", sagt er.
Albrecht blickt kurz auf und isst hastig an dem Apfel weiter. Er fragt: „Warst du nicht beim Rennen?"
„Nein", antwortet Gerhard und fragt den Wärter: „Ist er immer so?"
„Zumeist", antwortet der Wärter.
„Hat er keine Anfälle mehr?"
„Jetzt nicht mehr. Früher war es ja oft schlimm. Nun ist er ganz sanft."
Aber was mag er durchlitten haben, wie oft sich aufgebäumt gegen das unerbittliche, ihn niederzwingende, zerpressende Schicksal, bis er so wurde! Dann fing er zu schreien, zu toben, um sich zu schlagen an, und dann steckten sie ihn in die Jacke. Was ist der Mensch,

denkt Gerhard, wie armselig und gering, wenn er so erniedrigt wird!
„Liest er denn Zeitungen?" fragt Gerhard den Wärter.
„Schon lange nicht mehr. Es ist nur ein Dahindämmern."«

Florian Seidl, 1941[55]

◇

Karthaus, den 30. August 1939

Lieber Florian!

Auch Doktor Vierzigmann ist in den Ruhestand gegangen, und auch er war eigentlich noch zu jung dafür. Bin 47, also ebenfalls noch zu jung. Heißt, ich sollte ebenfalls in den Ruhestand außerhalb gehen. Schon ist der Strohmattendienst quittiert. Man macht das heute so so so. So sei so gut und sprich darüber mit den zuständigen Obwaltern.

Und gegrüßt
Alfred

◇

»Berlin, den 1. Sept. 1939

Reichsleiter Bouhler und Dr. med. Brandt sind unter Verantwortung beauftragt, die Befugnisse namentlich zu bestimmender Ärzte so zu erweitern, dass nach menschlichem Ermessen unheilbar Kranken bei kritischster Beurteilung ihres Krankheitszustandes der Gnadentod gewährt werden kann.

Adolf Hitler«[56]

»Die Anstalt verfügt über 1000 Krankenbetten. Werden jedoch geeignete Abgebaute, Stumpfe, Unheilbare, Unreine, Zerreißer und kriminelle Minderwertige auf Stroh gelagert, so ist es möglich, etwa 1330 Kranke bei äußerster Zusammenlegung unterzubringen. Die dadurch freien Betten können den wertvolleren Zivilkranken zur Verfügung gestellt werden. Das ist keine Härte, die Kranken empfinden dieses nicht, einem kriminellen Psychopathen schadet eine härtere Unterbringung überhaupt nicht. Dabei wird der Anstalt eine Menge guter, heute nicht mehr beschaffbarer Wäsche gespart. In Regensburg können Strohsäcke verwendet werden, die vorhanden sind, während bekannt wurde, dass in anderen Anstalten die zugewiesenen evakuierten Kranken ausschließlich auf Strohschütten lagen.«

Paul Reiß, Dezember 1939[57]

Meldebogen 1[58] ist mit Schreibmaschine auszufüllen!

Lfd.Nr. .....

Name der Anstalt: ....

in: ....

Vor- und Zuname des Patienten: .... geborene ....
Geburtsdatum: .... Ort: .... Kreis: ....
Letzter Wohnort: .... Kreis: ....
ledig, verh., verw. od. gesch: .... Konf.: .... Rasse [1]) .... Staatsang.: ....
Anschrift der nächsten Angeh.: ....
....
Regelmäßig Besuch und von wem (Anschrift): ....
....
Vormund oder Pfleger (Name, Anschrift): ....
....
Kostenträger: .... Seit wann in der dortigen Anst.: ....
In anderen Anstalten gewesen, wo und wie lange: ....
Seit wann krank: .... Woher und wann eingeliefert: ....
Zwillinge: ja/nein .... Geisteskranke Blutsverwandte: ....
Diagnose: ....
....
Hauptsymptome: ....
....
Vorwiegend bettlägerig? ja/nein ..... Sehr unruhig? ja/nein ..... In festem Haus? ja/nein .....
Körperl. unheilb. Leiden? ja/nein .... Kriegsbeschädigung? ja/nein ....
Bei Schizophrenie: Frischfall .... Endzustand .... gut remittierend ....
Bei Schwachsinn: debil: .... imbezill: .... Idiot: ....
Bei Epilepsie: psychisch verändert .... durchschnittliche Häufigkeit der Anfälle: ....
Bei senilen Erkrankungen: stärker verwirrt .... unsauber ....
Therapie (Insulin, Cardiazol, Malaria, Salvarsan usw.): .... Dauererfolg: ja/nein .....
Eingewiesen auf Grund §51, §42b StGB usw. .... durch ....
Delikt: .... Frühere Straftaten: ....
Art der Beschäftigung: (Genaueste Bezeichnung der Arbeit und der Arbeitsleistung, z.B. Feldarbeit, leistet nicht viel. – Schlosserei, guter Facharbeiter. – Keine unbestimmten Angaben, wie Hausarbeit, sondern eindeutige: Zimmerreinigung usw. Auch immer angeben, ob dauernd, häufig oder nur zeitweise beschäftigt.)
....
....
Ist mit Entlassung demnächst zu rechnen: ....
Bemerkungen: ....

Dieser Raum ist frei zu lassen.

....
....
....
....

.... Ort, Datum ....

(Unterschrift des ärztl. Leiters oder seines Vertreters)

[1]) Deutschen oder artverwandten Blutes (deutschblütig), Jude, jüdischer Mischling I. oder II. Grades, Neger, (Mischling), Zigeuner, (Mischling) usw.

◇

»In der Gefolgschaft herrschte reges Leben; gemeinsames Wandern, Betriebsausflüge und Betriebsappelle weckten den Gemeinsinn. Während der abgelaufenen Kriegsmonate wurde regelmäßig im Monat ein Betriebsappell abgehalten, wobei neben dienstlichen Angelegenheiten – es wurde darauf gesehen, dass die gesamte Gefolgschaft über die Notwendigkeit dienstlicher Anordnungen aufgeklärt ist – regelmäßig ein politischer Leiter des Kreisstabs, der DAF oder des RDB zu einem politischen Thema eingesetzt war. Während anfangs bei einzelnen nicht das richtige Verständnis herrschte, werden jetzt die Appelle direkt verlangt. Die Gefolgschaft ist restlos für die Nationalsozialistischen Volkswohlfahrt erfasst; es muss hervorgehoben werden, dass die Opfersammlungen gegen früher unerwartete Ergebnisse erzielen. Eine Anzahl Gefolgschaftsmitglieder sind als politische Leiter bei der Ortsgruppe, bei der Volkswohlfahrt, der Arbeitsfront und dem Beamtenbund tätig, die Gefolgschaftsmitglieder des Kreisgutes beim Reichsnährstand. Die Mitglieder der SA sind zahlreich. Solange die Ortsgruppe über keinen größeren Saal verfügte, wurde der Anstaltsfestsaal bereitwilligst der Partei und den Gliederungen zur Benützung freigegeben; BDM und JM hatten längere Zeit ihr Appelllokal in der Anstalt. Anstelle der vielverlangten Führungen durch die Anstalt wurde zu Krankenvorstellungen übergegangen. In Parteiversammlungen der SA, Veranstaltungen des RPA und Schulungskursen war der

Anstaltsleiter bis August 1939 mit Vorträgen über Erbbiologie und Rassenfragen 48mal eingesetzt.«

Paul Reiß, Dezember 1939[59]

◇

„Die Namensliste liest sich auch für Nichtkenner ziemlich eindrucksvoll, Frank: Chagall, Gauguin, Van Gogh, Matisse, Picasso, Schmidt-Rottluff."
„George Grosz, August Macke, Otto Dix, Lovis Corinth, Max Pechstein, Emil Nolde, Paul Klee - insgesamt 125 Gemälde und Skulpturen. Praktisch der komplette Kanon der Moderne stand im Katalog. So viele hochrangige Namen in einer einzigen Auktion - das gibt's selten."
„Da müssen Unsummen zusammengekommen sein."
„Erstaunlicherweise nicht, Dieter. Die Reichsregierung hatte zwar ihr Möglichstes getan, als Initiator und Nutznießer der Auktion unerkannt zu bleiben, und der Katalog war so unverdächtig wie möglich gehalten, sie hieß ganz schlicht 'Gemälde und Plastiken moderner Meister aus deutschen Museen'. Aber natürlich war jedem klar, wer hinter den Kunstwerken steckte, woher sie stammten und was man damit finanzieren würde: Ein Vierteljahr zuvor hatten die Nazis die Tschechoslowakei annektiert und das 'Protektorat Böhmen und Mähren' eingerichtet, und quer durch Europa wurden panisch politische Allianzen geschlossen. Dass es zu ei-

nem Krieg kommen würde, und dass dieser Krieg alle bisherigen Dimensionen sprengen würde, war klar. Die Frage war nur noch, wann. Teilmobilisierungen des Deutschen Reichs liefen bereits an."

„Und die Nazis wollten ihren Krieg mit dem Verkauf der Bilder finanzieren?"

„Nicht komplett natürlich; aber eine gewisse Finanzspritze hatte man sich schon erhofft. Die immense Aufrüstung von Heer, Kriegsmarine und Luftwaffe über die sechs Jahre seit der Machtergreifung war über Steuereinnahmen längst nicht mehr zu finanzieren und hatte zu ernsthaften wirtschaftlichen Problemen geführt; die Staatsverschuldung war enorm."

„Und der Erlös bei der Auktion?"

„Die Käufer hielten sich zurück; offenbar hatte man Skrupel, aktiv Hitlers Krieg mitzufinanzieren. Das belgische Museum für moderne und zeitgenössische Kunst, ein paar amerikanische Kunsthändler, hauptsächlich Schweizer Museen und Sammler. Nicht alle Werke wurden verkauft, und in der Regel nicht zu atemberaubenden Preisen; 38 erzielten nicht einmal das Mindestgebot: Paul Klee, 'Haus am Weg', 550 Franken. George Grosz, 'Großstadt', 700 Franken. August Macke 'Gartenrestaurant', 900 Franken. So in dieser Richtung. Insgesamt kamen lediglich 500.000 Franken zusammen. Dafür gab's wahrscheinlich noch nicht mal einen Panzer."

◇

»Du zwangst Dein ganzes Volk zu Deiner Größe
Und hältst es milde in der starken Hand;
Wo eine Schwäche war und eine Blöße,
Du hast sie mit dem Feuer ausgebrannt!
Dein Wort war Glut und Deine Tat war Leben,
Du strittest uns voran durch bange Nacht
So lange, bis von Deinem Haus ein Beben
Auch in dem Letzten von uns aufgewacht.
Und so, weit über uns emporgehoben,
sind wir die Deinen nun für alle Zeit
und stehen so, mit letztem Angeloben,
stolz vor dem Angesicht der Ewigkeit!«

Florian Seidl, 1. September 1940[60]

◇

»Mit Bouhler Frage der stillschweigenden Liquidierung von Geisteskranken besprochen. 40.000 sind weg, 60.000 müssen noch weg. Das ist eine harte, aber auch eine notwendige Arbeit. Und sie muß jetzt getan werden. Bouhler ist der rechte Mann dazu.«

Joseph Goebbels, 31. Januar 1941[61]

◇

Ich und du, Müllers Kuh, Zieglers Hund, Metzgers Schaf, Gottes Urteil.

◇

»Nationalsozialistische Deutsche Arbeiterpartei
Reichsleitung
Rassenpolitisches Amt
Berlin 15, den 24.4.41
Sächsische Straße 69/VII c/ 80
Einschreiben an den Verlag der NSDAP
Franz Eher Nachf. GmbH
München, Thierschstraße 11
Betr.: Florian Seidl ›Das harte Ja‹ – M.-Nr. 2185

Nach eingehender Prüfung senden wir Ihnen das oben genannte Manuskript zurück und teilen Ihnen mit, dass eine Drucklegung des Buches aus politischen und sachlichen Gründen abgelehnt werden muss. Wie wir erfahren haben, war der Roman im Wegweiser-Verlag 'Volksverband der Bücherfreunde' erschienen, der Roman ist dort vergriffen und eine 2. Auflage nicht beabsichtigt. Wir geben Ihnen dies zur Kenntnisnahme.

Heil Hitler!
Gez. Lincke«[62]

◇

»Es ist also erreicht. Und es ist verständlich. In einer Zeit, die dazu übergegangen ist, jene Kranken zu töten, hat mein Roman nichts mehr zu suchen. Ich habe meinen Bruder Alfred, der gleichfalls vor dem Schicksal stand, umgebracht zu werden, zunächst davor gerettet, indem ich ihn in einem Altersheim unterbringen konnte.
Das Schicksal Alfreds erschütterte mich in den letzten Wochen aufs tiefste. Seit 14 Jahren war er in der Anstalt bei Regensburg. Meinen Vater wollte er nicht mehr kennen, und wahrscheinlich kannte er ihn wirklich nicht mehr. Mein Vater war oft bei den Ärzten und wurde jedes Mal mit einem Hofbescheid weggeschickt. Nun ist seit zwei Jahren ein neuer Oberarzt in Karthaus, ein Duzfreund meines Bruders Karl, und als er erfuhr, dass Alfred unser Bruder ist, nahm er sich den Fall vor. Als ich, von meinem Bruder Karl angemeldet, zu ihm vordringen konnte, sagte er mir: Alfred ist gar nicht schizophren, nur verschlampt, die Ärzte haben sich um ihn überhaupt nicht gekümmert und ihn in der Masse der anderen gelassen. Wenn er schizophren wäre, müsste er in den langen Jahren längst verblödet sein, Wenn die Ärzte sich um ihn gekümmert hätten, wäre er heute schon lange geheilt!
So befreiend es wirkt, dass er nicht durch erbliche Belastung erkrankt ist, umso erschütternder ist das andere. Durch Gleichgültigkeit in der Irrenanstalt verkommen.

Ich besuchte ihn jedes Mal, wenn ich nach Regensburg kam, und ich bin der einzige Mensch, den er immer kannte. Von unserer Kinderzeit weiß er gut Bescheid, von den späteren Zeiten geht ihm alles durcheinander. Ich versuchte einmal zu dem behandelnden Arzt vorzudringen. Ich wurde auf dem Gang abgefertigt.«

Florian Seidl, 11. Juni 1941[63]

◇

Gedichte Gerichte richtige dichte. Angerichtet im Angesicht der Richter über Richt und Ortung. Bericht bricht Licht in Onkel und Tante. Mensch licht mich nicht. Im Ungesicht des Unfangs war der Tod.

◇

»Der größte Teil der rund 16.000 beschlagnahmten Objekte musste von vornherein als völlig unverwertbar ausgeschieden werden. Sie wurden sämtlich vernichtet bzw. magaziniert. Rund 300 Gemälde und Plastiken sowie 3.000 Graphiken wurden an das Ausland verkauft. Es ist gelungen, ein Gesamtergebnis, das sich auf über 10.000 Pfund, annähernd 45.000 Dollar und rund 80.000 Schweizer Franken beziffert, zu erreichen. Außer

diesen Deviseneinnahmen sind durch Tauschgeschäfte Werte im Gesamtbetrag von 131.630 RM erzielt worden. Die erzielten Deviseneinnahmen sind gemäß Weisung des Führers der Reichsbank und damit der deutschen Kriegswirtschaft zugeflossen.
Auf Anregung der Kommission wurden die nicht verkauften Werke von den Kunsthändlern am 31. Januar 1941 zurückgefordert. Sie sollen mit dem in Schloss Schönhausen vorhandenen Restposten für dauernd unter Verschluss eingelagert werden. Als Aufbewahrungsort käme gegebenenfalls ein Kellerraum des Ministeriums in Betracht.«

Kommission zur „Verwertung der Produkte entarteter Kunst", 4. Juli 1941[64]

◇

„Vielleicht hatte man einfach nur Skrupel, Hitlers Krieg *öffentlich* zu unterstützen."
„Oder so. Nach der Auktion im Juni 39 wurden noch weitaus mehr Bilder *privat* über Kunsthändler verkauft - Hildebrand Gurlitt, Bernhard Böhmer und Konsorten. Und bei diesen Verkäufen wurde auch weitaus mehr Gewinn erzielt. Die Käufer fragten nicht nach der Herkunft der Bilder, die Verkäufer drängten sie auch nicht auf; du schreibst ja so schön: Was man nicht weiß..."

„Und wie lange gingen diese Privatverkäufe?“
„Nach dem offiziellen Ende der Aktion ‘Verwertung der Produkte entarteter Kunst’ im Sommer 41 waren noch um die 5000 unverkaufte Objekte übrig. Als man sie Mitte März 43, wie es die Verwertungskommission vorgeschlagen hatte, in den Kellerräumen des Propagandaministeriums einlagern wollte, waren davon nur noch 70 bis 80 Gemälde, 10 Plastiken und ein paar Druckgrafiken übrig.“
„Und der Rest?“
„Wurde und wird wahrscheinlich immer noch weiterverkauft. Der Sohn von Gurlitt bestritt ja seinen kompletten Lebensunterhalt bis 2012 damit, dass er von Zeit zu Zeit ein Stück aus seiner Raubkunstsammlung vertickte.“

»Seit einigen Monaten hören wir Berichte, daß aus Heil- und Pflegeanstalten für Geisteskranke auf Anordnung von Berlin Pfleglinge, die schon länger krank sind und vielleicht unheilbar erscheinen, zwangsweise abgeführt werden. Regelmäßig erhalten dann die Angehörigen nach kurzer Zeit die Mitteilung, der Kranke sei verstorben, die Leiche sei verbrannt, die Asche könne abgeliefert werden. Allgemein herrscht der an Sicherheit grenzende Verdacht, daß diese zahlreichen unerwarteten Todesfälle von Geisteskranken nicht von selbst ein-

treten, sondern absichtlich herbeigeführt werden, daß man dabei jener Lehre folgt, die behauptet, man dürfe sogenanntes lebensunwertes Leben vernichten, also unschuldige Menschen töten, wenn man meint, ihr Leben sei für Volk und Staat nichts mehr wert. Eine furchtbare Lehre, die die Ermordung Unschuldiger rechtfertigen will, die die gewaltsame Tötung der nicht mehr arbeitsfähigen Invaliden, Krüppel, unheilbar Kranken, Altersschwachen grundsätzlich freigibt!

Deutsche Männer und Frauen! Noch hat Gesetzeskraft der § 211 des Reichsstrafgesetzbuches, der bestimmt: „Wer vorsätzlich einen Menschen tötet, wird, wenn er die Tötung mit Überlegung ausgeführt hat, wegen M o r d e s mit dem Tode bestraft." Wohl um diejenigen, die jene armen Menschen, Angehörige unserer Familien, vorsätzlich töten, vor dieser gesetzlichen Bestrafung zu bewahren, werden die zur Tötung bestimmten Kranken aus der Heimat abtransportiert in eine entfernte Anstalt. Als Todesursache wird dann irgendeine Krankheit angegeben. Da die Leiche sofort verbrannt wird, können die Angehörigen und auch die Kriminalpolizei es hinterher nicht mehr feststellen, ob die Krankheit wirklich vorgelegen hat und welche Todesursache vorlag.

Es ist mir aber versichert worden, daß man im Reichsministerium des Innern und auf der Dienststelle des Reichsärzteführers Dr. Conti gar kein Hehl daraus mache, daß tatsächlich schon eine große Zahl von Geisteskranken in Deutschland vorsätzlich getötet worden ist und in Zukunft getötet werden soll.

Das Reichsstrafgesetzbuch bestimmt in § 139: „Wer von dem Vorhaben eines Verbrechens wider das Leben glaubhafte Kenntnis erhält und es unterläßt, der Behörde oder dem Bedrohten hiervon zur rechten Zeit Anzeige zu machen, wird bestraft."
Als ich von dem Vorhaben erfuhr, Kranke aus Marienthal abzutransportieren, um sie zu töten, habe ich am 28. Juli bei der Staatsanwaltschaft beim Landgericht Münster und bei dem Herrn Polizeipräsidenten in Münster Anzeige erstattet durch eingeschriebenen Brief mit folgendem Wortlaut: "Nach mir zugegangenen Nachrichten soll im Laufe dieser Woche (man spricht vom 31. Juli) eine große Anzahl Pfleglinge der Provinzialheilanstalt Marienthal bei Münster als sogenannte 'unproduktive Volksgenossen' nach der Heilanstalt Eichberg überführt werden, um dann alsbald, wie es nach solchen Transporten aus anderen Heilanstalten nach allgemeiner Überzeugung geschehen ist, vorsätzlich getötet zu werden. Da ein derartiges Vorgehen nicht nur dem göttlichen und natürlichen Sittengesetz widerstreitet, sondern auch als Mord nach § 211 des Reichsstrafgesetzbuches mit dem Tode zu bestrafen ist, erstatte ich gemäß § 139 des Reichsstrafgesetzbuches pflichtgemäß Anzeige und bitte, die bedrohten Volksgenossen unverzüglich durch Vorgehen gegen die den Abtransport und die Ermordung beabsichtigenden Stellen zu schützen und mir von dem Veranlaßten Nachricht zu geben." Nachricht über ein Einschreiten der Staatsanwaltschaft oder der Polizei ist mir nicht zugegangen. Ich hatte bereits am 26. Juli bei der Provinzialverwal-

tung der Provinz Westfalen, der die Anstalten unterstehen, der die Kranken zur P f l e g e u n d H e i l u n g anvertraut sind, schriftlich ernstesten Einspruch erhoben. Es hat nichts genützt! Der erste Transport der schuldlos zum Tode Verurteilten ist von Marienthal abgegangen! Und aus der Heil- und Pflegeanstalt Warstein sind, wie ich höre, bereits 800 Kranke abtransportiert worden. So müssen wir damit rechnen, daß die armen, wehrlosen Kranken über kurz oder lang umgebracht werden. Warum? Darum, weil sie nach dem Urteil irgendeines Amtes, nach dem Gutachten irgendeiner Kommission 'l e b e n s u n w e r t' geworden sind, weil sie nach diesem Gutachten zu den 'unproduktiven' Volksgenossen gehören. Man urteilt: Sie können nicht mehr Güter produzieren, sie sind wie eine alte Maschine, die nicht mehr läuft, sie sind wie ein altes Pferd, das unheilbar lahm geworden ist, sie sind wie eine Kuh, die nicht mehr Milch gibt. Was tut man mit solch alter Maschine? Sie wird verschrottet. Was tut man mit einem lahmen Pferd, mit solch einem unproduktiven Stück Vieh?

Nein, ich will den Vergleich nicht bis zu Ende führen –, so furchtbar seine Berechtigung ist und seine Leuchtkraft!

Es handelt sich hier ja nicht um Maschinen, es handelt sich nicht um Pferd oder Kuh, deren einzige Bestimmung ist, dem Menschen zu dienen, für den Menschen Güter zu produzieren! Man mag sie zerschlagen, man mag sie schlachten, sobald sie diese Bestimmung nicht mehr erfüllen. Nein, hier handelt es sich um Menschen,

unsere Mitmenschen, unsere Brüder und Schwestern! Arme Menschen, kranke Menschen, unproduktive Menschen meinetwegen. Aber haben sie damit das Recht auf das Leben verwirkt? Hast du, habe ich nur solange das Recht zu leben, solange wir produktiv sind, solange wir von anderen als produktiv anerkannt werden?
Wenn man den Grundsatz aufstellt und anwendet, daß man den 'unproduktiven' Mitmenschen töten darf, dann wehe uns allen, wenn wir alt und altersschwach werden! Wenn man die unproduktiven Mitmenschen töten darf, dann wehe den Invaliden, die im Produktionsprozeß ihre Kraft, ihre gesunden Knochen eingesetzt, geopfert und eingebüßt haben! Wenn man die unproduktiven Mitmenschen gewaltsam beseitigen darf, dann wehe unseren braven Soldaten, die als schwer Kriegsverletzte, als Krüppel, als Invaliden in die Heimat zurückkehren!
Wenn einmal zugegeben wird, daß Menschen das Recht haben, 'unproduktive' Mitmenschen zu töten – und wenn es jetzt zunächst auch nur arme, wehrlose Geisteskranke trifft –, dann ist grundsätzlich der Mord an allen unproduktiven Menschen, also an den unheilbar Kranken, den arbeitsunfähigen Krüppeln, den Invaliden der Arbeit und des Krieges, dann ist der Mord an uns allen, wenn wir alt und altersschwach und damit unproduktiv werden, freigegeben. Dann braucht nur irgendein Geheimerlaß anzuordnen, daß das bei den Geisteskranken erprobte Verfahren auf andere 'Unproduktive' auszudehnen ist. Dann ist keiner von uns seines Lebens mehr sicher. Irgendeine Kommission kann ihn auf die Liste der 'Unproduktiven' setzen, die nach

ihrem Urteil 'lebensunwert' geworden sind. Und k e i n e Polizei wird ihn schützen und k e i n Gericht seine Ermordung ahnden und den Mörder der verdienten Strafe übergeben! Wer kann dann noch Vertrauen haben zu einem Arzt? Vielleicht meldet er den Kranken als 'unproduktiv' und erhält die Anweisung, ihn zu töten. Es ist nicht auszudenken, welche Verwilderung der Sitten, welch allgemeines gegenseitiges Mißtrauen bis in die Familien hineingetragen wird, wenn diese furchtbare Lehre geduldet, angenommen und befolgt wird. Wehe den Menschen, wehe unserem deutschen Volk, wenn das heilige Gottesgebot: „Du sollst nicht töten!", das der Herr unter Donner und Blitz auf Sinai verkündet hat, das Gott unser Schöpfer, von Anfang an in das Gewissen der Menschen geschrieben hat, nicht nur übertreten wird, sondern wenn diese Übertretung sogar geduldet und ungestraft ausgeübt wird!

„Du sollst nicht töten!" Gott hat dieses Gebot in das Gewissen der Menschen geschrieben, längst ehe ein Strafgesetzbuch den Mord mit Strafe bedrohte, längst ehe Staatsanwaltschaft und Gericht den Mord verfolgten und ahndeten. Dieses Gebot Gottes, des einzigen Herrn, der das Recht hat, über Leben und Tod zu bestimmen, war von Anfang an in die Herzen der Menschen geschrieben, längst bevor Gott den Kindern Israels am Berge Sinai sein Sittengesetz mit jenen lapidaren, in Stein gehauenen kurzen Sätzen verkündet hat, die uns in der Heiligen Schrift aufgezeichnet sind, die wir als Kinder aus dem Katechismus auswendig gelernt haben.

Wie steht es in Deutschland, wie steht es hier bei uns mit dem Gehorsam gegen die göttlichen Gebote?
Das achte Gebot: „Du sollst kein falsches Zeugnis geben, du sollst nicht lügen!“ Wie oft wird es frech, auch öffentlich, verletzt!
Das siebente Gebot: „Du sollst nicht fremdes Gut dir aneignen!“ Wessen Eigentum ist noch sicher nach der willkürlichen und rücksichtslosen Enteignung des Eigentums unserer Brüder und Schwestern, die katholischen Orden angehören? Wessen Eigentum ist geschützt, wenn dieses widerrechtlich beschlagnahmte Eigentum nicht zurückerstattet wird?
Jetzt wird auch das fünfte Gebot: „Du sollst nicht töten!“ beiseitegesetzt und unter den Augen der zum Schutz der Rechtsordnung und des Lebens verpflichteten Stellen übertreten, da man es sich herausnimmt, unschuldige, wenn auch kranke Mitmenschen, vorsätzlich zu töten, nur weil sie ‘unproduktiv’ sind.
Meine Christen! Ich hoffe, es ist noch Zeit, aber es ist die höchste Zeit! Daß wir erkennen, noch heute, an diesem Tage, was uns zum Frieden dient, was allein uns retten, vor dem göttlichen Strafgericht bewahren kann: daß wir rückhaltlos und ohne Abstrich die von Gott geoffenbarte Wahrheit annehmen und durch unser Leben bekennen. Daß wir die göttlichen Gebote zur Richtschnur unseres Lebens machen und ernst machen mit dem Wort: lieber sterben als sündigen! Daß wir in Gebet und aufrichtiger Buße Gottes Verzeihung und Erbarmen herabflehen auf uns, auf unsere Stadt, auf unser Land, auf unser liebes deutsches Volk! Wer

aber fortfahren will, Gottes Strafgericht herauszufordern, wer unsern Glauben lästert, wer Gottes Gebote verachtet, wer gemeinsame Sache macht mit jenen, die unsere Jugend dem Christentum entfremden, die unsere Ordensleute berauben und vertreiben, mit jenen, die unschuldige Menschen, unsere Brüder und Schwestern, dem Tode überliefern, mit dem wollen wir jeden vertrauten Umgang meiden, dessen Einfluß wollen wir uns und die Unsrigen entziehen, damit wir nicht angesteckt werden von seinem gottwidrigen Denken und Handeln, damit wir nicht mitschuldig werden und somit anheimfallen dem Strafgericht, das der gerechte Gott verhängen muß und verhängen wird über alle, die nicht wollen, was Gott will. O Gott, laß uns doch alle heute, an diesem Tage, bevor es zu spät ist, erkennen, was uns zum Frieden dient! O heiligstes Herz Jesu, bist zu Tränen betrübt über die Verblendung und über die Missetaten der Menschen, hilf uns mit deiner Gnade, daß wir stets das erstreben, was dir gefällt, und auf das verzichten, was dir mißfällt, damit wir in deiner Liebe bleiben und Ruhe finden für unsere Seelen! Amen.«

Clemens August Graf von Galen, 3. August 1941[65]

◇

So brav das Schaf. Mit dem Fell über den abgeschnittenen Ohren. So kalt im Wald ohne Ohren.
Allein.
Der Wolf zieht weiter.

◇

»Ein Rückgang der Aufnahmen wurde in der Heil- und Pflegeanstalt Regensburg nur nach den ersten Überstellungen in andere Anstalten (Sammeltransporte) beobachtet; er hat sich in der Zwischenzeit wieder ausgeglichen.
Dagegen machte sich das Bestreben deutlich bemerkbar, Kranke aus der Anstalt zu entnehmen, gleichviel, ob es sich um kürzeren oder schon längeren Aufenthalt handelt. Hier bedarf es gewöhnlich langer persönlicher Aufklärungen; die Unterredungen werden von Seiten der Angehörigen zumeist sehr gereizt und auch beleidigend geführt. Wiederholt wurde uns erklärt, man habe zu den Anstalten und den Ärzten kein Vertrauen.
Die Zurückhaltung von Kranken in der Anstalt, die von den Angehörigen entnommen werden sollen, gelingt in den weitaus meisten Fällen im übrigen durch den Hinweis auf die Unfruchtbarmachung oder durch die Mitteilung, dass Einweisungsbeschluss beantragt wird. Bei denjenigen Fällen, bei denen es sich nicht um Gemeingefährlichkeit, wohl aber um Gemeinschädlichkeit oder Gemeinlästigkeit handelt, wird die Entmündigung beantragt und dann mit dem Vormunde verhandelt.

Schwierig dagegen ist es, arbeitende Kranke in der Anstalt zurückzuhalten. Bei dem derzeitigen Arbeitermangel, namentlich in der Landwirtschaft, wird auf die Mithilfe der Kranken auf dem Anwesen oder als Dienstboten ungemein hartnäckig bestanden. Nach hiesigen Erfahrungen ist der Arbeitermangel ähnlich wie im Weltkriege noch viel mehr die Ursache, dass Kranke aus der Anstalt genommen werden, als das Misstrauen gegen die Anstalt, das, wie erwähnt, bereits wieder verschwindet.«

Paul Reiß, 5. Februar 1942[66]

◇

„Es gibt gewisse Parallelen zwischen Raubkunst und Euthanasie."
„Wie das?"
„Die 'Aktion Gnadentod', wie der Massenmord von Amts wegen hieß, wurde offiziell im August 41 eingestellt. Praktisch ging allerdings die 'wilde Euthanasie' im Verborgenen weiter und ungenierter bis zum bitteren Ende; der letzte Krankentransport aus Karthaus-Prüll in die Vernichtungsanstalt Pfafferode in Thüringen erfolgte im Februar 45."

◇

„Enttäuscht?“
„Über den geringen Preis, zu dem ich meinen Seidl gekauft habe? Zugegeben, ich hätte ihn in der Tat für bekannter und wertvoller gehalten, als er es offenbar ist. Aber mal sehen, vielleicht kaufe ich mir ja noch einen zweiten dazu, irgendwo. Ich bin mir sicher, dass Nachfrage und Preis für Seidls in Zukunft steigen werden.“
„Und der Verkäufer des unbekannten Seidl?“
„Hat sich nicht mehr gemeldet.“
„Was haben Sie denn plötzlich für einen Narren an Seidl gefressen? Stehen Sie urplötzlich auf Bilder, wie sie ihre zehnjährige Nichte malen könnte? Haben Sie Ihr Herz für die Kunst entdeckt? Oder interessiert Sie Alfred Seidl als Mensch?“
„Wie gesagt, Frau Lichtblau: Es geht darum, Geld anzulegen, allerdings nicht auf den Finanzmärkten. Erstens ist es dort derzeit zu unsicher, und wann das wieder anders wird, bleibt dahingestellt, zweitens sind Finanzen und Steuern zu sehr miteinander verknüpft. Briefmarken, antike Rennautos, Münzen, Wein – ich habe mich für die Kunst entschieden; eine gute Entscheidung, wie ich meine. Es ist spannend, man lernt eine Menge Leute kennen.“
„Ach.“
„Was meinen Sie, was mir just heute Vormittag jemand zum Kauf angeboten hat?“
„Einen Seidl aus der Sammlung Prinzhorn?“
„Woher wissen Sie – ?“
„Reine Intuition.“
„Zuweilen überraschen Sie mich, Frau Lichtblau. Wissen Sie, was ein wiederaufgetauchter Seidl wert

ist, wenn man ihn geschickt weiteranbietet?"
„Auf dem legalen Markt nichts."
„Wer redet von legalen Märkten?"
„Verstehe. Was macht eigentlich die Polizei, Herr Meininger?"
„Die werden noch ein bisschen nach allen verdächtigen Richtungen Ausschau halten, und wenn weiter nichts passiert, den Fall zu den Akten legen. Denen fehlt's hinten und vorne an Personal, und angesichts der erschütternden Aufklärungsquote von Kunstdelikten investieren sie von vornherein nicht allzu viel Liebe und Zeit in diese Sache, habe ich den Eindruck. Die Hauptverdächtigen dürften ohnehin in Heidelberg sitzen."
„Wie das?"
„Die einzigen, denen Schaden entstanden ist, das ist die Versicherung der Sammlung Prinzhorn. Und die argwöhnen immer sofort einen Versicherungsbetrug. Und weil sie damit meistens richtig liegen und weil hier die Aufklärungsrate wesentlich höher ist, deswegen ist die Polizei derzeit hauptsächlich dort aktiv. Oder sind sie bei Ihnen nochmal vorstellig geworden?"
„Seit die Ermittlungen wegen des Überfalls auf meinen Exfreund eingestellt worden sind, nicht mehr."
„Sehen Sie? Bei mir sind sie nie aufgekreuzt. Daran können Sie sehen, wie nachlässig man es dort mit Ihrer Beschattung gehalten hat."
„Tja dann, Herr Meininger –"
„Frau Lichtblau?"
„Ja."

„Da nun unsere Geschäftsbeziehung beendet ist – ob ich Sie wohl zum Abendessen einladen dürfte?“

◇

Ohrenschmaus, essen tiell – essen tuell – essen falls – Sündenfalls. Schlaganfalls. Wer – schlägt – sündigt – nicht – Schlägtnicht – die Stunde. Die letzte.

◇

„Siehst du, Dieter, ich hab's dir gleich gesagt.“
„Was?“
„Dass er auf sie scharf ist.“
„Bist'n Fuchs.“
„Und? Hopsen sie nun in die Kiste?“
„Oder bringen sie sich gegenseitig um?“
„Ist *er* der Kunsträuber oder *sie*?“
„Hat *sie* die ganze Geschichte fingiert – ?“
„– oder *er*?“
„Vielleicht zeigt sie ihm ja zuerst mal ihre Seidl-Sammlung.“
„Stimmt, sie hat ja noch den Seidl im Wohnzimmer hängen.“
„Gefälscht oder echt, das ist noch nicht raus.“
„Sag mal, Dieter, was ist eigentlich aus dem richtigen Seidl geworden?“

„Alfred Seidl? Der hat ja bereits auf den letzten zwanzig Seiten im Buch eigentlich schon nicht mehr richtig mitgespielt; der hat bis Ende der Dreißiger praktisch total abgebaut. Nachdem ihn seine Familie rausgeholt hat, wurde er zunächst in der Versorgungsanstalt Kumpfmühl untergebracht, nur ein paar hundert Meter von Karthaus entfernt; ab 1949 dann in Straubing in der 'Anstalt für männliche Unheilbare und Kretinen', die hieß auch nach dem Krieg noch so, und 1953 ist er gestorben."

„Eher sang- und klanglos."

„Interessanter ging's mit seinem Bruder weiter."

„Dem Nazi-Seidl?"

„Der durfte nach ein paar Jahren Publikationsverbot wieder Bücher herausbringen, erhielt als 'Heimatdichter' die Albertus-Magnus-Medaille der Stadt Regensburg, bezeichnenderweise überreicht vom ehemaligen NS-Bürgermeister Hans Herrmann, der 1953, zum Zeitpunkt der Verleihung, gerade wieder Bürgermeister war –"

„Als NSDAP-Mitglied?"

„Nein, er hatte mittlerweile ein anderes Parteibuch."

„Verstehe."

„Es gab noch ein paar kleinere und mittlere Literaturpreise, aber als ihn der Rechtsaußenpolitiker Hans-Christoph Seebohm 1963 für das Bundesverdienstkreuz vorgeschlagen hat, hat man sich doch ein bisschen mit seiner Vergangenheit beschäftigt und ihm den Orden verweigert, worüber er sich maßlos aufgeregt hat."

„Klar."
„1973, ein Jahr nach Seidls Tod, wurde in Regensburg eine Straße nach ihm benannt, was in den Neunzigern eine größere Debatte auslöste, nachdem wieder jemand auf die Idee gekommen war, mal was von Florian Seidl zu lesen und ihn öffentlich als Nazi-Dichter bezeichnete. Daraufhin wurde der Ruf nach einer Umbenennung der Straße laut. Die Diskussion zog sich über Jahre hin, weil sich die Mehrheit des Regensburger Stadtrats vehement gegen die Umbenennung aussprach, so lange, bis schließlich die Bayerische Staatsregierung intervenierte. Eine gewisse Delikatesse bekam die Sache dadurch, dass sich in der Florian-Seidl-Straße einige Behinderteneinrichtungen befanden. Der Name seines Bruders fiel in der seinerzeitigen Diskussion erstaunlicherweise nicht."
„Ob wohl dein Buch die Nachfrage an Seidls steigern wird? Hast du schon einen zu Hause hängen?"
„Vielleicht male ich mir noch schnell einen. Oder du malst mir einen, Frank, du kannst besser mit Pinsel und Farbe umgehen."
„Wer weiß, vielleicht hat Alfred Seidl überhaupt nie gemalt, vielleicht sind *alle* Seidls Fälschungen?"
„Vielleicht."
„Und als nächstes wirst du wohl ein Buch über Rating-Agenturen oder Fußballverbände schreiben."
„Wenn mich nicht vorher jemand anruft und mir genügend Geld dafür bietet, dass ich's *nicht* tu."
„Oder dir ein Killer-Kommando auf den Hals hetzt."

PERSONEN

Alexander Abusch (*1902 in Kraków/Krakau, Österreich-Ungarn; †1982 in Ost-Berlin) war das jüngste Mitglied der nur von 1919 bis 1920 bestehenden Künstlervereinigung „Das junge Franken", die sich die „Förderung und Verbreitung seelengeborener und ethischer Neuer Kunst" auf die Fahnen geschrieben hatte und der eine Reihe von Persönlichkeiten angehörten, die das kulturelle Leben der Weimarer Zeit von sehr verschiedenen Positionen aus mitbestimmen sollten. Abusch absolvierte während dieser Zeit eine Ausbildung zum Kaufmännischen Angestellten. Nachdem er 1923 in zwei Hochverratsverfahren wegen „Enthüllungen über geheime Rüstungen" verwickelt war, floh er aus Bayern. Als aktiver Kommunist (KP-Mitglied, Herausgeber zahlreicher linker Zeitungen) emigrierte er 1933 nach Frankreich und 1941 nach Mexiko. 1946 kehrte er nach Ostdeutschland zurück, trat der SED bei, in der er schnell zum Mitglied des Parteivorstands aufstieg. Von 1954 bis 1956 war er Stellvertretender Kulturminister, 1956 Staatssekretär und 1958 schließlich Minister für Kultur. Seine literarische Tätigkeit lag größtenteils auf journalistischem Gebiet, er verfasste allerdings auch Gedichte und Kurzgeschichten.

Josef Achmann (*1885 in Regensburg; †1958 in Schliersee) studierte Kunst an der Westenrieder Kunstschule und der Akademie der Bildenden Künste in München. Ab 1908 hatte er ein eigenes Atelier in Regensburg und erste Ausstellungen in München. Von 1918 bis 1921 gab er zusammen mit Georg Britting die Zeitschrift »Die Sichel« heraus, auch war er Mitglied der Künstlergruppe „Das junge Franken". Achmanns Bekanntheitsgrad wuchs, bis er 1935 von den Nationalsozialisten Ausstellungsverbot erhielt und seine Gemälde aus öffentlichen Galerien entfernt wurden.

Hans Arp (*1886 in Straßburg; †1966 in Basel) stellte seine abstrakten Bilder erstmals 1915 in Zürich aus. Über Tristan Tzara, dessen Lyrikband »25 Gedichte« er 1916 illustrierte, lernte er Hugo Ball, Emmy Hennings, Marcel Janco und Richard Huelsenbeck kennen, mit denen er 1916 in der Spiegelgasse 1 in Zürich das »Cabaret Voltaire« und somit den Züricher Dadaismus begründete. 1919 zog Arp nach Köln und initiierte zusammen mit Max Ernst und Johannes Theodor Baargeld den Kölner Dadaismus. 1920 veröffentlichte er den Gedichtband »Die Wolkenpumpe«. 1926 zogen er und seine Frau nach Straßburg, 1940 in den unbesetzten Teil Frankreichs und 1942 in die Schweiz.

Johannes Baader (*1875 in Stuttgart; †1955 in Adldorf) beanspruchte in einem Manifest vom 30. Juli 1918 alle fünf Nobelpreise für sich selbst, da er in seinen acht großen „Weltsätzen" dargelegt habe, dass alle Menschen Engel seien und im Himmel leben würden. Die Berliner Zeitschrift »Die Weltbühne« kommentierte: „Das ist nicht mehr Dada, das ist schon Oberdada". Fortan nannte sich Baader „Oberdada" und veranstaltete zusammen mit Raoul Hausmann und Richard Huelsenbeck Dada-Tourneen und erregte durch antibürgerliche Aktionen, Manifeste, Flugblätter und Briefe Aufsehen. Für schöpferische Pausen zog er sich regelmäßig freiwillig in psychiatrische Kliniken zurück.

Hugo Ball (*1886 in Pirmasens; †1927 in Sant'Abbondio-Gentilino, Schweiz) emigrierte 1915 zusammen mit seiner späteren Frau Emmy Hennings in die Schweiz und tingelte mit ihr in einem Varieté-Ensemble als Texter und Klavierspieler durch das Land. 1916 eröffneten die beiden mit Hans Arp, Tristan Tzara und Marcel Janco in Zürich das „Cabaret Voltaire“, die „Wiege des Dadaismus“, wo Ball - bekleidet mit einer steifen „kubistischen“ Papp-Soutane, einer Papp-Mitra und klauenhaften Handschuhen - erstmals sein Lautgedicht »Gadji beri bimba« vortrug.

Der Kunsthistoriker **Alfred Hamilton Barr** (*1902 in Detroit; †1981 in Salisbury, USA) war Gründungsdirektor des Ende 1929 eröffneten Museum of Modern Art in New York und damit eine der einflussreichsten Personen, die das Verständnis für moderne Kunst in den USA prägten. Die erste Ausstellung zeigte Werke von Cézanne und Gauguin, Seurat und van Gogh.

Julius Maria Becker (*1887 in Aschaffenburg; †1949 ebenda) gelang mit seinem Drama »Das letzte Gericht«, das 1919 im S. Fischer Verlag erschien, der literarische Durchbruch; zu dieser Zeit war er auch Mitglied der Künstlervereinigung „Das junge Franken“. In den 1920er Jahren gehörte er zu den bekanntesten deutschen Bühnenschriftstellern; bis 1933 kamen 20 seiner Dramen zur Aufführung. Im nationalsozialistischen Deutschland durften seine Bühnenstücke nicht gespielt werden, er selbst verbrachte die meiste Zeit in der „Inneren Emigration“. Nach 1945 konnte Becker nicht mehr an seine früheren Erfolge anknüpfen und geriet weitestgehend in Vergessenheit.

Die französische Schauspielerin **Sarah Bernhardt** (*1844 in Paris; †1923 ebenda) gilt als die berühmteste Theaterdarstellerin ihrer Zeit. Ihren weltweiten Ruhm verdankte sie neben ihrer Kunst und ihrem exzentrischen Wesen ausgedehnten Gastspielreisen durch Europa, die USA, Russland und Südamerika. Auftritte in Deutschland indes lehnte sie als französische Nationalistin ab.

Karl Binding (*1841 in Frankfurt am Main; †1920 in Freiburg im Breisgau) war Professor für Strafrecht, Strafprozessrecht und Staatsrecht in Basel, Freiburg im Breisgau, Straßburg und Leipzig. In Leipzig war er zeitweise Rektor der Universität und bis zum Jahr 2010 Ehrenbürger. Die bekannteste mit seinem Namen verbundene Publikation ist die zusammen mit dem Psychiater Alfred Hoche verfasste Schrift »Freigabe der Vernichtung lebensunwerten Lebens. Ihr Maß und ihre Form« aus dem Jahr 1920. Das Buch stellt eine der Grundlagen der Euthanasie im Nationalsozialismus dar.

Oskar Birckenbach (*1881 Schweinfurt; †1948 Regensburg) studierte an der Kunstgewerbeschule und an der Technischen Hochschule in München und an der Münchner Akademie. Ab 1910 arbeitete er in Regensburg als Lehrer, war Mitarbeiter bei der »Sichel« und Mitglied der Künstlervereinigung „Das junge Franken".

Otto von Bismarck (*1815 in Schönhausen an der Elbe; †30. Juli 1898 in Friedrichsruh) trat politisch erstmals um 1840 als Deputierter des hinterpommerschen Kreis Naugard auf. 1845 zog er als Abgeordneter in den Provinziallandtag von Pommern ein, 1847 als Stellvertreter eines erkrankten Abgeordneten in den Vereinigten Preußischen Landtag, wo er als dezidiert konservativer Politiker und Gegner des bürgerlichen Liberalismus auftrat – so lehnte er die Märzrevolution ab und sprach sich vehement gegen die politische Gleichstellung der jüdischen Bevölkerung aus. 1851 wurde Bismarck zum preußischen Gesandten beim Bundestag in Frankfurt ernannt, 1862 zum Preußischen Ministerpräsidenten und Außenminister. Zusätzlich war er von 1871 bis 1890 erster Reichskanzler des Deutschen Reiches, an dessen Gründung er maßgeblich beteiligt gewesen war. Außenpolitisch setzte Bismarck während seiner Kanzlerschaft auf einen Ausgleich der europäischen Mächte und die Isolation Frankreichs, innenpolitisch setzte er zahlreiche innenpolitische Reformen wie das Sozialversicherungssystem durch, zeichnete aber auch für die repressiven Sozialistengesetze verantwortlich. Aufgrund von Meinungsverschiedenheiten mit dem seit knapp zwei Jahren amtierenden Kaiser Wilhelm II. wurde Bismarck 1890 entlassen.

Bernhard A. Böhmer (*1892 in Ahlen; †1945 in Güstrow) wurde bereits als Zehnjähriger in der Berliner Zeitschrift »Die Woche« als „Wunderkind der Malerei" porträtiert. Allerdings machte er sich im nationalsozialistischen Deutschland nicht als Künstler, sondern als Kunsthändler einen Namen. Durch Kontakte zu ranghohen und -höchsten Nazis schaffte er es, zu einem der führenden Kunsthändler des Deutschen Reichs aufzusteigen, in dessen Namen er „entartete" und Raubkunst ins Ausland verkaufte, wobei er auch persönlich beträchtliche Gewinne erwirtschaftete. Seine private Kunstsammlung wurde 1947 von den sowjetischen Besatzern dem Museum in Rostock übergeben, das Teile davon nach und nach an ihre rechtmäßigen Eigentümer zurückgab.

Philipp Bouhler (*1899 in München; †1945 bei Dachau) trat 1922 als einer der ersten der NSDAP bei – Mitgliedsnummer 12. Während des 15-monatigen Verbots der

Partei nach dem Hitler-Putsch von 1923 fungierte er als Geschäftsführer der Ersatzorganisation „Großdeutsche Volksgemeinschaft“ und gleichzeitig Schriftleiter der Zeitung »Der Nationalsozialist«. Während der Nazi-Diktatur war er Chef der Kanzlei des Führers, die für die Planung und Vorbereitung der massenhaften Tötung von psychisch Kranken zuständig war.

Der Roman »Fahrenheit 451« des amerikanischen Schriftstellers **Ray Bradbury** (*1920 in Waukegan, USA; †2012 in Los Angeles) aus dem Jahr 1953 gehört zu den bekanntesten Dystopien des 20. Jahrhunderts. Neben zahlreichen Romanen und Kurzgeschichten schrieb Bradbury auch zwei Gedichtbände und ein Sachbuch. Insgesamt veröffentlichte er 16 Beiträge in der »Saturday Evening Post«, erstmals 1950 seine Kurzgeschichte »The World the Children Made« (später »The Veldt«).

Der Arzt **Karl Brandt** (*1904 in Mulhouse/Mülhausen, Frankreich; †1948 in Landsberg am Lech) wurde im Juni 1934 Hitlers Begleitarzt und machte während des „Dritten Reichs“ eine steile Karriere in der SS.
Ab dem 1. September 1939 war er zusammen mit Philipp Bouhler Hitlers Beauftragter für die Tötungen der „Aktion Gnadentod“, der systematischen Ermordung von Menschen mit körperlichen, geistigen und psychischen Beeinträchtigungen. Die „Aktion Gnadentod“ (nach dem 2. Weltkrieg üblicherweise „Aktion T4“ betitelt) wurde im August 1941 eingestellt; mehrere „Maßnahmen“ traten an ihre Stelle, unter anderem die „Aktion Brandt“, bei der Betten in psychiatrischen Anstalten für verwundete Soldaten „freigemacht“ wurden, indem man die bisherigen Patienten in andere Anstalten verlegte, wo sie mittels Unterversorgung oder Überdosierung von Schlafmitteln bald verstarben.

Bertolt Brecht (*1898 in Augsburg; †1956 in Ost-Berlin) hatte bereits als Schüler Gedichte und Dramen geschrieben und sich in Künstler- und Verlagskreisen als Schriftsteller und Theaterkritiker in München (wo er seit seinem Studium lebte) und Berlin einen Namen gemacht. Die erste Aufführung eines seiner Stücke – »Trommeln der Nacht« – fand am 29. September 1922 in den Münchner Kammerspielen statt.
Sein zweites Stück »Im Dickicht« hatte am 9. Mai 1923 Premiere im Münchner Residenztheater. Bereits nach sechs Vorstellungen wurde es „wegen des Widerstands im Publikum“ abgesetzt – ab der zweiten Vorstellung hatten Nationalsozialisten im Theater randaliert.
1933 flüchtete er – aus gutem Grund – als einer der ersten Schriftsteller aus Deutschland, ließ sich nach einer Odyssee durch etliche Länder schließlich in der Schweiz und nach Kriegsende in der DDR nieder, nachdem ihm die Einreise nach West-Berlin verweigert worden war und ihm in der Schweiz keine unbefristete Aufenthaltsgenehmigung erteilt worden war. Heute gilt Brecht als einer der bedeutendsten deutschen Theaterautoren aller Zeiten.

André Breton (*1896 in Tinchebray; †1966 in Paris) brach 1919 sein Medizinstudium ab, um freiberuflicher Schriftsteller zu werden. Er gründete mit Louis Aragon und Philippe Soupault in Paris die dadaistische Zeitschrift »Littérature«. Die Gruppe wuchs schnell und entwickelte sich in Richtung Surrealismus. Das Unbewusste wurde erforscht, man versuchte sich in „automatischem Schreiben“, Hypnoseversuchen und Traumprotokollen. 1924 eröffnete die Gruppe das »Büro für surrealistische Forschungen«; im selben Jahr verfasste Breton auch das »Manifest des Surrealismus«. Der

Surrealismus war politisch: 1927 traten André Breton Louis Aragon, Paul Éluard, Benjamin Péret und Pierre Unik der KPF bei. Das »Zweite Manifest des Surrealismus« von 1930 ist deutlich radikaler als das erste und definiert Surrealismus als eine sozial-revolutionäre Bewegung. Neben zahlreichen weiteren Manifesten veröffentlichte Breton etliche Gedichtbände und 1928 den Roman »Nadja«.
Nach der Besetzung Frankreichs durch die deutsche Wehrmacht flohen er und seine Frau nach New York.

Georg Britting (*1891 in Regensburg; †1964 in München) publizierte ab 1911 Gedichte, Feuilletons, Buch- und Theaterkritiken in den »Regensburger Neuesten Nachrichten« und der »Neuen Donau-Post«. Nach der Rückkehr aus dem Ersten Weltkrieg, an dem er freiwillig teilgenommen hatte, gab er zusammen mit dem Maler Josef Achmann die spätexpressionistische Zeitschrift »Die Sichel« heraus. Nach deren Einstellung 1921 ging Britting nach München und arbeitete dort als freier Schriftsteller.
Brittings Erstlings-Drama »An der Schwelle« wurde 1913 im Stadttheater Regensburg uraufgeführt. Sein bekanntestes Werk, »Die kleine Welt am Strom«, ein Bändchen mit Erzählungen und Gedichten über Regensburg, erschien 1933. Die darin enthaltene Kurzgeschichte »Brudermord im Altwasser« war noch bis weit in die 70er Jahre hinein fester Bestandteil von Schulbüchern. Wiewohl Britting weitgehend politisch unauffällig war, sind seine Haltung zum Nationalsozialismus sowie die Reaktionen der NS-Literaturkritik auf sein Werk ambivalent.

Pieter Bruegel der Ältere (*um 1525/1530 vermutlich in Breda; †1569 in Brüssel) war ein Maler der niederländischen Renaissance, der aufgrund seiner zahlreichen

Darstellungen des bäuerlichen Lebens im Herzogtum Brabant auch unter dem Namen „Bauernbruegel" bekannt ist. »Das Schlaraffenland« aus dem Jahr 1567 ist eines seiner bekanntesten Gemälde.

Michelangelo Merisi da Caravaggio (*1571 in Mailand; †1610 in Porto Ercole) gilt als Begründer der römischen Barockmalerei. Das Neuartige seiner Arbeiten waren der ausgeprägte Realismus und starke Hell-Dunkel-Kontraste, die einen starken Einfluss auf die Künstler seiner Zeit ausübten. Thematisch bearbeitete Caravaggio überwiegend christliche Motive; die Enthauptungen von Johannes dem Täufer und Holofernes sowie der abgeschlagene Kopf Goliaths tauchen mehrmals in seinem Werk auf.

Marc Chagall (*1887 in Peskowatik, Russisches Kaiserreich, heute Weißrussland; †1985 in Saint-Paul-de-Vence) ist nur schwer einem bestimmten Kunststil zuzuordnen, da er in vielen Techniken versiert war und in verschiedenen Schaffensperioden verschiedene Ausdrucksmittel und -weisen bevorzugte. Zudem „beschränkte" sich seine Arbeit keineswegs nur auf die Malerei: Er entwarf Kulissen für Bühnenbilder, Kostüme für Ballette, Glasfenster, Mosaikwände und Wanddekore. Der Umfang seines Gesamtwerks ist praktisch unüberschaubar. Thematisch zeigen Chagalls Bilder eine enge Verbundenheit mit seinen Wurzeln: der russischen Volkskunst und der jüdischen Mythologie.
Für die Ausstellung „Entartete Kunst" wurden 1937 von den Nazis 59 seiner Werke konfisziert. 1941 wurde er während eines Aufenthalts in Marseille von der französischen Polizei festgenommen und entging nur knapp der Auslieferung an die Deutschen, woraufhin er in die USA ins Exil ging.

Der Mediziner **Leonardo Conti** (*1900 in Lugano; †1945 in Nürnberg) beteiligte sich seit 1923 am Aufbau des SA-Sanitätswesens. 1930 wechselte er zur SS und machte dort und in der NS-Politik schnell Karriere. Ab 1939 war er Reichsgesundheitsführer, dann Reichsärzteführer und Leiter des „Hauptamtes für Volksgesundheit" sowie des „Nationalsozialistischen Deutschen Ärztebundes". Für die „Aktion Gnadentod", wie die systematische mehr als siebzigtausendfache „Vernichtung unwerten Lebens" euphemistisch hieß, war er von deren Anfang an in zentraler Stellung verantwortlich.

Lovis Corinth (*1858 in Tapiau, Ostpreußen; †1925 in Zandvoort) war einer der wichtigsten und einflussreichsten Vertreter des deutschen Impressionismus und auch ansonsten sehr deutsch: „Wir wollen der Welt zeigen, daß heute deutsche Kunst an der Spitze der Welt marschiert. Fort mit der gallisch-slawischen Nachäfferei unserer letzten Malerperiode!" lautete seine Stellungnahme zum Ersten Weltkrieg.
Nichtsdestominder wurden seine späten Bilder, die eher ex- als impressionistisch waren, im Nationalsozialismus als „entartet" angesehen. Das in seinem Todesjahr entstandene »Ecce homo« zeigt ein Folteropfer mit gefesselten Händen zwischen einem Arzt und einem Soldaten – vielleicht ein allzu hellseherischer Hinweis auf das Kommende.

Die Kunstwissenschaftlerin **Bice Curiger** (*1948 in Zürich) arbeitete als unabhängige Kuratorin für verschiedene internationale Kunstgalerien, Museen und Ausstellungen, darunter das Georges Pompidou Centre in Paris, die Hayward Gallery in London und das Guggenheim Museum in New York. Als feste Kuratorin war sie von 1993 bis 2013 am Kunsthaus Zürich tätig, 2011 leitete sie – als erste Frau in dieser Position – die Biennale in Venedig. Von 1984 bis zu deren Aus im Jahr 2017 war sie Chefredakteurin der von ihr mitgegründeten Kunstzeitschrift »Parkett«. Seit 2005 ist sie Herausgeberin des Kunstmagazins »Tate etc.« der Tate Gallery in London, seit 2013 künstlerische Direktorin der Fondation Vincent van Gogh in Arles.

Salvador Dalí (*1904 in Figueres, Katalonien; †1989 ebenda) dürfte mit seinen weichen Uhren und brennenden Giraffen zu den bekanntesten Künstlern des 20. Jahrhunderts zählen, nicht nur, weil er ein begnadeter Maler war, sondern auch weil er ein begnadeter Geschäftsmann und Vermarkter war. Er dürfte auch einer der gefälschtesten Maler des 20. Jahrhundert sein, was ihm durchaus selbst zuzuschreiben ist: Um 1965 begann er zehntausendeweise Lithographiepapierbögen blanko zu signieren und zu verkaufen. Entsprechend gelten die meisten „seiner" Druckgrafiken als Fälschungen. Auch steht Dalí im Verdacht, mit Fälschern seiner Ölgemälde, Aquarelle und Zeichnungen zusammengearbeitet, sie zumindest aber toleriert zu haben.
Dalís Sympathie für Hitler und seine Freundschaft mit dem spanischen Diktator Franco stellen eine Beziehung zwischen Kunst und Faschismus her, wie wir sie ansonsten in diesem Buch nicht finden.

Alles, was wir von dem Journalisten **Karl Decker** (†1941 in New York) in Händen haben, sind zwei Zeitungsartikel, von denen der eine – über den Raub der »Mona Lisa« – definitiv eine Ente ist, und der andere – über den Spanisch-Amerikanischen Krieg 1898 – nicht minder abenteuerlich und unwahrscheinlich klingt: Diesmal ist Decker selbst der Protagonist, der in ein spanisches Gefängnis auf Kuba eindringt, um die dort gefangen gehaltene und „wunderschöne“ Tochter eines kubanischen Revolutionärs zu befreien und über die Befreiung exklusiv in Wiliam Hearsts »New York Journal-American« berichtet. Man könnte den kompletten Decker für eine Erfindung halten, wäre nicht in der »New York Times« vom 5. Dezember 1941 ein Nachruf erschienen, der den angeblich am Vortag mit 73 Jahren verstorbenen Decker würdigt.

Otto Dix (*1891 in Untermhaus; †1969 in Singen) beschäftigte sich in seiner Malerei vorwiegend im Stil der Neuen Sachlichkeit mit den dunklen Seiten des Lebens: Hunger, Kriminalität, Krieg. Ab 1927 hatte er eine Professur an der Kunstakademie in Dresden inne, nach der „Machtergreifung“ war er einer der ersten deutschen Kunstprofessoren, die ihre Stelle verloren.

Marcel Duchamp (*1887 in Blainville-Crevon; †1968 in Neuilly-sur-Seine) zählt zu den Wegbereitern des Dadaismus und Surrealismus. 1912 reiste er für ein Vierteljahr nach München, das er als den „Ort meiner völligen Befreiung“ bezeichnete. Das Deutsche Museum weckte seine Begeisterung für die moderne Technik, er entfernte sich zunehmend von der Malerei und arbeitete fernerhin in erster Linie mit Objekten.
1919 nahm Duchamp das Pseudonym Rose Sélavy oder auch Rrose Sélavy an – sprich „Eros, c'est la vie“ –, mit dem er einige Werke signierte.

Albrecht Dürer der Jüngere (*1471 in Nürnberg; †1528 ebenda) verstand sich – im Gegensatz zu den mittelalterlichen Malern – nicht mehr als Handwerker, sondern als schöpferisches Individuum. Er war nicht nur ein großartiger Künstler, er verstand es auch, seine Werke publik zu machen, indem er als einer der ersten die sei-

nerzeit neuen Drucktechniken nutzte, um nicht nur Kopien bereits existierender Gemälde zu reproduzieren, sondern um eigenständige Druckgrafiken zu schaffen, die gleichbedeutend neben seinen Gemälden auf Holz oder Leinwand standen.
Seine Drucke stellte Dürer im eigenen Verlag her und vertrieb sie über den Buchhandel, was nicht nur eine sichere Einnahmequelle bedeutete, sondern ihn schnell europaweit bekannt machte.

Friedrich Ebert (*1871 in Heidelberg; †1925 in Berlin) war seit 1913 Vorsitzender der Sozialdemokratischen Partei Deutschlands und während des Ersten Weltkriegs – gegen den Widerstand des linken Parteilagers – vehementer Verfechter der Burgfriedenspolitik. Vom Februar 1919 bis zu seinem Tod hatte er das Amt des Reichspräsidenten inne. In den Jahren von 1919 bis 1923 ging er entschieden gegen Putschversuche von rechts vor, ließ allerdings auch mehrere Aufstände von revolutionären Sozialisten mit Waffengewalt niederschlagen.

Dietrich Eckart (*1868 in Neumarkt in der Oberpfalz; †1923 in Berchtesgaden) gründete 1915 in München den Hoheneichen-Verlag, in dem in erster Linie völkisches und extrem rechtes Schrifttum publiziert wurde, und nach dem Ersten Weltkrieg die antisemitische Zeitschrift »Auf gut deutsch«, die einen besonders offenen Antisemitismus vertrat. Nach dem Einstellen der Zeitschrift 1921 wurde Eckart Chefredakteur des »Völkischen Beobachters«. Als „Parteidichter" der NSDAP verfasste er neben zahlreichen rechtsradikalen und antisemitischen Traktaten 1920 das »Sturmlied« der SA, dem der Schlachtruf der NS-Bewegung „Deutschland erwache!" entstammt. Hitlers Denken und Auftreten wurden stark von Eckart beeinflusst. Am Ende des zweiten Bands von »Mein

Kampf« nennt er ihn als einen Mann, der „als der Besten einer sein Leben dem Erwachen seines, unseres Volkes gewidmet hat im Dichten und im Denken und am Ende in der Tat.“

Karl Eisen (*1873 in Weißenburg; †1943 ebenda) wirkte ab 1916 als Direktor der psychiatrischen Anstalt Karthaus-Prüll in Regensburg. Er schaffte Zwangsmaßnahmen wie Isolation und Fixierungen weitgehend ab, förderte die Arbeitstherapie und führte die „Offene Fürsorge“ ein. Nach 1933 wurden diese und weitere Errungenschaften wieder abgeschafft, was er – obgleich seit 1935 Parteimitglied – nicht verhindern konnte. 1934 wurde in Karthaus-Prüll ein Operationssaal zur Durchführung von Sterilisationen männlicher Patienten eingerichtet, 1936 ein Büro zur „Erbbiologischen Bestandsaufnahme“. Zum 1. November 1937 ließ sich Eisen in den vorzeitigen Ruhestand versetzen.

Max Ernst (*1891 in Brühl; †1976 in Paris) war – und das als Autodidakt – Maler, Grafiker und Bildhauer und gründete nach dem Ersten Weltkrieg zusammen mit Johannes Baargeld und Hans Arp die Kölner Dada-Gruppe. 1922 zog er nach Paris und schloss sich dem Kreis der Surrealisten um André Breton an. Nach dem Einmarsch der Deutschen emigrierte er in die USA.

Theodor Fischer (*1878 in Luzern; †1957) eröffnete 1907 in Luzern eine Gemäldegalerie, in den 1920er Jahren eine Filiale in Berlin. Er war der bedeutendste Kunsthändler mit NS-Raubkunst in der Schweiz.

Der Roman »The Great Gatsby« von **Francis Scott Fitzgerald** (*1896 in St. Paul, Minnesota; †1940 in Hollywood) aus dem Jahr 1925 ist eines der bedeutendsten Werke der

US-amerikanischen Literatur des 20. Jahrhunderts. Im Februar 1920, noch bevor Fitzgerald mit seinem ersten Roman »This Side of Paradise« schlagartig berühmt wurde, erschien seine Kurzgeschichte »Head and Shoulders« in der »Saturday Evening Post«.

Josef Forster (*1878 in Stadtamhof, das damals noch nicht zu Regensburg gehörte; †1949 in Regensburg) war erstmals 1916 als Patient in Karthaus-Prüll. Hier betätigte sich der ehemalige Tapezierer und Dekorationsmaler – laut Krankenakte – als „Sattler, Kunstmaler, Naturheilkundiger und Philosoph". Er schuf auf Abfallkartons, Holz und Zeitungen zahlreiche teils großformatige Zeichnungen, aber auch Skizzen zu „Erfindungen" wie dem „Kopfapparat aus Stahlfedern" oder der „Motor-Wiedergeburtmaschine". Zwei davon hat er auch als 3D-Modelle realisiert. Das heutige Logo der Sammlung Prinzhorn in der Klinik für Allgemeine Psychiatrie des Universitätsklinikums Heidelberg ist an Forstners Bild »Mann ohne Schwerkraft« angelehnt.

Herr Dr. Frankfurter hat im Auftrag eines anonymen amerikanischen Bieters auf der Züricher Auktion vom 30. Juni 1939 eines von van Goghs »Selbstporträts« ersteigert. Mehr wissen wir nicht über ihn.

Der Jurist **Wilhelm Frick** (*1877 in Alsenz; †1946 in Nürnberg) arbeitete ab 1904 bei der Polizeidirektion München, ab 1919 leitete er dort die politische Polizei, eine zur Bekämpfung politisch motivierter Straftaten eingerichtete Institution. In dieser Position unterstützte er die NSDAP (Mitglied ab 1925) durch großzügige Genehmigungen von Versammlungen und Hetzplakaten. Während des Hitlerputsches sorgte er dafür, dass die Polizei erst verspätet tätig wurde.

1930 wurde im Land Thüringen die erste Landesregierung mit einer Beteiligung der NSDAP gewählt, Frick wurde Thüringer Staatsminister für Inneres und Volksbildung und somit der erste Minister der NSDAP während der Weimarer Zeit. Von 1933 bis 1943 war er Reichsminister des Inneren, damit einer der mächtigsten Politiker der NS-Diktatur und an deren Aufbau maßgeblich beteiligt.

Johann Georg Peter Fuchs (*1868 in Beerfelden; †1949 in München) ließ sich nach dem Studium der Germanistik und Kunstgeschichte in Gießen und Leipzig 1890 als freier Schriftsteller in München nieder. 1908 gründete er das Münchner Künstler-Theater, als dessen Leiter er sich programmatisch für einen neuen, an der antiken Bühne orientierten Aufführungsstil einsetzte.
Seit 1922 nahm Fuchs an separatistischen Bestrebungen in Bayern teil, am 9.7.1923 wurde er dafür durch den Volksgerichtshof wegen Hochverrats zu zwölf Jahren Zuchthaus verurteilt, 1927 jedoch begnadigt.

Clemens Augustinus Joseph Emmanuel Pius Antonius Hubertus Marie Graf von Galen (*1878 in Dinklage; †1946 in Münster) war von 1933 bis 1946 Bischof von Münster und wandte sich bereits kurz nach Beginn seiner Amtszeit öffentlich und deutlich gegen die Nationalsozialisten. Aufgrund seiner großen Popularität unter der Bevölkerung entging der „Löwe von Münster" der Ermordung durch die Nazis – Goebbels verschob seine Beseitigung auf die „Zeit nach dem Endsieg".
2005 wurde von Galen seliggesprochen.

Paul Gauguin (*1848 in Paris; †1903 in Atuona auf Hiva Oa, Französisch-Polynesien) und Vincent van Gogh lernten sich 1887 in Paris kennen. Van Gogh reiste im Febru-

ar 1888 nach Arles in Südfrankreich, um dort eine Künstlerkolonie zu gründen; Gauguin folgte ihm im Oktober desselben Jahres, einerseits um in Arles zu arbeiten, andererseits, weil van Goghs Bruder Theo zugesagt hatte, Reise und Aufenthalt zu finanzieren. Die „Männer-WG" endete neun Wochen später mit dem bis heute ungeklärten Verlust eines Teils von van Goghs linkem Ohr.
Gauguin kehrte nach Paris zurück; 1891 bereiste er erstmals Polynesien, seit 1895 lebte er dauerhaft dort. Ab 1900 konnte er – wenngleich bescheiden – vom Ertrag seiner Malerei leben, heute gilt er als einer der einflussreichsten Maler seiner Zeit und als Vorläufer des Expressionismus.

Joseph Goebbels (*1897 in Rheydt; †1945 in Berlin) war während der Zeit des Nationalsozialismus sowohl Reichsminister für Volksaufklärung und Propaganda als auch Chef der Reichskulturkammer. Mehr braucht man eigentlich über die Funktion von Kultur im „Dritten Reich" nicht zu sagen. Goebbels war einer der mächtigsten und einflussreichsten Politiker der Nazi-Diktatur. Vom Oktober 1923 bis zu seinem Suizid im Mai 1945 führte er Tagebücher, die eine bedeutende Quelle für die Geschichte der NSDAP und des „Dritten Reichs" darstellen.

Vincent van Gogh (*1853 in Groot-Zundert; †1890 in Auvers-sur-Oise) starb zwei Jahre vor Alfred Seidls Geburt und hinterließ so viele Gemälde und Zeichnungen, dass sich über ihre Menge unterschiedlichste Angaben finden; die meisten davon hatte er während der letzten zehn Jahre seines kurzen Lebens geschaffen. Van Gogh hatte ein ambivalentes aber intensives Verhältnis zu seinem Bruder, sein letztes Jahr verbrachte er in psychiatrischer Behandlung.

Hermann Göring (*1893 in Rosenheim; †1946 in Nürnberg) fungierte im „Dritten Reich" als Führer der SA, als „Reichsminister ohne Geschäftsbereich", als Reichskommissar für den Luftverkehr und Ministerpräsident Preußens.
Er war maßgeblich an der politischen Gleichschaltung und der Verfolgung der Opposition beteiligt, war verantwortlich für die Einrichtung der Gestapo sowie der ersten Konzentrationslager ab 1933, er war zuständig für die Aufrüstung der Wehrmacht zur Vorbereitung eines Angriffskrieges, leitete die Maßnahmen für den „Anschluss" Österreichs und gab 1941 die Organisation der so genannten „Endlösung der Judenfrage" in Auftrag. Daneben war Göring leidenschaftlicher Kunstsammler. Durch Kauf, durch Tausch, aber am effektivsten durch Raub und Erpressung häufte er über 4000 Kunstobjekte an.

George Grosz (eigentlich Georg Ehrenfried Groß, *1893 in Berlin; †1959 ebenda) ist heute in erster Linie wegen seiner überwiegend in den 1920er Jahren entstandenen sozial- und gesellschaftskritischen Gemälde und Zeichnungen bekannt. Er illustrierte in zahlreichen linken Zeitschriften der Weimarer Zeit, u.a. »Eulenspiegel«, »Roter Pfeffer«, »Das Stachelschwein« und »Simplicissimus«, hob auch eigene politische Zeitschriften aus der Taufe – »Jedermann sein eigener Fußball«, »Die Pleite«, »Der Gegner« und »Der blutige Ernst«. 1920 war er Mitorganisator der Ersten Internationalen Dada-Messe in Berlin. Kurz vor der „Machtergreifung" emigrierte Grosz in die USA, wenige Wochen vor seinem Tod kehrte er nach Deutschland zurück.

Alfred Grotjahn (*1869 in Schladen; †1931 in Berlin) war wie sein Vater und Großvater (und sein Sohn und

drei seiner Enkel) Arzt. Anfang des 20. Jahrhunderts stellte er seine Theorie zur „Sozialen Hygiene“ auf, die sich mit den Zusammenhängen zwischen Gesundheit, Krankheit und den sozialen Lebensbedingungen der Menschen beschäftigte. 1905 war er Mitbegründer und in der Folge Vorstandsmitglied des „Vereins für soziale Medizin, Hygiene und Medizinalstatistik“; auch war er Mitglied in der „Gesellschaft für Rassenhygiene“. 1920 wurde er erster Ordinarius des neu eingerichteten Lehrstuhls für „Sozialhygiene und Geburtenregelung, sowie Bekämpfung von Alkoholismus und Geschlechtskrankheiten“ an der Universität Berlin, in der Amtszeit 1927/28 war er Dekan der Charité.
Grotjahn starb zwei Jahre, bevor die Verwirklichung seiner Ideen in Angriff genommen wurde.

Der Jurist **Franz Gürtner** (*1881 in Regensburg; †1941 in Berlin) wurde im August 1922 zum bayerischen Justizminister ernannt. Während seiner Amtszeit war die bayerische Justiz rechtsextremen Straftaten und -tätern gegenüber sehr milde eingestellt, was sich am berüchtigtsten in Adolf Hitlers vorzeitiger Entlassung aus der Justizvollzugsanstalt Landsberg, der Aufhebung seines Redeverbots sowie der frühzeitigen Wiederzulassung der NSDAP zeigte. Von 1932 bis zu seinem Tod war Gürtner Reichsjustizminister.

Hildebrand Gurlitt (*1895 in Dresden; †1956 in Oberhausen) hatte eine lange Ahnenreihe von Kunstwissenschaftlern, Kunsthändlern und Künstlern. Nach seinem Kunststudium war er von 1925 bis 1930 Leiter des König-Albert-Museums in Zwickau und von 1931 bis 1933 Leiter des Kunstvereins Hamburg, wobei er den Schwerpunkt der Sammlungen auf Werke avantgardistischer zeitgenössischer Maler legte und zahlreiche

Ausstellungen mit Werken von Max Pechstein, Käthe Kollwitz, Erich Heckel oder Karl Schmidt-Rottluff veranstaltete. Aufgrund seines Kunstgeschmacks wurde er nach Ausbruch des „Dritten Reichs" gezwungen, von seinem Amt zurückzutreten, und machte sich selbständig. Er handelte sehr erfolgreich mit moderner – unter der Hand auch mit „entarteter" – Kunst, überwiegend ins Ausland.
1943 wurde er von dem „Sonderbeauftragten" für die Kunstsammlung von Adolf Hitlers geplantem „Führermuseum" in Linz, Hermann Voss, eingestellt, um ihm im besetzten Paris beim Einkauf von Kunstwerken für das Museum behilflich zu sein. Im Zuge seiner diesbezüglichen Arbeiten legte Gurlitt auch eine eigene Privatsammlung an, bestritt aber im Entnazifizierungsverfahren, das er ab 1945 durchlief, je mit so genannter Raubkunst gehandelt zu haben.
Allerdings sind die im Februar 2012 von Zollfahndern in der Wohnung seines Sohnes Cornelius Gurlitt gefundenen – und größtenteils seit der Zeit des Nationalsozialismus verschollenen – 1280 Werke wahrscheinlich zu einem nicht unerheblichen Teil eben das: Raubkunst.

Der gelernte Bankkaufmann **Karl Haberstock** (*1878 in Augsburg; †1956 in München) trat ab 1905 als Kunsthändler in Erscheinung. Er handelte vornehmlich mit Werken alter Meister; moderne Kunstströmungen interessierten ihn wenig. Haberstocks Kundschaft war politisch überwiegend im rechten Spektrum angesiedelt; er selbst trat 1933 in die NSDAP ein, ab 1936 beteiligte er sich am Aufbau einer von Hitler in die Wege geleiteten Kunstsammlung, ab 1939 war er Hauptkunsthändler für das geplante „Führermuseum" in Linz. Er war Mitglied der Verwertungskommission für „Entartete Kunst" und maßgeblich für den guten Kontakt zur Galerie Fischer in Luzern verantwortlich. Nach dem Ende des „Dritten Reichs“ wurde Haberstock in zwei Entnazifizierungsverfahren zunächst als „Mitläufer“, dann als „entlastet“ eingestuft und war bis zu seinem Tod weiterhin als Kunsthändler tätig.

Ernst Haeckel (*1834 in Potsdam; †1919 in Jena) war Mediziner, Zoologe und Philosoph und trug durch seine Schriften dazu bei, dass Darwins Evolutionstheorie – »Über die Entstehung der Arten« war 1858 erschienen – in Deutschland bekannt wurde. Seine vehemente Übertragung des darwinistischen Evolutions- und Selektionsprinzips auf menschliche Gesellschaften brachte ihm den Ruf des „Vaters des deutschen Sozialdarwinismus“ und eines der wichtigsten Wegbereiter der Rassenhygiene und Eugenik in Deutschland ein.

Ludwig Christian Haeusser (*1881 in Bönnigheim; †1927 in Berlin) war der wohl bekannteste Vertreter der so genannten „Inflationsheiligen“, die in den 20er Jahren des 20. Jahrhunderts durch Deutschland zogen. Im Anschluss an seine „Erweckung“ 1918 scharte Haeusser auf seinen Wanderungen in Mönchskutte, mit langem Haar und wallendem Bart eine stetig wachsende Zahl von Jüngern (und auffällig vielen „Jüngerinnen“) um sich, denen er eine Mischung aus christlicher Mystik, Taoismus, Nietzsche und allen möglichen anderen Dingen predigte. Aufgrund seiner Radikalität, seiner direkten Provokation von Obrigkeiten und wohl auch seiner deftigen Ausdrucksweise verbrachte er seit Beginn seiner Erlösertätigkeit mehr Zeit in psychiatrischen Kliniken und Gefängnissen als in Freiheit. Mit dem Abebben der Inflation in Deutschland endete die Zeit der Inflationsheiligen; Haeussers politische Partei, der Haeusserbund, erhielt bei den Reichstagswahlen des Jahres 1924 im Mai nur knapp 25.000, im Dezember weniger als 10.000 Stimmen. Als Kandidat zur Wahl des Reichspräsidenten im Jahr 1925 wurde er nicht zugelassen.

Der Lehrer **Rudolf Hartig** (*1891 in Hösbach; †1962 in Leipzig) hatte sich bereits 1913 um Publikationen seiner expressionistischen Gedichte bemüht, einige erschienen ab 1917 in Zeitschriften der Endphase des Expressionismus wie »Die Aktion«, »Neue Blätter für Kunst und Dichtung« und der »Sichel«. Auch war er Mitglied der Künstlergruppe „Das junge Franken".
1919 trat Hartig der USPD bei, wurde während der Bayerischen Räterepublik Vorsitzender des Arbeiter- und Soldatenrats und nach deren Ende zu zwei Jahren Festungshaft wegen Hochverrats verurteilt. Noch während der Haft wechselte er zur KPD und ging, da er nach seiner Entlassung in Bayern keine Anstellung mehr fand, nach Leipzig, wo er während des Dritten Reichs und auch später als Kulturfunktionär in der DDR eher unauffällig war. Literarisch war er nach seiner expressionistischen Phase nicht mehr aktiv.

Von **Alfred Hauswirth** (1872–1959) wissen wir nicht viel. Nur, dass er Stadt- und Schularzt der Stadt Bern war, Mitglied der Bernischen Bauern- und Bürgerpartei (eine der Vorgängerparteien der heutigen nationalkonservativen bis rechtspopulistischen Schweizer Volkspartei) und dass er im November 1922 die genannte „Motion" (Seite 155 in diesem Buch) im „Großen Rat" der Stadt Bern einreichte, die im September 1923 behandelt wurde. Mehr muss man vielleicht auch gar nicht über ihn wissen.

John Heartfield (eigentlich Helmut Herzfeld; *1891 in Schmargendorf; †1968 in Ost-Berlin) war Maler, Grafiker und Bühnenbildner und gilt gemeinhin als der Erfinder der politischen Fotomontage. Ab 1916 trat er dadaistisch in Erscheinung, am 31. Dezember 1918 – dem Tag der Gründung – trat er der KPD bei, seit 1919 engagierte er sich in der Berliner Dada-Szene. 1924 erschien seine erste politische Fotomontage »Väter und Söhne 1924«. 1933 emigrierte er zunächst in die Tschechoslowakei, nach der Besetzung des Sudetenlandes nach London. Ab 1950 lebte er in der DDR.

Erich Heckel (*1883 in Döbeln; †1970 in Radolfzell am Bodensee) wollte zunächst Schriftsteller werden, studierte dann Architektur und bildete sich schließlich autodidaktisch zum Maler und Grafiker aus. Im Juni 1905 gründete er zusammen mit Karl Schmidt-Rottluff, Ernst Ludwig Kirchner und Fritz Bleyl in Dresden die Künstlergruppe „Brücke", die schnell bekannt wurde und eine rege Ausstellungstätigkeit entwickelte; ab 1913 folgten Einzelausstellungen. Heckel war Expressionist und galt als solcher den Nationalsozialisten als „entartet"; dass er den 1934 im »Völkischen Beobachter« erschienenen »Aufruf der Kulturschaffenden« unterschrieben und sich damit in des „Führers Gefolgschaft" eingereiht hatte, änderte daran nichts: 1937 erhielt Heckel Ausstellungsverbot, 729 seiner Arbeiten wurden als „entartete Kunst" aus deutschen Museen entfernt oder beschlagnahmt, zahlreiche seiner Bilder fielen der Bilderverbrennung am 20. März 1939 im Hof der Berliner Hauptfeuerwache zum Opfer, 1944 wurden bei einem Bombenangriff sein Berliner Atelier und etliche seiner Werke zerstört.

Die literarischen und sonstigen publizistischen Gattungen und medialen Plattformen, die **Elke Heidenreich** (*1943 in Korbach) nicht erfolgreich bespielt, wären kürzer und unkomplizierter aufzuzählen als die Buchseiten, Bühnen, Radio- und Fernsehstudios, auf und in denen sie bereits beheimatet war und noch ist. Als Literaturkritikerin ist sie seit 1993 aktiv: Von 2003 bis 2008 hatte sie ihre eigene Literaturkritiksendung im ZDF, seit 2012 ist sie im »Literaturclub« des Schweizer Fernsehens tätig.

Der Jurist **Hans Herrmann** (*1889 in Regensburg; †1959 ebenda) war von 1918 bis zu deren Auflösung Mitglied der Bayerischen Volkspartei, von 1935 bis zu deren Auflösung Mitglied der NSDAP und ab 1945 der CSU – trotz des Verbotes der US-Militärregierung, sich politisch zu betätigen, da er in erster Entnazifizierungsinstanz als „Belasteter" eingestuft wurde.
Von 1925 bis 1945 war Herrmann zweiter Bürgermeister und 1952 bis 1960 Oberbürgermeister von Regensburg sowie von 1954 bis 1958 Abgeordneter der CSU im Bayerischen Landtag.
Wie all dies zusammenpasst, ist in der Forschung nicht unumstritten, soll aber an dieser Stelle nicht weiter vertieft werden – *so* wichtig ist uns Hans Herrmann auch wieder nicht.

Der Kunsthistoriker **Julian Heynen** (*1951 in Krefeld) war bislang unter anderem Ausstellungsleiter und stellvertretender Direktor der Krefelder Landesmuseen, künstlerischer Leiter des K21 der Kunstsammlung Nordrhein-Westfalen, zweimaliger Kommissar des deutschen Pavillons bei der Biennale in Venedig, Ko-Kurator der Shanghai Biennale, Kurator des Georgischen Pavillons auf der Venediger Biennale 2017 und von 2007 bis 2010 Teilnehmer des 3sat-Kulturmagazins »Bilderstreit«.

Paul von Hindenburg (*1847 in Posen; †1934 auf Gut Neudeck, Ostpreußen) übte gemeinsam mit Erich Ludendorff als Oberbefehlshaber der Obersten Heeresleitung von 1916 bis 1918 diktatorisch die Regierungsgewalt aus. 1925 wurde er als Vertreter des antirepublikanischen „Reichsblocks" im Alter von 77 Jahren als Nachfolger Friedrich Eberts zum Reichspräsidenten gewählt und 1932 wiedergewählt. Am 30. Januar 1933 ernannte er Adolf Hitler zum Reichskanzler.

Adolf Hitler (*1889 in Braunau am Inn, Österreich-Ungarn; †1945 in Berlin) gilt als einer der größten Verbrecher der Geschichte. Am 19. Oktober 1919 trat er der Deutschen Arbeiterpartei bei, vier Monate später wurde die Partei in NSDAP umbenannt und legte ihr von Hitler mitverfasstes »25-Punkte-Programm« vor.
Im November 1923 versuchten NSDAP und weitere rechte Bewegungen in einem Putsch die parlamentarische Demokratie zu beseitigen und eine Diktatur nach italienischem Vorbild zu errichten. Der Putsch scheiterte, die NSDAP wurde verboten und Hitler zu fünf Jahren Festungshaft verurteilt, wegen „guter Führung" allerdings bereits nach weniger als neun Monaten entlassen. Während dieser Zeit verfasste er den ersten Teil seiner Programmschrift »Mein Kampf«. Zum 16. Februar 1925 wurde das NSDAP-Verbot aufgehoben.
Januar 1933 „Machtergreifung", Mai 1933 Bücherverbrennung, September 1935 Nürnberger Rassengesetze, März 1938 „Anschluss" Österreichs, November 1938 „Kristallnacht", September 1939 Überfall auf Polen, Beginn des Zweiten Weltkriegs, seit 1941 „Endlösung der Judenfrage", um nur einige Eckpunkte zu nennen.
Nach Hitlers „Gnadentod-Erlass" (Seite 276) wurden bereits im Oktober 1939 in einer ersten „Probevergasung" in der besetzten polnischen Stadt Posen mehrere

Psychiatriepatienten ermordet. Bis 1941 fielen der „Kinder-Euthanasie“ und der später so genannten „Aktion T4“ mehr als 70.000 körperlich, geistig und psychisch beeinträchtigte Menschen zum Opfer.

Der Psychiater und Neuropathologe **Alfred Hoche** (*1865 in Wildenhain; †1943 in Baden-Baden) ist heute in erster Linie als Mitverfasser der Schrift über »Die Freigabe der Vernichtung lebensunwerten Lebens« aus dem Jahr 1920 bekannt, die eine der theoretischen Grundlagen der organisierten Massenvernichtung psychisch Kranker zur Zeit des Nationalsozialismus darstellt.

Der Vermessungstechniker **Max Hoelz** (*1889 in Moritz bei Riesa; †1933 bei Gorki, UdSSR) trat 1918 der USPD, 1919 der KPD bei. 1920 stellte er als „Roter Robin Hood“ - gegen den Willen der KPD-Führung - bewaffnete Kampfgruppen auf, die in weiten Teilen des Vogtlandes Fabrikanten und Kaufleuten Lebensmittel und Geld abpressten und sich während eines bewaffneten Arbeiteraufstands im März 1921 im Mansfelder Land mit Brandstiftungen, Plünderungen, Bankraub und Sprengstoffattentaten hervortaten. Nach der Niederschlagung des Aufstands wurde Hoelz zu lebenslangem Zuchthaus verurteilt, im Juli 1928 allerdings amnestiert und freigelassen. 1929 emigrierte er auf Einladung Stalins in die Sowjetunion.

Adolf Hölzel (*1853 in Olomouc/Olmütz, Mähren; †1934 in Stuttgart) zog im Anschluss an sein Kunststudium in Wien und München Ende der 1880er Jahre nach Dachau, wo er die „Dachauer Malschule“ mitbegründete. Von 1906 bis 1918 hatte er eine Professur für Malerei an der Stuttgarter Akademie inne. In seinem Frühwerk war Hölzel dem Impressionismus verpflichtet, später entwickelte er ungegenständliche flächige Farbuntersuchungen mit einander durchdringenden Spiralen und Kreisen, die ihn zu einem frühen Vertreter der abstrakten Kunst und zu einem der wichtigsten Vorreiter der Moderne machten.

Gerhard Hoffmann (*1887 in Weimar; †1939 ebd.) verstand sich als Philosoph und Nachfolger von Friedrich Nietzsche und machte sich unter dem Pseudonym „Ernst Mann" seit Anfang der 1920er Jahre in mehreren Publikationen für die Überwindung des Christentums, die Wiederbelebung germanischer Weltanschauungen und die Einrichtung von „Selektionskommissionen" stark, die „Geisteskranke, Verkrüppelte, Blinde, Geschlechtskranke etc." zwecks späterer Vernichtung aus der Gesellschaft aussondern sollten.

Richard Huelsenbeck (*1892 in Frankenau; † 1974 in Muralto, Schweiz) studierte in Paris, Zürich, Berlin, Greifswald, Münster und München Medizin, Philosophie, Germanistik und Kunstgeschichte. 1916 verweigerte er den Kriegsdienst und ging in die Schweiz, wo er die Dada-Bewegung mitbegründete. Zurück in Berlin gründete er auch dort eine Dada-Gruppe und schrieb das erste Dadaistische Manifest. 1936 emigrierte er mit seiner Familie in die USA und wirkte dort vornehmlich als Psychiater und Psychoanalytiker.

Hanns Johst (*1890 in Seerhausen; †1978 in Ruhpolding) wurde 1915 aufgrund einer nicht näher bezeichneten Krankheit vorzeitig aus der Armee entlassen. Seither lebte er als freier Schriftsteller und Regieassistent am Starnberger See. Der Durchbruch als Bühnenautor gelang ihm 1917 mit dem Stück »Der Einsame«, das bereits deutliche völkische und antisemitische Elemente aufweist.

In den 1920er Jahren avancierte Johst zu einem der bekanntesten deutschen Dramatiker, den die politische Rechte für sich reklamierte; sein Adolf Hitler gewidmetes Stück »Schlageter«, uraufgeführt am 20. April 1933 zu dessen Geburtstag, wurde in über 1000 Städten gespielt. Während des nationalsozialistischen Regimes machte Johst sowohl als Schriftsteller als auch politisch Karriere.
Nach Kriegsende wurde er zunächst als „Mitläufer" eingestuft, im Berufungsverfahren 1949 als „Hauptschuldiger" und in einem weiteren Entnazifizierungsverfahren 1951 als „belastet". 1955 erreichte Johst die Aufhebung dieser Einstufung, was einer Rehabilitierung gleichkam.

Adolf Jost (*1874 in Graz; †1908 in Sorau) war Psychologe und Verfasser der „Jost'schen Sätze" aus dem Jahr 1897, die noch heute zu den Grundlagen der Lernpsychologie zählen. Zwei Jahre vorher, noch während seines Studiums hatte er die Schrift »Das Recht auf den Tod« veröffentlicht, zu der er angeblich von seinem Vater angeregt worden war, der sich in hohem Alter das Leben genommen und in seinem Abschiedsbrief seinem Sohn geraten hatte, sich das Leben zu nehmen, wenn es ihn nicht mehr freue. Jost litt an einem Anfallsleiden, an dessen Folgen er mit 34 Jahren in der „Landesirrenanstalt Sorau" starb.

Wassily Kandinsky (*1866 in Moskau; †1944 in Neuilly-sur-Seine) schuf nach eigenen Angaben das erste abstrakte Bild der Welt. 1896 zog er von Moskau nach München, um Kunst zu studieren, gründete dort zusammen mit Wilhelm Hüsgen und anderen Künstlern 1901 die Künstlergruppe und Malschule »Phalanx«. Von Juni bis August 1903 hielt er sich in Kallmünz in der Oberpfalz auf, um seine Sommermalschule abzuhalten.

Auch verlobte er sich dort mit seiner Malschülerin und langjährigen Lebensgefährtin Gabriele Münter. Von 1922 bis zur Schließung des Dessauer Bauhauses durch die nationalsozialistische Stadtverwaltung im Jahr 1932 lehrte Kandinsky am Bauhaus, anschließend emigrierte er mit seiner zweiten Frau nach Frankreich.

Wolfgang Kapp (*1858 in New York; †1922 in Leipzig) gründete als Reaktion auf die am 19. Juli 1917 vom Reichstag angenommene Resolution, die einen Verständigungsfrieden zur Beendigung des Ersten Weltkrieges forderte, die rechtsradikale Deutsche Vaterlandspartei. Am 13. März 1920 führte er zusammen mit General Walther von Lüttwitz einen Putsch gegen die Reichsregierung in Berlin an und erklärte nach der militärischen Besetzung des Regierungsviertels die geflüchtete Regierung unter Reichskanzler Gustav Bauer für abgesetzt, die Nationalversammlung und die preußische Regierung für aufgelöst und ernannte sich selbst zum Reichskanzler und preußischen Ministerpräsidenten. Nach dem Scheitern des Putsches tauchte Kapp unter und setzte sich über Dänemark nach Schweden ins Exil ab, wo er von der Polizei verhaftet und an Deutschland ausgeliefert wurde. Kurz vor Prozessbeginn wegen Hochverrats starb er in der Untersuchungshaft.

Der Philosoph **Hermann Keyserling** (*1880 in Könno/ Livland/ heute Estland; †1946 in Innsbruck) war einer der prominentesten Köpfe des geistigen Lebens in der Weimarer Republik. 1920 gründete er in Darmstadt die „Gesellschaft für freie Philosophie" und die „Schule der Weisheit", eine Begegnungsstätte, bei deren jährlichen Tagungen führende Zeitgenossen aus Wissenschaft, Politik, Wirtschaft und Kultur in einen interdisziplinären und -kulturellen Dialog eintraten.

Frank Billings Kellogg (*1856 in Potsdam, USA; †1937 in Saint Paul, Minnesota) war von 1925 bis 1929 Außenminister der USA. Zusammen mit seinem französischen Amtskollegen Aristide Briand entwarf er einen amerikanisch-französischen Vertrag zur Ächtung des Krieges als Mittel der internationalen Politik, der am 27. August 1928 von 15 Staaten unterzeichnet wurde. Bis 1929 schlossen sich dem Pakt weitere 63 Staaten an. Zwar wurden mit dem Vertrag Grundlagen für das internationale Völkerrecht geschaffen, die 1945 in die Satzung der Vereinten Nationen aufgenommen wurden, angesichts der zahlreichen seinerzeitigen kriegerischen Auseinandersetzungen - einschließlich des Zweiten Weltkriegs - schien der Pakt jedoch weitgehend wirkungslos geblieben zu sein.
1930 wurde Kellogg der Friedensnobelpreis verliehen.

Das künstlerische Werk von **Paul Klee** (*1879 in Münchenbuchsee, Schweiz; †1940 in Muralto, Schweiz) zeichnet sich durch stilistische Vielseitigkeit aus. Seine Grafiken und Gemälde lassen sich dem Expressionismus, Konstruktivismus, Kubismus, Primitivismus und dem Surrealismus zuordnen. Ab 1921 lehrte er am Bauhaus in Weimar und später in Dessau, ab 1931 an der Kunstakademie Düsseldorf. Im April 1933 wurde ihm als „entartetem Künstler“ und „politisch Unzuverlässigem“ die Stelle fristlos gekündigt, kurz vor Heiligabend verließ er mit seiner Frau Deutschland und ging zurück in die Schweiz.

Die Kunstsammlung von **Ernst** (*1903; †1990) und **Marthe** (Daten leider nicht bekannt) **Kofler-Truniger** war eine der größten Privatsammlungen der Welt, die hauptsächlich altägyptische, mittelalterliche und islamische Kunst enthielt. Seit den 70er Jahren wurde sie sukzessive veräußert, heute finden sich die Sammelstücke über die ganze Welt verteilt.

Gustav Kolb (*1870 in Ansbach; †1938 in Starnberg) war Psychiater und entwickelte während seiner Zeiten als Anstaltsdirektor in Kutzenberg (1905-1911) und Erlangen (1911-1934) das System der „offenen Irrenfürsorge". Bis dahin waren Psychiatrien in erster Linie Verwahranstalten gewesen, bei denen die Entlassung der Patienten nicht vorgesehen war. 1934 wurde Kolb vorzeitig in den Ruhestand versetzt.
Erst im Rahmen der sozialpsychiatrischen Bewegung in den 68ern erlebte sein Ansatz wieder Popularität.

Rudolf Kraemer (*1885 in Heilbronn; †1945 in Heidelberg) konnte als Sohn wohlhabender Eltern trotz seiner starken Sehbehinderung und seines Stotterns entgegen den Gepflogenheiten der Zeit das Gymnasium besuchen und anschließend Jura studieren (Promotion 1924). 1909 gründete er den württembergischen Blindenverein, zwei Jahre später in Heilbronn die erste Blindengenossenschaft Deutschlands. Ab 1926 setzte er sich in mehreren Schriften für eine Blindenrente ein. Die Ausübung seiner Tätigkeit als Rechtsberater und Justitiar des Reichsdeutschen Blindenverbandes, die er seit 1929 innehatte, wurde ihm 1934 untersagt, da er offen gegen die von den Nationalsozialisten propagierte Vorstellung vom Sinn der „Rassenhygiene" und der Zwangssterilisation Stellung bezogen hatte.

Emil Kraepelin (*1856 in Neustrelitz; †1926 in München) führte als erster experimentalpsychologische Methoden in die Psychiatrie ein und sorgte dafür, dass Psychiatrien mehr wurden als reine Verwahranstalten und „Irrenhäuser". Auch gehen die Grundlagen des heutigen Systems der Klassifizierung psychischer Störungen auf ihn zurück. Seine eugenischen Ansichten zur staatlichen Regulierung der Fortpflanzung „Geisteskranker", wie er sie 1900 in seinem Buch »Die psychiatrischen Aufgaben des Staates« formulierte, sind indes weniger bekannt.

Carl Christian Krayl (*1890 in Weinsberg; †1947 in Werder) begann seine berufliche Laufbahn als Architekt 1912. Während seiner Zeit in Nürnberg – 1919-21 – war er Mitglied der Künstlergruppen „Gläserne Kette" und „Das junge Franken". 1921 zog er nach Magdeburg, wo er Geschäftsbauten und Wohnsiedlungen vornehmlich im Stil des „Neuen Bauens" realisierte, was der Stadt den Beinamen „Stadt des Neuen Bauens" einbrachte. Während des „Dritten Reichs" erhielt er als „Kulturbolschewist" keine Aufträge mehr und arbeitete als technischer Angestellter bei der Reichsbahn.

Alfred Kubin (*1877 in Litoměřice/Leitmeritz, Österreich-Ungarn; †1959 in Zwickledt) war Grafiker, Schriftsteller, Buchillustrator, einer der Vorläufer des deutschen Surrealismus und 1909 Mitbegründer der expressionistischen „Neuen Künstlervereinigung München", aus der 1911 die Redaktion des „Blauen Reiters" hervorging. Kubin illustrierte etwa 60 Bücher, veröffentlichte druckgrafische Mappenwerke und hinterließ tausende Federzeichnungen. In seinem phantastischen Roman »Die andere Seite« geht es – ebenso wie in seinen Zeichnungen – um die fließenden Übergänge zwischen Traum und Realität.

Wilhelm Lange-Eichbaum (*1875 in Hamburg; †1949 ebenda) war Psychiater und als Anstaltsarzt in Berlin, Tübingen und Hamburg tätig. In seiner wissenschaftlichen Arbeit beschäftigte er sich ausführlich mit den Zusammenhängen zwischen „Genie und Wahnsinn".

Der Psychiater **Werner Leibbrand** (*1896 in Berlin; †1974 in München) eröffnete Mitte der 1920er Jahre in Berlin eine psychiatrische Praxis, die sich insbesondere bei der Film- und Theaterszene großer Beliebtheit erfreute. Wegen „politischer Unzuverlässigkeit" verlor er 1933 seine Kassenzulassung und wurde aus seiner Funktion als Bezirksarzt entlassen - er war Mitglied im „Verein Sozialistischer Ärzte" und der „Internationalen Liga für Menschenrechte" und war aus Protest gegen den Ausschluss jüdischer Berufskollegen aus den Standesorganisationen ausgetreten. Aufgrund zunehmender Konflikte mit den Nationalsozialisten tauchten er und seine - jüdische - Frau von 1943 bis zum Ende des Krieges unter. Als „politisch Unbelasteter" wurde er 1946 zum neuen Direktor der Erlanger Heil- und Pflegeanstalt ernannt und lehrte an den Universitäten in Erlangen, München und an der Sorbonne.
Leibbrand war ausgebildeter Konzertpianist, unterhielt in den 30er Jahren einen „Katakombenkreis des Philosophierens", sprach fünf Sprachen und war den Künsten gegenüber sehr aufgeschlossen. Mit dem Dadaismus allerdings schien er ein Problem zu haben...

Fritz Lenz (*1887 in Pflugrade, Pommern; †1976 in Göttingen) war Mediziner, Anthropologe und Humangenetiker. Noch als Student trat er der seit 1905 bestehenden „Gesellschaft für Rassenhygiene" bei, deren Ziel es war, die „Rassenhygiene" als Wissenschaft zu etablieren. Ab Mai 1933 war Lenz Mitglied im „Sachverständigenbeirat für Bevölkerungs- und Rassenpolitik beim Reichsinnenminister", der an der Formulierung des „Gesetzes zur Verhütung erbkranken Nachwuchses" beteiligt war, das die Zwangssterilisation von „Erbkranken“ vorsah. 1940 war Lenz auch an den Beratungen zu einem „Euthanasiegesetz“ beteiligt, einer Initiative von Ärzten, denen ihre Machtbefugnisse bei der „Aktion Gnadentod“ nicht weitreichend genug waren. Nachdem er bei der Entnazifizierung als „entlastet“ eingestuft worden war, arbeitete Lenz bis zu seiner Pensionierung 1955 als Professor für „menschliche Erblehre“ in Göttingen.

Cesare Lombroso (*1835 in Verona, Königreich Lombardo-Venetien; †1909 in Turin) war Arzt und Professor der gerichtlichen Medizin und Psychiatrie. Er unterteilte die Menschheit aufgrund äußerer biologischer Merkmale in „Typen“. Einer dieser Typen war der „geborene Verbrecher“, den Lombroso in der Mitte zwischen „Geisteskranken“ und „Primitiven“ ansiedelt. Lombroso verstand sich selbst als bekennenden Rassisten und Eugeniker. Im Nationalsozialismus erfuhren seine kriminalbiologischen Theorien unter der Bezeichnung „Tätertypenlehre“ großen Zuspruch.

Erich Ludendorff (*1865 in Kruszewnia, Provinz Posen; †1937 in München) hatte im Ersten Weltkrieg als Erster Generalquartiermeister und Stellvertreter des Chefs der Obersten Heeresleitung entscheidenden Einfluss auf die deutsche Kriegführung und Politik. Er war Miterfinder der Dolchstoßlegende und spielte in der Weimarer Zeit in den republikfeindlichen völkischen Kreisen eine führende Rolle. So war er an der Gründung der „Nationalen Vereinigung“ beteiligt und wirkte aktiv sowohl beim Kapp- als auch am Hitler-Ludendorff-Putsch mit.
Ab 1924 saß Ludendorff als Abgeordneter für die rechtsextreme Nationalsozialistische Freiheitspartei im Reichstag. Zu den Reichstagswahlen am 29. März 1925 ließ er sich als Kandidat für die Wahl zum Reichsprä-

sidenten nominieren, da Hitler zu diesem Zeitpunkt noch kein deutscher Staatsbürger war und also nicht selbst antreten konnte. Allerdings erreichte er im ersten Wahlgang lediglich 1,1% der Stimmen, trat daraufhin im zweiten Wahlgang nicht mehr an und zog sich aus der Parteipolitik zurück.

August Macke (*1887 in Meschede; †1914 bei Perthes-lès-Hurlus) standen zum Malen nur etwa zehn Jahre zur Verfügung.
Unter dem Eindruck der vielfältigen Kunstströmungen jener Zeit weist sein Werk einen raschen stilistischen Wandel auf, wobei Macke sich nicht komplett anpasste, sondern den jeweiligen Kunstrichtungen Elemente entnahm und aus diesen seinen persönlichen, unverwechselbaren Stil entwickelte. 1907 beendete er seine Frühphase und wandte sich dem Impressionismus zu: „Ich begreife nicht, dass ich so lange an Böcklin, Thoma'scher Gefühlsmalerei hängen konnte. [...] Ich bin sie für immer los." Als er den Fauvismus und Expressionismus kennen lernte, änderte sich Mackes Malweise erneut; in seinem „Spätwerk" reagierte er auf die Eindrücke des Frühkubismus und des Futurismus.
Am Tag des Kriegseintritts Deutschlands in den Ersten Weltkrieg wurde August Macke eingezogen; keine zwei Monate später fiel er an der Westfront.
In der Ausstellung „Entartete Kunst" wurden Arbeiten von ihm gezeigt, jedoch wieder entfernt, nachdem der Deutsche Offiziersbund protestiert hatte, da Macke noch kurz vor seinem Tod mit dem EK 1 ausgezeichnet worden war. Um welche Bilder es sich dabei handelte und ob zumindest ein Teil von ihnen ihren Besitzern zurückgegeben wurde, lässt sich heute nicht mehr feststellen. Das beschlagnahmte Gemälde »Gartenrestaurant« wurde auf der Züricher Auktion im Juni 1939 verkauft.

Kasimir Malewitsch (*1878 Kiew; †1935 in Leningrad) wurde in seiner Malerei von den französischen Spätimpressionisten, Fauvisten und Kubisten beeinflusst. 1915 schrieb er das Manifest »Vom Kubismus zum Suprematismus. Der neue malerische Realismus«. Den Umschlag zierte sein »Schwarzes Quadrat«, das im Dezember desselben Jahres in Petrograd (von 1914 bis 1924 der Name für Sankt Petersburg) erstmals ausgestellt wurde – heute eine „Ikone der Moderne".

„**Ernst Mann**" ist das Pseudonym von **Gerhard Hoffmann.**

Freiherr Carl Gustaf Emil Mannerheim (*1867 Askainen, Großfürstentum Finnland; †1951 in Lausanne) war während des Finnischen Bürgerkriegs 1917/18 Oberbefehlshaber der „weißen", bürgerlichen Truppen, die in der Schlacht von Tampere im April 1918 die „Roten" besiegten, wobei sie vom kaiserlichen Deutschland mit Waffen und Truppen unterstützt wurden. Aufgrund seiner drastischen Straf- und Vergeltungsmaßnahmen nach dem Zusammenbruch des „roten Finnlands", denen an die 20.000 Menschen zum Opfer fielen, erhielt Mannerheim den Beinamen „der blutige Baron". Auch während des „Dritten Reichs" kooperierte er mit den Deutschen, die ihn als Verbündeten gegen die Sowjetunion schätzten. Von 1944 bis 1946 war er finnischer Staatspräsident.

Franz Marc (*1880 in München; †1916 in Braquis) gilt als einer der bedeutendsten deutschen Maler des Expressionismus. Zusammen mit Wassily Kandinsky gründete er 1911 die Redaktionsgemeinschaft „Der Blaue Reiter", in deren Umfeld sich die wichtigsten Vertreter des deutschen Expressionismus ansiedelten.
Marcs bevorzugte Motive waren Tiere als Sinnbild von

Ursprünglichkeit und Reinheit, da sie „die Idee der Schöpfung verkörpern und im Einklang mit der Natur leben". Zu Beginn des Ersten Weltkriegs wurde Franz Marc eingezogen und an der Westfront eingesetzt, wo er zwei Jahre später fiel. Die Nationalsozialisten kategorisierten Marcs Werk als „entartete Kunst", beschlagnahmten seine Gemälde und stellten sechs davon in der Ausstellung „Entartete Kunst" aus. Bevor seine Werke ins Ausland veräußert wurden, wählte Hermann Göring einige davon für seine Privatsammlung aus.

Henri Matisse (*1869 in Le Cateau-Cambrésis; †1954 in Cimiez) war einer der Initiatoren des Fauvismus, der ersten Kunstrichtung des 20. Jahrhunderts. Die erste Ausstellung der Fauvisten – Matisse, André Derain und Maurice de Vlaminck – im Herbst 1905 erregte heftige Empörung bei Publikum und Kunstkritikern. Matisse' Gemälde »Femme au chapeau« sorgte für die zweitgrößte Aufregung. Für die größte Aufregung sorgte der Kunstsammler Leo Stein, ein Bruder von Gertrude Stein, der das Bild für 500 Franc kaufte und damit Matisse' „Marktwert" beträchtlich in die Höhe trieb. Heute erzielen seine Werke Spitzenpreise bei Auktionen.

Joseph Mayer (1886–1967) wurde 1909 zum Priester geweiht, seit 1930 war er ordentlicher Professor für Moraltheologie, von 1934 bis 36 Rektor der Philosophisch-Theologischen Akademie Paderborn. Als dritter Band der »Studien zur katholischen Sozial- und Wirtschaftspolitik« erschien 1927 mit bischöflicher Druckerlaubnis sein Buch »Gesetzliche Unfruchtbarmachung Geisteskranker«, das die „Vereinigung katholischer Seelsorger an deutschen Heil- und Pflegeanstalten" als „Standardwerk" und „Rüstkammer für spätere Zeiten" bezeichnete.

Als Zuchthausarzt in Waldheim setzte sich **Ewald Meltzer** (*1869 in Auerbach; †1940 in Herrnhut) für die Sicherungsverwahrung von „unverbesserlichen Berufsverbrechern“ ein. Ab etwa 1910 war er Leiter der „Landesanstalt für bildungsunfähige und schwachsinnige Kinder“ im sächsischen Großhennersdorf.
Sein Buch »Das Problem der Abkürzung lebensunwerten Lebens« aus dem Jahr 1925 ist sicherlich die ausführlichste Widerlegung der Schrift »Die Freigabe der Vernichtung lebensunwerten Lebens« von Alfred Hoche und Karl Binding. Auf der anderen Seite befürwortete Meltzer die „rassehygienischen“ Maßnahmen der Nazis, wie die Sterilisierung von geistig behinderten Menschen. „Die Gefahr der Überschwemmung unseres Kulturlebens mit minderwertigen Menschen muß uns zu Gegenmaßnahmen anregen.“

Piet Mondrian (*1872 in Amersfoort; †1944 in New York City) malte nach seinem Kunststudium zunächst realistisch, wandte sich um 1900 dem Impressionismus der Haager Schule zu, arbeitete ab etwa 1908 unter dem Einfluss van Goghs und des Fauvismus, ab 1911 des Kubismus. In seinem 1920 erschienenen kunsttheoretischen Essay »Le Néo-Plasticisme« definiert er eine neue Kunstrichtung – eben den Neoplastizismus –, der sich durch eine strenge Reduzierung der Bildsprache auf horizontale und vertikale Linien auszeichnet, durch die ausschließliche Verwendung der Grundfarben Rot, Gelb und Blau, sowie die Nichtfarben Schwarz als Gittermuster und Weiß als Bildgrund.

Wolfgang Amadeus Mozart (*1756 in Salzburg; †1791 in Wien) ist einer der populärsten und bekanntesten Komponisten klassischer Musik. Zeitlebens stand er in ausführlichen Briefwechseln mit Freunden, Bekannten, Vorgesetzten, Gönnern, Verlegern, vor allem aber neben anderen Familienmitgliedern mit seinem Vater. Seine ersten Briefe schrieb er mit 13 Jahren, den letzten (erhaltenen) zwei Monate vor seinem Tod.

Karl Alexander von Müller (*1882 in München; †1964 in Rottach-Egern) kann als einer der geistigen Anstifter des Nationalsozialismus gesehen werden. Von 1914 bis 1933 war er Mitherausgeber der zunehmend radikalnationalistischen »Süddeutschen Monatshefte«; nach seiner Habilitation im Jahr 1917 lehrte er als Honorarprofessor an der Münchner Universität Geschichte. Seine Seminare und Vorlesungen wurden von Rudolf Heß, Baldur von Schirach, Hermann Göring und Adolf Hitler besucht, er war ein gefragter Redner und Publizist für zahlreiche republikfeindliche Gruppierungen. Im „Dritten Reich" stieg Müller zu einem der einflussreichsten Historiker auf, und wenngleich er in der Geschichtswissenschaft nach 1945 keine Rolle mehr spielte, war er durch seine Publikationen und seine Radiobeiträge im Bayerischen Rundfunk weiterhin sehr populär. Seine Memoiren (Band I 1951, Band II 1954, Band III posthum 1966) wurden regelrechte Verkaufsschlager. 1961 erhielt er den Bayerischen Verdienstorden, „als Zeichen ehrender und dankbarer Anerkennung für hervorragende Verdienste um den Freistaat Bayern und das bayerische Volk".

Benito Mussolini (*29. Juli 1883 in Dovia di Predappio; †28. April 1945 in Giulino di Mezzegra) wurde nach dem Marsch auf Rom im Oktober 1922 von König Viktor Emanuel III. zum Ministerpräsidenten des Königreiches Italien berufen. Mit einer Wahlrechtsreform sicherte er daraufhin seiner Partito Nazinonale Fascista 1923/24 die Mehrheit der Parlamentssitze, verbot Parteien und antifaschistische Presse, ersetzte die Gewerkschaften durch

Korporationen, baute eine politische Polizei auf, erließ Dekrete mit Gesetzeskraft und war formal nur dem König verantwortlich. Ab 1925 stand er als Diktator an der Spitze des faschistischen Regimes in Italien.

Der expressionistische Maler **Emil Nolde** (eigentlich Hans Emil Hansen, *1867 in Nolde; †1956 in Seebüll) schrieb bereits 1911, dass sich die „Malerjuden" über das ganze Land ausgebreitet hätten. Während der „Medizinisch-demographischen Deutsch-Neuguinea-Expedition" über Moskau, Sibirien, Korea, Japan und China bis in die Südsee 1913/1914 ließ er durchblicken, dass er die Kulturen der dortigen „Wilden" für minderwertig hielt, auch sprach er sich dagegen aus, Werke der Stilrichtungen Impressionismus, Kubismus, Surrealismus, Fauvismus und Primitivismus im deutschen Kunsthandel anzubieten. Als überzeugter Antisemit denunzierte er im Mai 1933 seinen Kollegen Max Pechstein bei einem Beamten des Propagandaministeriums als vermeintlichen „Juden" (der Pechstein im Übrigen nicht war). 1934 gehörte Nolde zu den 37 Unterzeichnern des »Aufrufs der Kulturschaffenden«, in dem diese bekundeten, dass sie „in Vertrauen und Treue" zu ihrem Führer stehen. All dessen und seiner Parteizugehörigkeit ungeachtet wurden 1937 über tausend seiner Werke in deutschen Museen beschlagnahmt; in der Ausstellung „Entartete Kunst" war er der am stärksten vertretene Künstler.
Weder dies noch das folgende Berufsverbot hielten indes Nolde davon ab, weiterhin glühender Nationalsozialist zu sein.
Seinem Ruhm als einem der größten Aquarellisten in der Kunst des 20. Jahrhunderts tat die Verfemung durch die Nazis keinen Abbruch, er war auch während des „Dritten Reichs" einer der wohlhabendsten Künstler seiner Zeit.

Max Nordau (eigentlich Max Simon Südfeld; *1849 in Pest, Österreich-Ungarn; †1923 in Paris) war Journalist, Arzt und Schriftsteller. Er sprach mehrere Sprachen, lebte in Budapest, London und Paris, war sozial engagiert und flammender Zionist. Seine Bücher wurden in zahlreiche Sprachen übersetzt und lösten heftige Debatten aus, in erster Linie seine 1893 veröffentlichte Schrift »Entartung«.

Der expressionistische Maler **Max Pechstein** (*1881 in Zwickau; †1955 in West-Berlin) galt in der Weimarer Republik als Vorzeigekünstler der Sozialdemokraten. Er entwarf das Titelblatt für das Pamphlet »An alle Künstler!«, mit dem der „Werbedienst der deutschen Republik" 1919 die Künstler zur Mitgestaltung der neuen deutschen Republik aufrief, war Mitbegründer der „Novembergruppe" (benannt nach der Novemberrevolution) und des „Arbeitsrats für Kunst" (im Sinne der Arbeiter- und Soldatenräte). In der Weimarer Zeit war Pechstein gefeierter Künstler (1928 Preußischer Staatspreis, 1930 Ehrendiplome von Mailand und Bordeaux, Ehrenmedaille Wien, 1931 Staatspreis der deutschen Regierung), nach der „Machtergreifung" ließ seine Popularität in Deutschland nach. 1933 wurde er seines Lehramts an der Preußischen Akademie der Künste enthoben, 1937 ausgeschlossen. Obwohl die Nationalsozialisten 326 seiner Werke konfiszierten und 16 davon in der Ausstellung „Entartete Kunst" zeigten, konnte Pechstein auch nach 1937 noch malen und ausstellen (wenngleich mit schwindendem Erfolg), was seiner abwartenden und politisch unauffälligen Haltung geschuldet gewesen sein dürfte.
Nach dem Zweiten Weltkrieg wurde er als Lehrer an die Hochschule für Bildende Künste in Berlin berufen.

Vincenzo Peruggia (*1881 in Dumenza; †1925 in Saint-Maur-des-Fossés) stahl, wie auf den Seiten 215 bis 220 dieses Buchs beschrieben, 1911 die »Mona Lisa« aus dem Louvre. Dabei hinterließ er deutliche Fingerabdrücke, die zwar bereits seit 1909 registriert waren, jedoch in den Karteikästen der französischen Polizei nicht gefunden werden konnten, da diese nach Körpermaßen sortiert waren. Damit hat Peruggia nicht nur die »Mona Lisa« berühmt gemacht und die Fantasie zahlreicher Romanciers, Journalisten und Filmemacher beflügelt, sondern war auch der Auslöser dafür, dass in der französischen Kriminalistik seit 1912 die Daktyloskopie – das Fingerabdruckverfahren – zur Identifizierung von Personen eingesetzt wird.

Das Gesamtwerk von **Pablo Picasso** (*1881 in Málaga; †1973 in Mougins) umfasst eine schier unüberschaubare Anzahl von Gemälden, Zeichnungen, Grafiken, Collagen, Plastiken und Keramiken in den verschiedensten Techniken und Stilrichtungen. Mit dem Surrealismus und den Surrealisten setzte er sich auseinander, seit er 1923 erstmals mit André Breton zusammengetroffen war.

Jackson Pollock (*1912 in Cody; †1956 in Springs-East Hampton) war ein US-amerikanischer Maler und bedeutender Vertreter des „abstrakten Expressionismus". Sein Gemälde »No. 5, 1948« wurde 2006 von dem amerikanischen Film- und Musikproduzenten David Geffen für 140 Millionen Dollar an einen nicht genannten Käufer veräußert. Damit galt es ein paar Jahre lang als das teuerste Gemälde aller Zeiten.

Der Psychiater und Kunsthistoriker **Hans Prinzhorn** (*1886 in Hemer; †1933 in München) begann 1919 als

Assistenzarzt an der psychiatrischen Universitätsklinik Heidelberg die von Emil Kraepelin angelegte Sammlung von Bildwerken „Geisteskranker" zu betreuen. Als er die Klinik 1921 verließ, umfasste die Sammlung über 5000 Bilder, Zeichnungen und Skulpturen von zirka 450 Psychiatriepatientinnen und -patienten. 1922 veröffentlichte Prinzhorn sein reich illustriertes Buch »Bildnerei der Geisteskranken«. Bei seiner Kollegenschaft stieß das Buch nur auf mäßige Resonanz, bei der künstlerischen Avantgarde hingegen auf Begeisterung. Auch die Nationalsozialisten zeigten Interesse an dem Buch und verwendeten einige Exponate in den Ausstellungen zur „Entarteten Kunst", um durch den Vergleich mit den Werken „Geisteskranker" und „Primitiver" Kunstwerke und Künstler des Expressionismus zu diffamieren.

Iris Radisch (*1959 in Berlin) ist Literaturkritikerin. Sie schrieb zunächst für die »Frankfurter Rundschau«, wechselte 1990 zur »Zeit«, deren Feuilletonchefin sie mittlerweile ist, moderierte Kultursendungen verschiedener Fernsehsender – ZDF, ARD, WDR, VOX –, wirkte vom August 2000 bis zur letzten regulären Folge im Dezember 2001 beim »Literarischen Quartett« mit, von 2002 bis 2003 moderierte sie die Literatursendung »Bücher, Bücher« des Hessischen Rundfunks, leitete von 2006 bis 2012 den »Literaturclub« des Schweizer Fernsehens und saß etliche Male in der Jury des Ingeborg-Bachmann-Preises.

Man Ray (eigentlich Emmanuel Radnitzky; *1890 in Philadelphia; †1976 in Paris) einer bestimmten Kunstrichtung, einem Stil oder einem bevorzugten Medium zuzuordnen, ist eigentlich nicht möglich; am ehesten noch seine Malerei dem Dadaismus und Surrealismus. Seine Plastiken, Collagen, Druckgraphiken und Filme sind

ihre je eigenen Kategorien. Berühmt wurde Man Ray indes durch seine Objekt-Fotografien sowie seine zahlreichen Porträtfotografien zeitgenössischer Künstler.
Im Herbst 1915 hatte Man Ray seine erste Einzelausstellung in New York, wo er Marcel Duchamp kennen lernte; 1921 folgte er ihm nach Paris und wurde schnell zu einer festen Größe in der Pariser Dadaisten- und Surrealisten-Szene. 1940 floh er zurück in die USA.

Rembrandt van Rijn (*1606 in Leiden; †1669 in Amsterdam) gilt als einer der bedeutendsten und bekanntesten niederländischen Künstler des Barock. Er betätigte sich als Maler, Radierer und Zeichner, führte eine Werkstatt und bildete Künstler aus. Sein Gesamtwerk umfasst Porträts, Landschaften, Historien sowie biblische und mythologische Themen. Rembrandts Gemälde gehören zu den meistgefälschten Kunstwerken; in den 20er Jahren des 20. Jahrhunderts schrieb man ihm rund 700 Gemälde zu; mittlerweile hat sich diese Anzahl halbiert...

Wilhelm Reindl (*1889 in Regensburg; †1943 ebenda) betätigte sich als Maler, Dichter, Theaterkritiker und Lehrer. Die expressionistische Zeitschrift »Die Sichel« veröffentlichte mehrere seiner Arbeiten, auch war er Mitglied der Gruppe „Das junge Franken“. Ansonsten ist sein Ruhm nicht über Regensburg hinausgegangen.

Maria Reinhold war ebenfalls Mitglied der Gruppe „Das junge Franken“. Mehr konnten wir leider nicht über sie herausfinden.

Der Arzt **Paul Reiß** (*1883 in Deggendorf; †1958 in Regensburg) war von 1938 bis zum Ende des „Dritten Reichs“ Direktor von Karthaus-Prüll und als linientreuer Nazi für die Deportation von Regensburger Patienten in die Tötungsanstalt Hartheim und verschiedene Zwischenanstalten auf dem Weg in die Gaskammern verantwortlich. Nach Einstellung der „Aktion Gnadentod“ ließ Reiß in Karthaus-Prüll eine „Hungerstation“ einrichten, auf der die Patienten systematisch am Tod durch Unterernährung sterben sollten. Die Sterblichkeit der Patienten stieg im Jahr 1944 auf 22%. Nach einem Ermittlungsverfahren, zu dem die Akten verschollen sind, war Reiß nach dem Ende der Nazi-Diktatur wahrscheinlich für anderthalb Jahre in Straubing inhaftiert, wurde im Oktober 1948 wieder als Direktor in Karthaus-Prüll eingestellt und zugleich wegen Erreichung der Altersgrenze pensioniert.

Dr. phil. Eugen Rose (*1909 in Barmen; †2003 in Erkrath) arbeitete von 1934 bis 1971 als evangelischer Pfarrer und war auch nach seiner Emeritierung noch als Seelsorger in Krankenhäusern und einer Justizvollzugsanstalt tätig. Seine rege schriftstellerische Tätigkeit – theologische, wissenschaftliche und belletristische Publikationen und Manuskripte – füllt vier Regalmeter im „Archiv der Evangelischen Kirche im Rheinland“ in Düsseldorf. Sein Aufsatz »Zur Frage der Euthanasie« in der von Emil Abderhalden – einem strammen nationalsozialistischen Erfüllungsgehilfen – herausgegebenen Zeitschrift »Ethik« [!] dürfte hiervon sein bekanntestes „Werk“ sein.

Peter Paul Rubens (*1577 in Siegen; †1640 in Antwerpen) war einer der bekanntesten Barockmaler schlechthin - und das bereits zu Lebzeiten. Von ihm sind über 1500 Gemälde erhalten, zu denen er größerenteils lediglich die Skizzen gefertigt hat; die Ausführung überließ er den zahlreichen Schülern seiner Werkstatt, einer der größten und produktivsten seiner Zeit. Dieses Verfah-

ren war seinerzeit üblich, der Begriff „Original“ noch ganz anders definiert als heute. Der Anteil der Mitwirkung des Meisters am Werk bestimmte dessen Preis, „Werkstattbilder“ waren für die Hälfte eines „eigenhändigen“ Rubens zu haben.
Bezeichnend für Rubens’ Werke sind leuchtende Farben und Freude an der sinnlichen Erscheinung, beispielsweise der Darstellung von Frauen mit üppigen Rundungen, wie sie dem damaligen Idealbild der Frau entsprachen. Die „Rubensfigur“ ist Bestandteil des allgemeinen Sprachgebrauchs.

Rupprecht von Bayern (*1869 in München; †1955 in Schloss Leutstetten bei Starnberg) war der letzte bayerische Kronprinz und während des Ersten Weltkriegs Generalfeldmarschall in der deutschen Armee.
1923 forderte er in einer von ihm verbreiteten Schrift vehement, die so genannten Ostjuden aus Bayern auszuweisen, da „diese Elemente vergiftend gewirkt“ hätten. Tatsächlich kam es daraufhin unter dem Bayerischen Generalstaatskommissar Gustav von Kahr zu Massenausweisungen. Trotzdem war Rupprecht ein Gegner des Nationalsozialismus und unterhielt geheimen Kontakt zu Oppositionsgruppen. 1939 ging er ins Exil nach Italien, wo er sich seit 1943 bei den West-Alliierten für einen ausgeprägten Föderalismus mit möglicher Wiederherstellung der einzelstaatlichen Monarchien einsetzte.

Denis Scheck (*1964 in Stuttgart) ist Übersetzer und gefürchteter Literaturkritiker, der Bücher, die ihm nicht gefallen, zuweilen krachend vor laufender Kamera in die Tonne tritt, weil er das lustig findet. Sein vehementes Eintreten für den Verbleib des Wortes „Neger“ in der deutschen Literatur – er hatte sein Statement im Fernsehen mit schwarz geschminktem Gesicht, roten Lippen und weißen Glacéhandschuhen abgegeben – brachte ihm 2013 den Vorwurf des Rassismus ein.

Karl Schmidt-Rottluff (eigentlich Karl Schmidt, *1884 in Rottluff; †1976 in Berlin) war – im Gegensatz zu den meisten anderen Künstlerinnen und Künstlern auf diesen Seiten – Autodidakt und gilt heute als einer der wichtigsten Protagonisten des Expressionismus.
Bereits zu Beginn seines Architekturstudiums an der Technischen Universität in Dresden, im Sommer 1905, schloss sich Schmidt-Rottluff mit seinen Kommilitonen Ernst Ludwig Kirchner, Erich Heckel und Fritz Bleyl zur Künstlergemeinschaft „Die Brücke" zusammen, im November stellte die Gruppe erstmals gemeinsam aus.
Die Nationalsozialisten diffamierten Schmidt-Rottluffs Werke als „entartet", er wurde 1933 aus der Preußischen Akademie der Künste ausgeschlossen, in die er zwei Jahre zuvor aufgenommen worden war, 1936 erhielt er Ausstellungs-, 1941 Malverbot. 1937 wurden 608 seiner Werke aus deutschen Museen beschlagnahmt und 25 seiner Arbeiten in der Ausstellung „Entartete Kunst" gezeigt.

Die Brüder **Friedrich** (*1888 in Rieneck; †6. März 1977 in München) und **Anton Schnack** (* 1892 in Rieneck; † 26. 1973 in Kahl am Main) stammten beide aus Unterfranken und waren Mitglieder in der Gruppe „Das junge Franken". In den 1920er Jahren waren sie beide weidlich erfolgreiche Autoren und nachdem sie zu den 88 Schriftstellern gehörten, die das „Gelöbnis treuester Gefolgschaft" für Adolf Hitler unterzeichnet hatten, in den 30er und 40er Jahren noch erfolgreicher. Heute sind beide weitgehend in Vergessenheit geraten. Ein Index-Eintrag für beide zusammen ist absolut ausreichend.

Kurt Schwitters (*1887 in Hannover; †1948 in Kendal, Großbritannien) war Maler, Schriftsteller, Lautkünstler und Grafiker und in den Stilrichtungen Konstruktivismus, Dadaismus und Surrealismus zugange. Als Initiator der Sektion Dada in Hannover stand er zwar mit den Zürcher Dadaisten in enger Verbindung, von den Berliner Dadaisten indes wurde er aufgrund seines eher un-dadaistischen bürgerlichen Auftretens geschnitten. Als Antwort auf die Erste Internationale Dada-Messe in Berlin im Jahre 1920, zu der er nicht eingeladen worden war, entwarf er einen „absolut individuelle[n] Hut, der nur auf einen einzigen Kopf paßte," nämlich auf seinen.

Der Bergbau-Ingenieur **Hans-Christoph Seebohm** (*1903 in Emanuelssegen, Oberschlesien; †1967 in Bonn) war nach seiner Promotion 1932 in leitenden Funktionen in verschiedenen Bergwerks-, Erdöl- und Maschinenbauunternehmen tätig, unter anderem ab 1941 in der Egerländer Bergbau AG, die als „Auffanggesellschaft" eigens zur Übernahme „arisierten" Eigentums ins Leben gerufen wurde. Nach Kriegsende wurde er Mitglied der „Niedersächsischen Landespartei", die sich 1947 in „Deutsche Partei" umbenannte. Von 1947 bis 1955 war er deren stellvertretender Bundesvorsitzender. Seebohm hatte, wie er selbst sagte, „Ehrfurcht vor Fahnen der NS-Zeit", er sprach vom „von den Alliierten erzwungenen Grundgesetz" und einer „Sozialdemokratie mit asiatischen Wurzeln, die nicht zum Deutschtum führen könnten". Als Präsident der Bundesversammlung der Sudetendeutschen Landsmannschaft bekannte er sich zur Rechtmäßigkeit des Münchener Abkommens von 1938, auf dem Sudetendeutschen Tag 1964 forderte er die Rückgabe des Sudetenlandes an die Sudetendeutschen. 1960 verließ Seebohm die DP und trat der CDU bei. 1964 wurde er zum Vorsitzenden des CDU-Landesverbandes

Hannover und 1967 zum Bundesschatzmeister gewählt. Von 1949 bis zu seinem Tode war er Mitglied des Deutschen Bundestages, von 1949 bis 1966 Bundesminister für Verkehr, 1966 für wenige Wochen sogar Vizekanzler. Bis heute weist er die längste ununterbrochene Amtszeit als Bundesminister auf.

Was wir über **Alfred Seidl** gesichert wissen, steht auf den Seiten 63 bis 65 in vorliegendem Buch.

Der ausgebildete Volksschullehrer **Florian Seidl** (*1893 in Regensburg; †1972 in Rosenheim) lebte seit seiner Rückkehr aus dem Ersten Weltkrieg in München. Was man sonst noch über ihn wissen „muss“, erfährt man in diesem Buch aus den Briefen seines Bruders, sowie auf den Seiten 299 bis 300.

Die spätere Kurzprosa und Lyrik von **Hermann Sendelbach** (*1894 im Weiler Erlenbach; †1971 in Schliersee) kreist vorwiegend um das unterfränkische Landleben. 1919, als er zusammen mit seinem Kriegskameraden Georg Britting und anderen die Künstlergruppe „Das junge Franken“ gründete, erschien seine erste Publikation »Vergesst es nicht!«, in der er seine Kriegserlebnisse schildert.

Hermann Simon (*1867 in Zweibrücken; †1947 in Gütersloh) wird auch gerne der „Vater der Arbeitstherapie“ genannt. Nach dem Medizinstudium in München, Heidelberg, Berlin und Straßburg und beruflichen Stationen an verschiedenen Heil- und Pflegeanstalten in Westfalen wurde er 1914 ärztlicher Direktor der noch im Bau befindlichen Provinzialheil- und Pflegeanstalt Gütersloh. Dort systematisierte er die Beschäftigungen psychisch Kranker in der Land- und Hauswirtschaft

und den anstaltseigenen Werkstätten zu geregelten Arbeitseinsätzen in einem fünfstufigen Leistungssystem. Das Modell zielte auf die Überwindung der auf einen Daueraufenthalt psychisch Kranker in Anstalten angelegten Behandlungsmethoden und zog in der zweiten Hälfte der zwanziger Jahre zahlreiche Besucher aus dem In- und Ausland an.
Sein Therapiekonzept veröffentlichte Simon im Jahr 1929. Die Kehrseite: Hinsichtlich Patienten, die sich nicht in sein Modell integrieren ließen, vertrat er radikale eugenische Ansichten; die nationalsozialistische Rassen- und Gesundheitspolitik ab 1933 unterstützte er begeistert und aktiv.

Werner Spies (*1937 in Tübingen) ist der wohl prominenteste Beweis dafür, dass auch ein international hoch- und höchstrenommierter Kunsthistoriker, -kritiker, -vermittler, Kurator und Museumsdirektor zuweilen ordentlich danebenlangen kann: Als ausgewiesener Max-Ernst-Kenner bestätigte Spies 2010 die Echtheit einiger Werke von Max Ernst, die sich indes im Nachhinein als Fälschungen herausstellten. Was sich ebenfalls im Nachhinein herausstellte, war, dass Spies für Expertise und anschließend als Provision für die Verkäufe hohe Geldbeträge sowohl vom Fälscher Beltracchi als auch vom Kunsthändler Marc Blondeau erhalten hatte.

Carl Spitzweg (*1808 in München; †1885 ebenda) war Autodidakt und als solcher in der Münchner Kunstwelt seiner Zeit weitgehend isoliert. 1839 fiel er bei einem Kunstwettbewerb in München durch – mit dem Gemälde, das heute gleich hinter der »Mona Lisa« auf Platz zwei der beliebtesten Bilder der Deutschen steht, dem »Armen Poeten«.

Josef Wissarionowitsch Stalin (*1878 in Gori, Russisches Kaiserreich, heute Georgien als Iosseb Bessarionis dse Dschughaschwili; †1953 in Kunzewo bei Moskau) war Revolutionär, Politiker und Massenmörder.
Bis zum Jahr 1927 hatte er seine Gegner und ehemaligen politischen Mitstreiter soweit ausgeschaltet, dass er die Alleinherrschaft in der Sowjetunion innehatte. Seit seinem fünfzigsten Geburtstag 1929 ließ er sich offiziell „Führer" nennen. Den politischen „Säuberungen" und Deportationen während seiner Herrschaft fielen Millionen Menschen zum Opfer.

Leonhard Stark (*1894 in Schamhaupten; †nach 1982 in Stockholm) gab 1920 seinen Beruf als Grundschullehrer auf und sammelte als Wanderprediger eine große Anhängerschaft um sich. Er verglich sich mit Jesus, Nietzsche, Laotse und Tagore, sah aber auch Gemeinsamkeiten mit Adolf Hitler; die Titelzeile seiner Zeitschrift »Stark« 1924 wurde rechts von Hammer und Sichel, links vom Hakenkreuz flankiert. Mit dem Abebben der Inflation in Deutschland verloren Stark und die übrigen „Inflationsheiligen" oder „Barfußprediger" rasch an Bedeutung; die Teilnahme des „Stark-Bunds" bei den Reichstagswahlen 1924 und seine Bewerbung als Reichspräsident 1925 blieben weitgehend ohne öffentliche Resonanz.
1936 emigrierte Stark mit seiner Familie über Holland und Dänemark nach Schweden, wo er zwar nach wie vor publizierte und an seiner Ideenwelt arbeitete, ohne jedoch allzu viel Aufsehen zu erregen.

John Steinbeck (*1902 in Salinas; †1968 in New York City) war einer der populärsten und meistgelesenen US-amerikanischen Schriftsteller des 20. Jahrhunderts. 1940 erhielt er für seinen Roman »Grapes of Wrath«

den Pulitzer-Preis, 1962 den Nobelpreis für Literatur. Sein letztes zu Lebzeiten publiziertes Buch »America and Americans« erschien vorab in Auszügen in der »Saturday Evening Post«.

Rudolf Steiner (*1861 in Kraljevec, Königreich Ungarn, heute Kroatien; †1925 in Dornach, Schweiz) begründete die Anthroposophie, eine spirituelle und esoterische Weltanschauung samt zugehörigem Ausbildungs- und Erkenntnisweg, die versucht, Elemente des Deutschen Idealismus, christlicher Mystik, fernöstlicher Lehren sowie der seinerzeitigen naturwissenschaftlichen Erkenntnisse zu verbinden. Sein umfangreiches publizistisches Werk blieb weitgehend unbeachtet, bis er zu Beginn des 20. Jahrhunderts begann, öffentliche Vorträge zu halten - insgesamt weit über 5000 –, über die Kurt Tucholsky schrieb: „Ich habe so etwas von einem unüberzeugten Menschen überhaupt noch nicht gesehen. Die ganze Dauer des Vortrages hindurch ging mir das nicht aus dem Kopf: Aber der glaubt sich ja kein Wort von dem, was er da spricht! (Und da tut er auch recht daran.)“ Nichtsdestominder füllte Steiner auf dem Höhepunkt seiner Popularität um 1921/22 auf seinen Vortragsreisen ganze Konzertsäle. Über das Judentum schreibt er, es habe „sich aber längst ausgelebt, hat keine Berechtigung innerhalb des modernen Völkerlebens, und dass es sich dennoch erhalten hat, ist ein Fehler der Weltgeschichte“.

August Stramm (*1874 in Münster; †1915 bei Horodec östlich Kobryn, heute Weißrussland) legte im Jahr 1902 die Verwaltungsprüfung für Post und Telegrafie ab und veröffentlichte sein erstes literarisches Werk, das Drama »Die Bauern«. Berühmtheit erlangte er in erster Linie mit seinen Gedichten, die zwar ursprünglich expressionistischer Prägung waren, aber mit ihrer Neigung zur äußersten Verknappung, zum Sprachexperiment und zu Neologismen weit über den Expressionismus hinauswiesen und noch Sprachgroßmeister wie Arno Schmidt, Ernst Jandl und Gerhard Rühm beeinflussten.

Gustav Stresemann (*1878 in Berlin; †1929 ebenda) wurde nach der Novemberrevolution Parteivorsitzender der frisch gegründeten „Deutschen Volkspartei“ und war im Krisenjahr 1923 ein Vierteljahr lang Reichskanzler. In seine Regierungszeit fallen das Ende der Ruhrbesetzung, Umsturzversuche der extremen Rechten und Linken sowie die Stabilisierung der deutschen Währung. Anschließend war er bis zu seinem Tod Reichsminister des Auswärtigen, trug zur Verbesserung der Beziehung mit Frankreich und zur Aufnahme Deutschlands in den Völkerbund bei. 1926 erhielt er zusammen mit seinem französischen Amtskollegen Aristide Briand den Friedensnobelpreis.

Rabindranath Tagore (*1861 in Kalkutta; †1941 ebenda) schuf ein umfangreiches künstlerisches Werk: Dramen, Romane, Gedichte, Essays und Bilder. Er engagierte sich gesellschaftlich und politisch (so gegen die Teilung Bengalens), gründete Banken und Genossenschaften, Schulen und Krankenhäuser. Durch ausgedehnte Reisen durch Europa und die USA erlangte er ab 1912 weltweite Berühmtheit, als Schriftsteller, als Universalgelehrter und „mystischer Heiliger aus dem Osten“. Albert Schweitzer nannte ihn respektvoll den „Goethe Indiens“. 1913 erhielt Tagore als erster Asiat den Nobelpreis für Literatur

Ernst Toller (*1893 in Samotschin, Provinz Posen; †1939 in New York City) wurde nach der Ermordung

Kurt Eisners im März 1919 Vorsitzender der USPD. Während der Münchner Räterepublik war er Vorsitzender des Zentralrats. Nach deren Zerschlagung im Juli wurde er wegen Hochverrats zu fünf Jahren Festungshaft verurteilt. Während der Haft schrieb Toller neben vielen Gedichten seine wichtigsten expressionistischen Dramen, die alle – wie bereits sein während des Kriegs geschriebenes Erstlingsdrama »Die Wandlung« – in Abwesenheit des Autors uraufgeführt wurden und ihn als Lyriker und Dramatiker bekannt machten. Auch war Toller während seiner Haftzeit Mitglied der Nürnberger Künstlervereinigung „Das junge Franken".
Noch vor der Machtübernahme der Nationalsozialisten emigrierte er zunächst in die Schweiz, nach Frankreich, Großbritannien und schließlich in die USA. Im Mai 1939 nahm sich Toller, der jahrelang stets mit einem Strick im Koffer gereist war, in einem New Yorker Hotel das Leben.

Der rumänisch-französische Schriftsteller und Performance-Künstler **Tristan Tzara** (eigentlich Samuel Rosenstock, *1896 in Moinești; †1963 in Paris) war einer der Erfinder des Dadaismus. Tzara war ein großer Netzwerker, und wenngleich verschiedene Künstler die Namenserfindung „DADA" für sich reklamieren, so war es in erster Linie er, der durch seine Korrespondenzen mit Künstlern und Literaten, durch Anzeigen und Zeitungsenten DADA zu einer internationalen Bewegung machte.

Adolf Vierzigmann (*1878 in Wassertrüdingen; †1955 in Großberg) war Psychiater und seit 1906 an der Heil- und Pflegeanstalt Karthaus-Prüll beschäftigt, zunächst als Hilfs-, ab 1920 als Oberarzt. 1939, kurz nach der Entlassung des Klinikdirektors Karl Eisen, ging auch Vierzigmann in den vorzeitigen Ruhestand. Indem er seine Patienten mit Malutensilien ausstattete, führte er einen Vorläufer der Kunsttherapie in Karthaus ein und sammelte über 600 der dabei entstandenen Arbeiten. Im Jahr 2002 wurde die Dauerausstellung der „Sammlung Vierzigmann“ im Bezirksklinikum Regensburg eröffnet.

Leonardo da Vinci (*1452 in Anchiano bei Vinci; †1519 auf Schloss Clos Lucé, Amboise) war Maler, Bildhauer, Architekt, Anatom, Mechaniker, Ingenieur und einer der berühmtesten Universalgelehrten aller Zeiten. Um 1500 entstand sein Gemälde »Salvator Mundi«, das – wenngleich die Frage der Alleinurheberschaft des Meisters strittig ist – im November 2017 für 450,3 Millionen US-Dollar versteigert wurde und damit – Stand Herbst 2019 – das teuerste Gemälde der Welt ist.

Der Lehrer **Wilhelm Weigand** (gebürtig Wilhelm Schnarrenberger, *1862 in Gissigheim; †1949 in München) heiratete 1889 in eine wohlhabende Familie ein, zog nach München und begann ein umfangreiches literarisches Werk zu schaffen. Schon früh tat er sich als Antisemit und Blut-und-Boden-Theoretiker hervor. Sein 1919 geschriebener Tendenzroman »Die rote Flut« wurde 1935 im Franz-Eher-Verlag veröffentlicht, dem Zentralverlag der NSDAP. Er war Mitbegründer der »Süddeutschen Monatshefte« und erhielt während des „Dritten Reichs“ zahlreiche Auszeichnungen.

Erste Gedichte von **Maria Luise Weissmann** (*1899 in Schweinfurt; †1929 in München) erschienen ab 1918 im »Fränkischen Kurier«, später auch in anderen Zeitschriften. Ihr erster Lyrikband »Das frühe Fest« wurde 1922 veröffentlicht. Sie arbeitete als Sekretärin des

Nürnberger „Literarischen Bundes“ und als Buchhändlerin und war Mitglied im Münchener „Bund für Buddhistisches Leben“ und in der Künstlergruppe „Das junge Franken“.

Leo Weismantel (*1888 in Obersinn; †1964 in Rodalben) war bekennender Katholik, Lehrer für Deutsch, Geografie und Geschichte, Verleger, Reformpädagoge, Politiker (Christlich-Soziale Partei/Reichspartei) und Schriftsteller. Auch war er Mitglied der Künstlergruppe „Das junge Franken“. Wiewohl er 1933 das „Gelöbnis treuester Gefolgschaft“ für Adolf Hitler unterzeichnete und im gleichen Jahr einen Roman mit dem bezeichnenden Titel »Die Sonnenwendfeier des jungen Deutschland« publizierte, wurde er während des „Dritten Reichs“ mehrfach verhaftet und nach dem Krieg von der Amerikanischen Besatzungsmacht für die demokratische Erneuerung Deutschlands favorisiert – allerdings nicht lange, da er sich öffentlich gegen die Wiederbewaffnung der BRD und für die Verständigung mit der DDR und der Sowjetunion aussprach.

Wilhelm II. von Preußen (*1859 in Berlin; †1941 in Doorn) bestieg 1888 als 29-Jähriger den Kaiserthron. Seine Regierungszeit ist geprägt von Selbstüberschätzung, zunehmender Isolation Deutschlands in Europa und von massivem Aufrüsten, was letztendlich in den Ersten Weltkrieg mündete.

Franz Karl Heinrich Wilmanns (*1873 in Durango, Mexiko; †1945 in Wiesbaden) war ab 1918 Leiter der Psychiatrischen Universitätsklinik Heidelberg. Im Mai 1933 wurde er aus dem Staatsdienst entlassen, da er sich kurz vor der „Machtergreifung“ respektlos über Hitler und Göring geäußert hatte.

Zarathustra war ein persischer Philosoph und Religionsgründer, der im zweiten oder ersten Jahrtausend v. Chr. wirkte. Der nach ihm benannte Zarathustrismus (auch Zoroastrismus, Mazdaismus oder Parsismus) hat heute etwa 120.000–300.000 Anhänger, hauptsächlich im Iran, in Indien und den USA. Friedrich Nietzsches Buch »Also sprach Zarathustra« hat zum historischen Zarathustra keinen klar ersichtlichen Bezug.

Adolf Ziegler (*1892 in Bremen; †1959 in Varnhalt) arbeitete nach seinem Kunststudium bis 1933 als freischaffender Künstler in München. Im „Dritten Reich" machte er dank guter Kontakte eine steile Karriere: Im November 1933 erhielt er eine Professur an der Akademie der Bildenden Künste in München, 1934 wurde er zum Vizepräsidenten und 1936 zum Präsidenten der Reichskammer für bildende Künste ernannt. Als solcher war er hauptverantwortlich für Diskreditierung, Verfolgung und Unterdrückung moderner Kunst und mit der „Säuberung" der deutschen Museen und Galerien von „entarteter Kunst" befasst. In seinem Auftrag wurden über 20.000 Werke beschlagnahmt, die teilweise in der von ihm geleiteten Ausstellung „Entartete Kunst" im Juni 1937 gezeigt wurden.

ANMERKUNGEN

1 Max Nordau: Entartung, 1893
2 Max Nordau: Entartung, 1893
3 Der Weg, Heft 10, November 1919
4 Adolf Jost: Das Recht auf den Tod, 1895
5 Ernst Haeckel: Erlösung vom Übel. Lebenserhaltung, Spartanische Selektion, 1904
6 Alfred Seidl: In memoriam. In: Die Sichel, 1919, Heft 1
7 Emil Kraepelin: Die psychiatrischen Aufgaben des Staates, 1900
8 25-Punkte-Programm der NSDAP, 1920
9 Werner Leibbrand: Da-Da. In ärztlicher Betrachtung. In: Tägliche Rundschau, Berlin, 21. Juni 1920
10 Cesare Lombroso: Genie und Irrsinn, 1887
11 Cesare Lombroso: Genie und Irrsinn, 1887
12 Alfred Hoche: Die Freigabe der Vernichtung lebensunwerten Lebens. Ihr Maß und ihre Form, 1920
13 John Heartfield und George Grosz: Der Kunstlump. In: Der Gegner 1. Jahrgang, Heft 10–12, Dezember 1919
14 Alfred Seidl: De eloquentia mundi. In: Die Sichel, 1919, Heft 6
15 Gustav Kolb: Reform der Irrenfürsorge, 1919
16 Fritz Lenz: Menschliche Auslese und Rassenhygiene, 1921
17 Leonhard Stark: Mein Ich!, August 1921
18 Alfred Seidl in: Die Sichel 1920, Heft 2/3
19 Alfred Kubin in: Das Kunstblatt, Band 5, Mai 1922
20 Adolf Hitler auf dem NSDAP-Parteitag am 12. April 1922
21 Hans Prinzhorn: Die Bildnerei der Geisteskranken: ein Beitrag zur Psychologie und Psychopathologie der Gestaltung, 1922

22 Hans Prinzhorn: Die Bildnerei der Geisteskranken: ein Beitrag zur Psychologie und Psychopathologie der Gestaltung, 1922
23 Kurt Schwitters: MERZ # 1, Januar 1923
24 Ernst Mann (Pseudonym für Gerhard Hoffmann): Die Erlösung der Menschheit vom Elend, 1922
25 Leonhard Stark: Leserbrief an die Neuesten Regensburger Nachrichten vom 13. November 1924
26 André Breton: La Révolution Surréaliste, Nr. 3, April 1925
27 Adolf Hitler: Mein Kampf, 1925
28 Ewald Meltzer: Das Problem der Abkürzung „lebensunwerten“ Lebens, 1925
29 Alfred Grotjahn: Die Hygiene der menschlichen Fortpflanzung. Versuch einer praktischen Eugenik, 1926
30 Alfred Seidl: Nike Venus Blutsverwandt, um 1926 (Selbstverlag)
31 Rudolf Kraemer: Die Austilgung der Minderwertigen, in Der Blindenfreund, 1927
32 Dr. Joseph Mayer: Gesetzliche Unfruchtbarmachung Geisteskranker, 1927
33 Wilhelm Lange-Eichbaum: Genie - Irrsinn und Ruhm, 1928
34 Leonhard Stark: Die Erlösung des Volkes, 1929
35 Florian Seidl: Ich lieb' diese Zeit, Dezember 1930
36 Andé Breton: Zweites Manifest des Surrealismus, 1930
37 Karl Decker: Why and how the Mona Lisa was stolen, in: The Saturday Evening Post, Juni 1932
38 Regensburger Neueste Nachrichten, 26. Januar 1933
39 Gesetz zur Verhütung erbkranken Nachwuchses, 14. Juli 1933
40 Eugen Rose: Zur Frage der Euthanasie, 1934
41 Florian Seidl: Das harte Ja, 1941

42 Adolf Hitler auf der Kulturtagung des Reichsparteitages in Nürnberg am 12.9.1935
43 Karl Eisen: Jahresbericht der Heil- und Pflegeanstalt Karthaus-Prüll, 1936
44 Florian Seidl: Das harte Ja, 1941
45 Adolf Ziegler: Ausstellungseröffnung »Entartete Kunst«, 19. Juli 1937
46 Alfred H. Barr Jr.: Ausstellungskatalog Fantastic Art, Dada, Surrealism, The Museum of Modern Art, New York, 1937
47 Joseph Goebbels: Tagebucheintrag vom 18. Mai 1938
48 Gesetz über Einziehung von Erzeugnissen entarteter Kunst, 31. Mai 1938
49 Joseph Goebbels: Tagebucheintrag vom 29. Juli 1938
50 Florian Seidl: Das harte Ja, 1941
51 Paul Reiß: Jahresbericht der Heil- und Pflegeanstalt Karthaus-Prüll 1938
52 Joseph Goebbels: Tagebucheintrag vom 13. Dezember 1938
53 Theodor Fischer: Brief vom 21. Dezember 1938
54 Vertrag zwischen dem Reichsministerium für Volksaufklärung und Propaganda und der Galerie Fischer, Luzern, vom 7. März 1939
55 Florian Seidl: Das harte Ja, 1941
56 Adolf Hitler: geheimer „Gnadentod-Erlass" vom Oktober 1939, zurückdatiert auf den 1. September 1939, den Tag des Kriegsbeginns
57 Paul Reiß: Vorbericht zum Jahresbericht der Heil- und Pflegeanstalt Karthaus-Prüll 1939
58 Meldebogen, ab 1940
59 Paul Reiß: Jahresbericht der Heil- und Pflegeanstalt Karthaus-Prüll 1939
60 Florian Seidl: Dem Führer zum Jahrestag des Kriegsbeginns, 1. September 1940

61 Joseph Goebbels: Tagebucheintrag vom
31. Januar 1941

62 Rassenpolitisches Amt: Brief an Florian Seidl vom
24. April 1941

63 Florian Seidl: Tagebucheintrag vom 11.6.1941
(vermutlich nachträglich verfasst und zurückdatiert)

64 Offizieller Abschlussbericht der Kommission zur
„Verwertung der Produkte entarteter Kunst"
vom, 4. Juli 1941

65 Clemens August Graf von Galen:
Predigt vom 3. August 1941

66 Paul Reiß am 5.2.1942 auf eine Anfrage des
Bayerischen Innenministeriums

Dieter Lohr

geboren 1965 in Kempten, ist Schriftsteller, Hörspielautor, Hörbuch-Verleger und Dozent für Medienwissenschaft sowie Deutsch als Fremdsprache. Er studierte Neuere Deutsche Literatur, Philosophie und Politikwissenschaft an der Universität Konstanz und jobbte während seines Studiums unter anderem als Journalist, Reiseführer und seit seinem Zivildienst etliche Semesterferien lang immer mal wieder in der Psychiatrie. Seine erste Buchpublikation, die Reiseerzählung »Der Chinesische Sommer« erschien 1999, es folgten drei Erzählbände und ein Roman. Dieter Lohr erhielt für sein schriftstellerisches Schaffen zahlreiche Preise und Stipendien. Er lebt, schreibt und arbeitet in Regensburg.

Albert Kösbauer

Images of Live Jazz Performances

Durchgehend bebildert (schwarz-weiß Fotografien)

214 Seiten, kartoniert
19,80 €

ISBN 978-3-9812661-1-5
BALAENA Verlag Landsberg am Lech 2008

Ein Bildband für visuelle und akustische Feinschmecker: Schwarz-Weiß-Fotografie satt, Bilder, die für sich sprechen und die jeglichen Begleittext überflüssig machen. Jazz, eine internationale Palette an Musikerinnen und Musikern, ein Ort – Regensburg – etwas Licht im Dunkel und ein Fotograf. That's it!
Wenn der Regensburger Fotograf Albert Kösbauer mit seiner Kamera vor einer Bühne steht, hat er eine untrügliche Ahnung für den „richtigen Moment" und kann ihn für uns festhalten. Doch nicht nur das. Er bringt in seinen Fotografien die Essenz derer zum Vorschein, die im Rampenlicht stehen. Selbst bleibt er jedoch lieber im Hintergrund.

Blick ins Buch: www.balaena.de

Albert Kösbauer

Moments of Jazz

Live Jazz Portraits in Farbe

Durchgehend farbig bebildert

158 Seiten, Hardcover
24,90 €

ISBN 978-3-9812661-5-3
BALAENA Verlag Landsberg am Lech 2016

Ein Kritiker beschrieb das Vorgängerwerk, das nur aus Schwarz-Weiß-Fotografien bestand, bereits als „buntes Buch“. Der zweite Band ist nun tatsächlich farbig - nicht nur was die Technik angeht - auch die Bandbreite der Künstlerinnen und Künstler, die Ausschnitte, die Instrumente, die Stimmungen sorgen auf jeder Seite für optischen Genuss. Gleich geblieben ist das Konzept: Musiker im Augenblick höchster Konzentration auf ihr Tun abzubilden - gleichsam Momente einzufangen. Der Titel des Buches ist Programm.

Über den Künstler Albert Kösbauer: „Vor kurzem las ich, dass ein Fotograf, wie ein Musikvirtuose, jeden Tag üben muss. Ich bin sicher, dass Alberts Perfektion auch durch konstantes Praktikum geschmeidig bleibt. Durch seine Einfühlung wird der Fotograf selber zum Jazzer und beschenkt den Beschauer mit Schönheit, Seele, Rhythmus.“
Michael Bry, Fotograf

Blick ins Buch: www.balaena.de